中国语言文学
一流学科建设文库

刘守华／著

刘守华故事学文集

第六卷

中国民间故事类型研究

华中师范大学出版社

新出图证(鄂)字 10 号

图书在版编目(CIP)数据

刘守华故事学文集.第六卷/刘守华著.—武汉:华中师范大学出版社,2022.1
　　ISBN 978-7-5622-9444-3

Ⅰ.①刘… Ⅱ.①刘… Ⅲ.①民间故事—文学研究—中国—文集 Ⅳ.①I207.73-53

中国版本图书馆 CIP 数据核字(2021)第 098266 号

刘守华故事学文集　第六卷
ⓒ刘守华　著

责任编辑:章光琼	**责任校对**:王　炜
封面设计:胡　灿	
编辑室:学术出版中心	**电话**:027-67863280/7792
出版发行:华中师范大学出版社	**社址**:湖北省武汉市洪山区珞喻路 152 号
电话:027-67863426(发行部)	
网址:http://press.ccnu.edu.cn	**邮箱**:press@mail.ccnu.edu.cn
印刷:湖北新华印务有限公司	**督印**:刘　敏
开本:710mm×1000mm　1/16	**字数**:246 千字
版次:2022 年 1 月第 1 版	**印次**:2022 年 1 月第 1 次印刷
印张:16.5	**定价**:88.00 元

欢迎上网查询、购书

敬告读者:欢迎举报盗版,请打举报电话 027-67867353

讨论故事类型研究的刘守华和美籍华人学者丁乃通（1985年）

1985年来华师讲学的丁乃通和刘守华、陈建宪、黄永林合影

刘守华赴奥地利因斯布鲁克国际民间叙事文学研讨会上作学术报告
（1992 年 3 月）

刘守华参加亚洲民间叙事文学研究会北京研讨会（1995 年 3 月）

亚洲民间叙事文学研究会北京研讨会期间,刘守华陪同崔仁鹤等韩国学者
(1995年3月)

刘守华赴宜昌山村听故事家刘德方讲故事(1999年4月)

亚洲民间叙事文学研究会北京研讨会

（左起稻田浩二、钟敬文、刘守华，2001年3月）

丁乃通手迹

长江文艺出版社 1998 年版

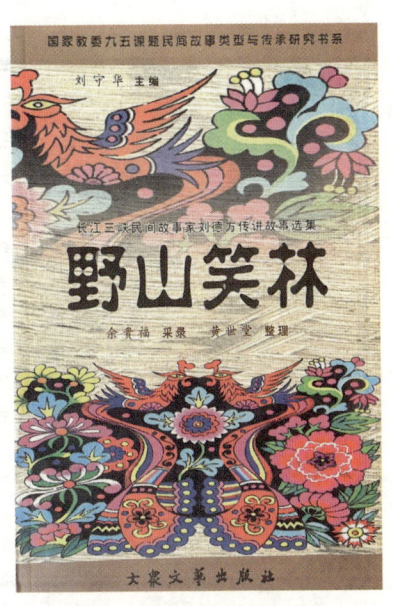

大众文艺出版社 1999 年版

华中师范大学出版社 1996 年版

华中师范大学出版社 2009 年版

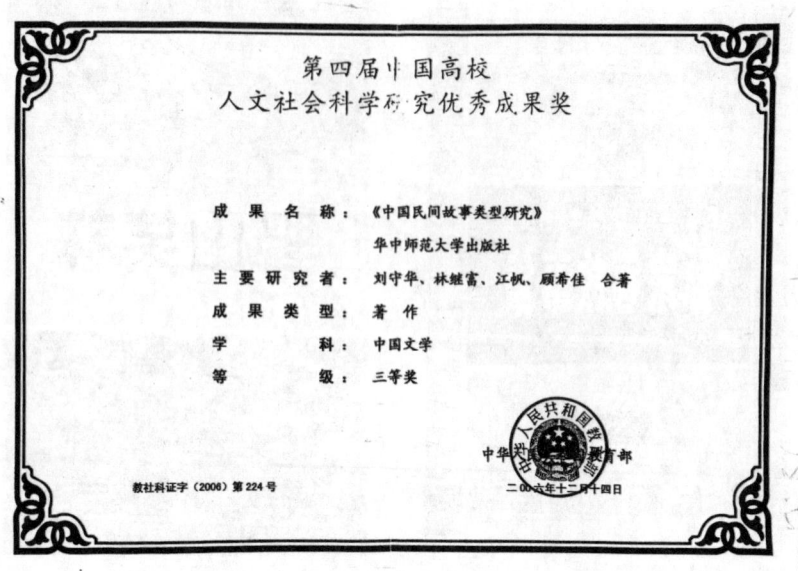

荣誉证书

刘守华同志：

您的作品《一个蕴含史诗魅力的中国民间故事》荣获第十届湖北文艺评论奖（著作类）二等奖。

特发此证

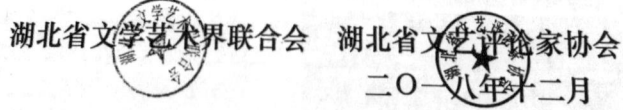

湖北省文学艺术界联合会　湖北省文艺评论家协会

二〇一八年十二月

中国民间故事类型研究

《中国民间故事类型研究》简介

《中国民间故事类型研究》由华中师范大学出版社 2002 年出版。它原是刘守华申报的国家教委人文社科"九五"规划重点项目"中国民间故事类型与传承研究"结项成果的主体部分，由刘守华任主编，约请林继富、江帆、顾希佳分担部分类型解析合作完成。同时在刘守华的筹划与指导下，另行出版了长阳土家族女故事家孙家香的《孙家香故事集》（长江文艺出版社）和另一位宜昌三峡故事家刘德方的口述故事集《野山笑林》（大众文艺出版社）。现作为刘守华独著重编，纳入《刘守华故事学文集》，除保留了原书中的刘守华撰写的导论和故事类型解析之外，还将原见于《民间故事的艺术世界》一书中的几篇民间故事类型学方法讨论文章也选录于此，使类型研究的内容更为集中。

本书的创新之处主要表现在对芬兰历史地理学派方法的创造性运用上。欧美学者在故事研究领域，从母题、类型入手，占有丰富异文，注重历史地理因素考察，努力追溯其生活史，在国际上拥有广泛影响。刘守华于 20 世纪 80 年代初，邀请美籍华人学者丁乃通前来华中师范大学讲学，并在他的直接指导下积极借鉴芬兰学派方法研究中国民间故事类型，同时，又充分吸纳中国百年民间文艺学的优秀成果，紧密联系中华沃土各族民间文学的辉煌创造，使中国化、本土化的创新特色更为鲜明。刘锡诚在一篇评论中指出："他的学术视野不断扩大，研究方法逐渐从单一到多元综合，从历史地理研究法到把类型研究与功能研究、意义研究结合起来，以全面体现他对故事研究'本土化'的学术理念。"

目　录

导　论

故事类型泛说 ………………………………………………………… 3
　一、民间故事的"母题"与"类型" ………………………………… 3
　二、《民间故事类型索引》的问世及其价值 ……………………… 6
　三、《中国民间故事类型索引》的编纂 …………………………… 10
　四、故事类型研究的拓展和本书构想 ……………………………… 22

中国民间故事的艺术世界 …………………………………………… 29
　一、动物故事的特殊魅力 …………………………………………… 29
　二、幻想故事（民间童话）的构成及其演进 ……………………… 34
　三、生活故事、笑话的艺术情趣 …………………………………… 46

故事类型解析

捡来田螺做妻子
　　——"螺女"故事解析 …………………………………………… 63

"离经叛道"的奇女子
　　——"仙女救夫"故事解析 ……………………………………… 75

两姐妹与蛇丈夫
　　——"蛇郎"故事解析 …………………………………………… 84

同舟共济人与兽
　　——"感恩的动物忘恩的人"故事解析 ………………………… 95

但行好事，莫问前程
　　——"求好运"故事解析 ······················· 104

兄弟纠葛的悲喜剧
　　——"长鼻子"故事解析 ······················· 112

分家分得一条狗
　　——"狗耕田"故事解析 ······················· 120

因祸得福的旅伴
　　——"两老友"故事解析 ······················· 129

"全知全能"的幸运儿
　　——"梦先生"故事解析 ······················· 138

"嘴会转"与"铁算盘"
　　——"长工和地主"故事解析 ····················· 147

百年再议"老獭稚" ·································· 159

叛逆的异类
　　——"秃尾巴龙子"故事解读 ····················· 170

"求好运"故事再解析 ······························· 175

"求好运"（访谈录）——一个有史诗意味的中国故事 ········ 董中锋 191

《一个蕴含史诗魅力的中国民间故事》自序 ················ 198

《一个蕴含史诗魅力的中国民间故事》序 ············ 刘锡诚 200

故事类型学探奥

神奇母题的历史根源 ································ 205
　　故事母题同原始习俗信仰的关联 ···················· 206
　　道教信仰与幻想故事类型 ························ 208
中国民间故事结构形态论析 ·························· 212
　　一个幻想故事的复合结构 ························ 213

复合形态背后的叙事逻辑 ………………………………… 215
　　关于"狗耕田"故事类型的"生命树"结构 ……………… 219
《中国民间故事类型研究》的方法论探索 ………………… 223
关于民间故事类型学的一些思考 …………………………… 234
重编后记 ……………………………………………………… 248

导 论

导　论

故事类型泛说

中国以拥有丰富优美的民间故事著称于世，口头讲说民间故事不仅是民众最喜爱的一种文化娱乐，在旧时代甚至是许多人终生难离的伴侣。就其内容之广博而言，它是民众生活的百科全书；就其思想感情的深厚程度而言，它又是一个国家或民族乃至全人类共同的心灵窗口。它是语言艺术的奇葩，也是一片学术的沃土。

一、民间故事的"母题"与"类型"

民间故事的评论研究有多种方法，其中故事类型研究，流行于世界学苑，成为切入民间故事艺术世界，从微观到宏观揭示民间故事特质的一种有效方法。

"类型"一词对我们并不陌生，按汉语辞书上的解释，类型是"按事物的共同特质、特点而形成的类别"。故事学中的"类型"，源自芬兰学者安蒂·阿马图斯·阿尔奈（Antti Aame，1867—1925）于1910年在《民间故事类型》[①] 一书中对各民族民间故事作比较分析时所使用的"type"一词。民众口述民间故事（含其他样式的口头文学）有一个最为明显的特征，就是由不同人口中讲出的故事，它们的情节结构常常大同而小异。甚至远隔千山万水的人，所讲的故事也惊人地相似。对作家书面文学来说，是不容许文本雷同的。民间文学因出自集体口头创作，并以口耳相传方式进行传承，本是同一故事，在不同时间空间背景上的人

---

① Antti Aame：*Verzeichnis der Marchen typen*，Helsinki，1910（FFC No.3）.

群中间口耳相传时,既保持着它的基本形态,又发生局部变异,便构成大同小异的若干不同文本了。故事学家通过比较其异同,将这些文本归并在一起,称之为同一"类型"。类型是就其相互类同或近似而又定型化的主干情节而言,至于那些在枝叶、细节和语言上有所差异的不同文本则称之为"异文"。越是引人入胜的故事,它的异文也越多,例如"灰姑娘""蛇郎""找好运"等著名故事,在世界各地记录成文的异文就达到几百篇之多,成为一个个覆盖广大地域的"故事圈"。

故事学中与"类型"相关的还有一个常见概念——母题(motif)。"母题"在文学研究各个领域的含义不尽一致,就民间叙事作品而言,它通常被认为是一种情节要素,或是难以再分割的最小叙事单元,由鲜明独特的人物行为或事件来体现。它可以反复出现在许多作品中,具有很强的稳定性;这种稳定性来自它不同寻常的特征、深厚的内涵以及它所具有的组织连接故事的功能。单一母题构成单纯故事,多个母题按一定序列构成复合故事。如《蛇郎》就由"女嫁蛇"(异类婚)、"姐姐谋害妹妹冒名顶替"、"变形复仇"和"被害人复活"(大团圆)等几个母题构成,成为一个"母题链"。包含多个母题的复合故事,常有一个核心母题对故事构成起主导作用,可以看作是"故事核"。许多故事的名称也往往由此而来,如"老虎怕漏""狗耕田""百鸟衣""煮海宝""头上长角"等。

由于"母题"这个汉译名称容易产生歧义,常和"主题"相混淆,任教于台湾文化大学的金荣华教授便在撰述《六朝志怪小说情节单元分类索引》一书时,提出将故事学中的"母题"译名改为"情节单元",认为这一改动可使其含义对读者更为明了①。现在已有不少学人使用"情节单元"来分析民间故事结构。但"母题"一词已通行多年,其约定俗成的用法日渐普及,实际上难以被替代。这两个概念可以由学人自行选择使用。

---

① 对"母题"和"情节单元"含义的辨析,可参看金荣华:《"情节单元"释义》,《华冈文科学报》2000年第24期,第173~181页。

随着故事素材的大量积累和对具体故事类型研究的逐步深入，故事学家进一步将流行于广大范围内的成千上万篇故事一一进行辨析，划分为若干类型，编制成《故事类型索引》；还有的学人编制出《母题索引》①，它们都是对故事进行比较研究的成果，又给人们进一步从微观到宏观研究故事提供了极大的便利。

关于类型的确立及母题的解析，美国学者斯蒂·汤普森在（Stith Thompson，1885—1976）《世界民间故事分类学》一书中，作了最具权威性的说明，他说：

一个类型是一个独立存在的传统故事，可以把它作为完整的叙事作品来讲述，其意义不依赖于其他任何故事。当然它也可能偶然地与另一个故事合在一起讲，但它能够单独出现这个事实，是它的独立性的证明。组成它们可以仅仅是一个母题，也可以是多个母题。大多数动物故事、笑话和轶事是只含一个母题的类型。标准的幻想故事（如《灰姑娘》或《白雪公主》）则是包含了许多母题的类型。②

他特别强调指出，"对于民间叙事作品的分类，必须将类型与母题清楚地区别开来"，"母题是一个故事中最小的、能够持续在传统中的成分"。而一个类型却是由"一系列顺序和组合相对固定"的母题所构成的，它的基础是一个叙事完整而独立存在的故事。

"类型"和"母题"，已成为故事学领域中为国际学人所公认的通行概念③。中国学者对它也逐渐熟悉起来，由全国民间文学工作者通力合作完成的《中国民间故事集成》有关卷本中，附有各省的《常见故事类

---

① 美国学者斯蒂·汤普森于 1932—1936 年出版了 6 卷本的《民间文学母题索引》一书，成为民间文学研究者的常备工具书，详见陈建宪：《神话解读》，湖北教育出版社 1997 年版。

② [美] 斯蒂·汤普森：《世界民间故事分类学》，郑海等译，上海文艺出版社 1991 年版，第 499 页。

③ 关于"母题"和"类型"的详细说明，可参见刘魁立：《刘魁立民俗学论集》，上海文艺出版社 1998 年版，第 105~115 页；刘守华：《比较故事学》，上海文艺出版社 1995 年版，第 81~90 页。

型分布图》和《常用故事类型索引》;另外,就某些故事类型作深入探讨的文章,以及运用母题、类型解析方法来建构故事史、故事学的论著也日渐增多。可以说,对故事类型和母题相关知识的理解应用,已成为今天从事民间文艺学、民俗学研究必须具备的基本素养,并不是什么高深学问了。

二、《民间故事类型索引》的问世及其价值

故事类型研究,除搜求同一类型的众多异文,进行解析比较,深入理解其思想艺术特征,追寻这一类型的生活史,并由个案研究揭示民间故事构成演变的基本规律之外,还有一项更为引人注目的成果,就是在上述分别研究的基础上编纂《民间故事类型索引》。我国学者刘魁立撰有《世界各国民间故事情节类型索引述评》[①] 一文,对这方面的情况作了详尽而中肯的评述。最著名的成果是由芬兰的阿尔奈完成,后经美国的汤普森补充修订,于1961年问世的《民间故事类型》(*The Types of the Folktale*),此书通常被学人称为"阿尔奈—汤普森体系"或"AT分类法"。它是芬兰历史地理学派对现代民间文艺家的重大贡献。现在首先让我们看看此书从整体入手所确立的民间故事分类编码体系:

Ⅰ. 动物故事

  1—99 野生动物

  100—149 野生动物和家畜

  150—199 人和野生动物

  200—219 家畜

  220—249 禽鸟

  250—274 鱼

  275—299 其他动物故事和物件

---

① 刘魁立:《刘魁立民俗学论集》,上海文艺出版社1998年版,第354~391页。

Ⅱ. 普通民间故事

300—749　A. 神奇故事

300—399　神奇的对手

400—459　神奇的或有魔力的丈夫（妻子）或其他亲属

460—499　神奇的难题

500—559　神奇的助手

560—649　神奇的物件

650—699　神奇的力量或知识

700—749　其他神奇故事

750—849　B. 宗教故事

750—779　神的奖赏和惩罚

780—789　真相大白

800—809　人在天国

810—814　人对魔鬼的承诺

850—999　C. 生活故事（爱情故事）

850—869　公主出嫁

870—879　女主人公嫁给王子

880—899　忠贞和清白

900—904　恶妇改过

910—915　忠告

920—929　聪明的行为和聪明的话

930—949　命运的故事

950—969　强盗和凶手

970—999　其他爱情故事

1000—1199　D. 愚蠢魔鬼的故事

1000—1029　雇佣合同

1030—1059　人和魔鬼合作

1060—1114　人和魔鬼比赛

1115—1129　企图谋杀主人公

1145—1154　吓坏了的魔鬼
1170—1199　人把灵魂出卖给魔鬼

Ⅲ．笑话

1200—1349　傻子的故事
1350—1379　夫妻的故事
1380—1404　愚蠢的妻子和她的丈夫
1405—1429　愚蠢的男人和他的妻子
1430—1439　愚蠢的夫妻
1440—1449　女人（姑娘）的故事
1450—1474　寻求未婚妻
1475—1499　老处女的笑话
1500—1524　其他关于女人的笑话
1525—1639　关于男人（男孩）的故事（聪明人）
1640—1674　幸运的机遇
1975—1724　愚蠢的男人
1725—1850　关于牧师和教会的笑话
1851—1874　关于其他人的笑话
1975—1999　谎话

Ⅳ．程式故事

2000—2199　连环故事
2200—2299　圈套故事
2300—2399　其他的程式故事

Ⅴ．未分类的故事

2400—2499　未分类故事

　　书中在每个编码下列出一个类型，这些类型多以该类型中最流行的故事来命名。如460—499"神奇的难题"这一大类中，就有460A"朝觐上帝去领赏"，460B"寻找好运的旅行"，461"三根魔须"等类型。"三根魔须"以《格林童话》中的同名故事为代表性篇目，《索引》依据本篇故事和相关异文，归纳出它的情节概要：

461　三根魔须

Ⅰ．开头。一个青年人将成为国王女婿的预言。阻止这种婚姻的徒劳尝试。

Ⅱ．寻找魔鬼胡须。a. 英雄受嘱托去地狱探索，并带回三根魔鬼的胡须，或 b. 去寻找世界上最强有力或最聪明的人。

Ⅲ．问题。这个青年人在路上碰到人们提出的各种不同的问题，请他帮助寻找答案。如（a）为什么一棵树不结果，（b）什么时候摆渡人能从渡船上脱身（一个水中动物何时能摆脱烦恼），（c）怎样才能治好王子（公主）的怪病，（d）一口井（泉水）为什么干涸，（e）失踪的公主在哪儿，（f）失落的钥匙在哪儿，（g）一个没有人求婚的姑娘怎样找到意中人，（h）喂养的家禽为什么死去。

Ⅳ．寻找到了答案。（a）这个年轻人得到魔鬼妻子的帮助。（b）他把自己变成一只小虫躲藏起来。（c）魔鬼闻到人的气息却没有找到他。（d）在魔鬼妻子的帮助下他得到了对这些问题的答案，即（d1）金子藏在大树下，必须弄走，（d2）摆渡人把船桨交给另一个人，那人就会接替他做这个工作，（d3）当公主第一次圣餐时被一只耗子偷去的圣杯送回来时，她的病就会好（王子只要把他在教堂中吐出唾沫的石头搬走），（d4）把动物或石头从水源处移开，井（泉）水就会重新流出，（e）他得到了三根魔须。

Ⅴ．报偿。（a）在回故乡的路上他回答了这些问题并得到了丰厚的报偿。

Ⅵ．国王当了摆渡人。（a）妒嫉的国王想仿效年轻人的行为，（b）摆渡人将船桨放在他手上，于是国王成了摆渡人。①

在这后面，还列出了本类型所包含的十几个母题（情节单元）。特别有价值的是，它列出了分布于欧亚大陆二十几个国家或地区的 500 多篇同类型异文的出处，给学者在世界范围内搜寻检索同类型故事提供了极

---

① Antti Aarne, Stith Tompson. *The Types of the Folktale*. P156, P157. Helsinki 1973.

大便利。它起着如同"动物志""植物志"那样的作用，不论在微观与宏观研究上都有重要的实用价值。

这部"索引"也有不足之处，主要表现为：尽管多次增补，对某些重要国家和地区的民间故事仍然反映得不够或者根本没有反映，中国的故事就收录得很少。正如汤普森所表示的，严格说来应该把它视作"欧洲、西亚及其民族所散居的地区的民间故事类型索引"，而不应作为"世界民间故事类型索引"来看待。还有，按照历史地理学派研究故事的构想，"类型索引暗示一个类型的所有文本具有一种起源上的关系"，即认为该类型的所有异文均来自同一源头；根据比较文化学的新发现，世界范围内历史文化发展平行类同的现象也屡见不鲜，故事形态的大同小异，也可能由不谋而合的平行类同所造成。这样，故事类型索引中所反映的历史地理学派的观点也就有了明显的局限性。此外，关于民间故事范围界限的确定，民间故事所含类别的划分以及类型编排的顺序等，AT分类法也有许多不够合理之处。尽管这一"索引"存在缺陷，它仍不失为一部具有很大概括性和较高科学价值，能帮助我们检索世界民间故事的工具书，它的实用价值已得到各国学者的公认。

三、《中国民间故事类型索引》的编纂

AT分类法问世后，各国学者竞相采用这种方法编纂本国的民间故事类型索引，现已有30多个国家和地区出版了百余种这类索引。关于中国民间故事类型索引，早在1931年，钟敬文就发表了《中国民谭型式》一文，归纳出45个故事类型并写出了它们的情节提要，在这方面作出了开拓性的贡献。20世纪结束之前，在这方面已有三部著作先后问世。

1. 艾伯华的《中国民间故事类型》。

首先是德国学者艾伯华（W. Eberhard，1909—1989）在中国人曹松叶协助下完成，并于1937年出版的《中国民间故事类型》，它原用德语

写成，经过半个多世纪之后，才译成中文于 1999 年由商务印书馆出版①。著者搜罗 300 余种书刊，从近 3000 篇故事中，归纳出 300 多个类型，由此，首次展现出中国民间故事艺术世界的整体风貌。它对每个类型按如下格式描述：

36. 画中人

(1) 一个穷人得到一张美女的画，他诚敬地供奉这幅画。

(2) 有一天他回家时，饭都做好了。

(3) 数天后，他暗地窥视从画上下来的美女，把她抱住，娶她为妻。

(4) 过了很久，当生下几个孩子后，妻子又回到画中去了。

出　　处：

　　a. 金田鸡，第 5～51 页（陕西，三原）。

　　b. 民间Ⅰ，第 9 集，第 59～63 页（浙江，绍兴）。

　　c. 岭东民间传说，第 78～81 页（广东，潮州）。

　　d. 小豆栅，第 99～101 页（地区不详）。

　　e. 古今妖怪大观Ⅱ，第 48～49 页（地区不详）。

母　题 (1)：

　　穷人在过年时用他所有的钱买了一幅画：陕西 a。

　　他得到这幅画是作为劳动的酬报：浙江 b。

　　他得到这幅画是作为给他的礼物：广东 c。

母　题 (4)：

　　她回到画中去，是因为她在人间的期限已到：陕西 a。

　　当拿出那幅画给孩子们看时，她回到画中去了：广东 c，以及 e。

　　县官当着穷人的面把画夺走，强娶画中美女为妻，她生了孩子后，便回到画中去了：浙江 b。

---

　　①　［德］艾伯华：《中国民间故事类型》，王燕生、周祖生译，商务印书馆 1999 年版。

附　注：

她吃了一些东西后，便变成了人（比较田螺姑娘）：e。

历史渊源：

通过出处 d 可以一直追溯到 19 世纪初。

流传地区：

全中国？

比　较：

田螺姑娘。①

钟敬文先生在为此书中文版所写的序文中，认为它是"关于中国民间故事的一种具有相当意义的学术工具书，它也是百多年来西方学者所撰写的一部比较有价值的中国民俗学力作"。指出其主要特点是：1. 把中国民间故事作为相对独立的对象，并按照中国故事的特点加以概括写成。2. 归纳出 300 多个类型（正规故事类型 275 个，滑稽故事类型 31 个），涵盖了中国常见故事的大多数。3. 不仅提供了丰富的故事类型，还发表了许多对中国民间故事各方面事象的见解。

例如在《前言》中所提到的关于中国民间故事内部结构特点是母题的固定和母题链的富于变化，就很有见地。

在中国的民间故事中每个母题都是非常固定的，同时也具有强大的生命力，然而母题链，即整个民间故事，又是相对地不稳定的。民间故事经常出现的母题有时也会突然出现在传说、笑话里。……在中国，民间故事的形成——跟过去的看法相反——还没有停止，许多母题还是有生命力的。因此，这些母题在今天又能形成新的民间故事、轶事或其他的体裁样式，并在形成过程中继续存在下去。

本书的不足之处表现在：由于 20 世纪二三十年代中国的民俗学运动的活跃地区限定在东南沿海的江苏、浙江、广东一带，艾伯华也就只能主要依据从这个地区采录得来的口头故事编纂本书；因受西方殖民主义

---

① ［德］艾伯华：《中国民间故事类型》，王燕生、周祖生译，商务印书馆 1999 年版，第 66 页。

偏见的影响，著者把西藏故事排除在中国民间故事之外，也不能不说是本书的一个较大缺陷。此外，本书对民间故事的界定采取广义说，因而将神话、传说均涵盖其中；但故事选材范围的宽窄各有其功用，不宜作为褒贬的依据。

2. 丁乃通的《中国民间故事类型索引》。

《中国民间故事类型》出版40年后，美籍华人丁乃通（1915—1989）积十年心血完成的《中国民间故事类型索引》①问世。原著为英文，经著者亲自校订的中文版于1986年出版。它对民间故事的界定采取狭义说，尽可能将神话、传说同故事剥离开来。引用1966年之前有关中国故事的资料580多种，特别重视少数民族故事资料的搜求，从7300多篇故事中归纳出843个类型。这样，它所展示的中国民间故事艺术世界就得到进一步充实。它对每个类型的描述也更为精细，这里试举"蛇郎"为例。

433D 蛇 郎

通常丈夫以人形出现，虽然有时他开始出现时是条蛇。（有时他也会是花神，狼，或只是个人。）这一类型在多数说法里实际上是以425C即开头部分及408Ⅲ、Ⅳ、Ⅴ、Ⅵ和Ⅶ结合而成的。

Ⅰ.[女孩许配给蛇]（a）她是三（很少是两个）姐妹中惟一愿意和蛇结婚的，因为（a^1）她父亲在蛇的花园里偷摘玫瑰（其他花儿）被捉住了，或（a^2）蛇抓住她父亲叫他答应送一个女儿给他。或老人允许把一个女儿许配给能（b）帮他把所有的树砍倒，或（b^1）把掉进深洞的斧头拣起来的人，蛇做到了。（c）蛇恢复了人形。其他的开头：（d）蛇扮成人，给了她家许多钱。（e）姐姐结婚并告诉她的丈夫，她美丽的妹妹不想拜访他们。丈夫施诡计使妹妹到他家去，妻子上了吊。（f）丈夫（真的人）由于做了件好事，收到一棵白菜，从白菜里出现了许多姐妹，他和她们中的一个结婚了。

---

① ［美］丁乃通：《中国民间故事类型索引》，郑建成等译，中国民间文艺出版社1986年版。

(g) 一个姐妹收容了另一个丈夫很穷的姐妹。

Ⅱ. [谋杀女主角] 她的姐妹们发现她结婚后生活很美满,一个忌妒的姐妹引诱她到一口深井边,让她看她们在水中的倒影,就把她推下井去。通常这行动是在(a)嫉妒的姐妹已经同她换穿了衣服,(b)女主角已经有一个婴儿之后,冒充她的人回到蛇郎那里和他同居。(c)但先要解释她为什么面貌变了,等等,或(d)女主角是在其他情形下死的。

Ⅲ. [女主角变鸟] 女主角的灵魂变为一只鸟,它不断(a)讥嘲她的姐妹是骗子。(b)表示对丈夫亲爱(有时飞入他的袖子内)。骗子愤怒了,杀死这鸟。以后(c)把鸟煮熟了吃掉。(d)但她吃的鸟肉又老又臭,可是她丈夫吃起来又嫩又鲜美。(e)她把剩余的鸟尸扔进花园里。

Ⅳ. [女主角变植物] 由鸟的尸体长出(a)一棵竹子,(b)一丛竹子。(c)其他的(常是枣)树。那新长的树又是对丈夫友好,对骗子不好,因此骗子便砍倒这棵树用来制作一(d)小床、床架、小船,等等。(e)婴儿推车,(f)其他东西(有时是门槛),但是(g)不论何时她坐或躺在小床或床上时,不是有刺刺她,就是翻倒了。(h)骗子的孩子,一坐到婴儿车里,总是很快就死了。(i)用这植物制成的洗衣棒,洗她的衣服,就把衣服洗坏,洗她丈夫的衣服,却洗得白洁,(i^1)其他后果(如绊倒骗子,不为她工作等等)。她生气把小床或床架扔进火里,但是(i^2)一颗火星蹦起来烧瞎了她的眼睛。(k)一条红蛇从火里出现把她杀死。(l)在灰烬中有一无法熄掉的炭火,或(n)折断的竹管或树枝给了一个乞丐(往往是老妇人),或是由乞丐自己找到了它。

Ⅴ. [其他化身] 随后女主角变成(a)一个金像,(b)枇杷树,(c)蛇,(d)牡蛎(乌龟),(e)线球,(e^1)纺锤,(f)剪刀,(g)鸡,(h)馒头或饺子,(i)白菜,(j)牡丹,(j^1)花簇,(j^2)木梳,(j^3)鱼钩,(k)石头,(m)戒指。

Ⅵ. [驱除魔惑] 女主角灵魂所附的物体被人带到(a)一个老

妇人家，她每天变成人形清理房子、煮饭，等等。老妇人隐藏起来，在她没有能回到附魂的物体之前抓住了她。她要求老妇人请她的丈夫来。(b) 她丈夫尝到她煮的食物或看到她的刺绣等，一下就认出她来。或 (a^1) 在她丈夫的家里，她变成原形。(c) 她的姐姐呕吐出的鸟肉，变成女主角，指责骗子。(d) 丈夫在煤炭上倒了一百桶水替她驱魔。或 (e) 一只鸟把丈夫带到井那儿，这样便发现了被谋害死的尸体。

Ⅶ. [夫妻团圆] 有时重聚前先要经过考验，看谁的头发同丈夫的头发结成一团解不开，或看谁能在尖锐的竹钉上走，或跳过一大堆鸡蛋，等等。①

(以下列出本类型异文及其出处61条，从略。)

艾伯华的著作，作为关于中国民间故事类型的首创之作，自然功不可没。丁乃通的这部《中国民间故事类型索引》，将20世纪50年代新中国成立后开展大规模采风活动所得资料，特别是少数民族故事均囊括其中，不论是新构类型和原有类型的新增异文都成倍增加，就以《蛇郎》为例，艾著收录异文31例，丁著收录异文就超出一倍。丁著所含类型843个，比艾著的306个也超出一倍多。(艾著所收为广义故事，狭义故事类型只有200多。)从反映中国民间故事的实际风貌而言，丁乃通的著作无疑前进了一大步。还有，由于许多类型所含异文常常达到数十篇之多，著者认真辨析其异同，并在情节提要中将大同小异之处一一说明，对故事形态的描述达到精细入微的程度，这也是超越前人的。

丁著的显著特征是借用AT分类法而不是另建分类编码体系来处理中国民间故事，其做法是通过比较对照，将形态一致或者近似的中国民间故事完全楔入AT分类法的编码中去，如AT分类法神奇故事中神奇丈夫系列433型原来名称是"王子变大蛇"，所含故事有印度的《蛇王子》等，它和中国的《蛇郎》形态基本一致，丁著据此就将"蛇郎"列

---

① [美]丁乃通：《中国民间故事类型索引》，郑建成等译，中国民间文艺出版社1986年版，第122～124页。

入 433 型；又因其同中有异，是一个具有中国特色的类型，便把它定为"433D 蛇郎"。该书所列 843 个类型中，共有 268 个是中国所特有的区域性类型，均一一标明。在《导言》中，他还指出在印度故事中发现了近 50 个类型是在中国可以看到的，从中印文化渊源来看，这些类型大都是伴随佛教文化进入中国的。关于沿用 AT 分类法，著者说，这是为了使人们能按照国际传统来真正了解和研究中国故事，其实际效用已为中外学者所公认。正如贾芝在本书中文版序文中所评论的："他是根据中华人民共和国成立以后我国出版的 50 多个民族的大量的民间故事分类编纂成书的。他以严谨的治学态度做了细致的研究、比较和选择，完成了这本引人入门，也引人入胜的工具书。对于我国研究者，这本书是引向与世界民间故事进行比较研究的桥梁；对于国外学者，这本书则是将他们领入中国民间故事宝库的大门。"

完全沿用 AT 分类法所存在的问题也是不能不看到的。它主要是依据欧洲民间故事的实际状况构成的，同基于中国历史文化传统的中国民间故事，难免有格格不入的地方；将所有的中国故事楔入这个体系，有时就会出现削足适履的不协调情况。如 AT 分类法中编号 750—849 为"宗教故事"系列。在中国具有悠久历史的佛教和道教信仰，生发出的传说故事数量极多。纯宗教性的作品我们一般不做民间文学看待；至于那些具有口头文学意趣的神佛仙道故事，则属宗教性与世俗性交融之作，不宜列入"宗教故事"之内。又 AT 分类法编号之 1000—1199 为"愚蠢魔鬼"故事，其原型来自西方狂欢节广场文化中所扮之愚蠢魔鬼角色，中国流行故事中没有这个系列，有些相类似的愚蠢可笑行为往往发生在被机智长工所捉弄的地主身上。丁著将长工和地主故事楔入"愚蠢魔鬼"编号之内，显然也有些勉强。

此外因沿用 AT 分类法，丁著对某些故事类型的西方名称也只好予以保留，如 327A "亨舍尔和格莱特"（孩子与妖怪），854A "都浪多"（公主用谜语考验求婚者），910K "诚言和尤利亚式的信"（阴谋信件）等；丁著还省略了一部分类型的情节概要说明文字，让读者对照 AT 分类法原书查考。这对熟悉 AT 分类法的国外学人来说不算什么障碍，而中国学人使用此书就感到十分不便了。

丁乃通所完成的第二部《中国民间故事类型索引》，一方面作为目前国际学人检索中国民间故事最实用工具书而备受学人欢迎，但其美中不足之处也显而易见。

3. 金荣华的《中国民间故事集成类型索引》。

为了弥补丁著的上述缺陷，执教于台北中国文化大学的金荣华先生，于2000年出版了《中国民间故事集成类型索引》（一）。在作为本书"代序"写成的《中国民间故事和AT分类》一文中，他陈述了编纂此书的意图：

  AT分类的国际性所带来检索跨国材料之方便是毋庸置疑的，它有助于中国故事置身国际而呈现自有特色或相互关系也是毋庸置疑的，而且目前著录民间故事材料最丰富之丁乃通先生的《中国民间故事类型索引》所用就是AT分类。但是，如果要落实AT分类为中国民间文学工作者所用，则对上述情况便必须有所因应。

  总结上述的情况，基本上可以分为三种：一是AT分类本身的问题，主要是有些故事类型分类不当，检索不易。二是丁著在译成中文后，因为缺少故事大要的说明和用词差异引起之不便。三是关于中西各自具有之吃人笨魔和长工斗财主等角色不同的同型故事，中国民间文学工作者如何就中国故事检索相关之西方资料。要整体解决这些问题，依AT分类架构编写一本以中国民间文学工作者为对象的中国民间故事类型索引乃是基础工作。在这样一本类型索引中，每个类型的说明可以就中国的故事撰写大要，有些类型的名称可以就中国的习惯或传统拟订；AT原书中的分类不妥之处，可以重新归类编号，只要新号和原有旧号之下都标示互见说明，便不会和原有系统脱节，也可供AT原书再修订时的参考。中国故事之类型未见于AT原书者，则就此设定其型号和名称，既应中国民间文学工作之需要，也可供AT原书再修订时的增入。至于西方的吃人笨魔和中国的长工斗财主之同型故事，可在AT之区类名称《愚蠢巨魔的故事》中加入《财主恶霸》等字，成为《财主恶霸和愚蠢巨魔的故事》，标明两者为一类，那么中国民间文学工作者便不难依据长工斗财主的型号检索西方同型的巨魔材料了。

基于这样的认知，在AT原书和丁乃通先生所撰索引的基础上，笔者试取《中国民间故事集成》的四川、浙江和陕西三个省卷本撰写类型索引，每个类型附有故事大要，又重新斟酌了某些类型的型号和名称，共得类型263则，其中重新归类编号的30则，新类型新编号的45则，名之为《中国民间故事集成类型索引》第一册。第二册拟取北京、吉林、辽宁和福建四个省、市卷本为材料，以后各册也将随着故事集成的其他省、市卷本陆续出版而继续编写，最后再汇整为一编。①

本书的类型原名和情节概要写得力求简明扼要，也和前两部类型索引有别。以下试举一例：

875D 巧姑娘妙解隐谜

公公让三个媳妇回娘家探亲，第一个去三五天，第二个去七八天，第三个去半个月；并分别要她们带点东西回来，但说的都是隐谜。三个媳妇听了都不知是什么意思，后由巧姑娘为之一一破解：三五天是三乘五天，七八天是七加八天，所以三个人都是回娘家半个月。物件的隐谜常见者如下：

① 纸包风，或纸里带风（扇子）。
② 纸包火（灯笼）。
③ 纸包水（伞）。
④ 竹篮带水（竹篮里放条活鱼）。
⑤ 不肥不瘦没有骨头的肉（猪肚）。
⑥ 黄心葡萄，或红心葡萄（鸡蛋或咸蛋）。
⑦ 煮不熟的菜（生菜）。
⑧ 骨包肉（核桃）。

---

① 金荣华：《中国民间故事集成类型索引》（一），台北中国口传文学学会2000年版。

其他谜一般的要求如：用一丈二尺青布做四样东西：一条汗巾，一个钱褡，一件长衫，一条被子。巧姑娘用它只做了一件长衫，她的解释是衣衫的小襟可擦汗，袖筒即钱褡，至于被子，则是"日当衣衫夜当被"。

四川：《罗隐送围裙》（＋876）216～217 页

　　　《巧媳妇》539～540 页

浙江：《巧姑》（＋875B.1＋875B.5）585～587 页

　　　《九斤姑娘》（＋875B.5＋1517）743～748 页

　　　《聪明媳妇》（＋875B.1）749～750 页

　　　《这个家你来当》751 页

陕西：《聪明的媳妇》（＋1517）592～594 页

金荣华关于中国民间故事类型的第三部索引，是以新出的《中国民间故事集成》为对象，以丁乃通《中国民间故事类型索引》为基础而加以改进的专题性索引。由于故事集成是在全国民间文学普查的基础上，按科学性、全面性、代表性的"三性"要求而将科学性置于首位，花费巨大力量编纂而成的，收录材料最为珍贵，这部类型索引的价值也就相应地显得格外重要。它按 AT 分类法来编排中国故事类型，却又改进了丁乃通索引的一些不足之处，给所有类型重新命名，并一一撰写生动简明的情节提要，还增列了几十个新类型。总之，它在借用 AT 分类法时，更充分地反映出中国民间故事的特点，读者使用起来也更为方便。自然，它的编纂工作也仍有一些值得商榷、改进的地方。一是《中国民间故事集成》这套大书所收录的"故事"是广义的，即包括神话与传说在内。口头传诵至今的活态神话虽为数不多，而民间传说不论在哪个地区，都以数量众多、地方特色鲜明为特征，在编纂故事集成时，入选的作品也就相应增多。神话、传说部分在许多地方的故事集成卷本中的分量大体要占一半甚至更多。作为"中国民间故事集成类型索引"，顾名思义，应包括神话、传说类型在内，而这样的索引也是人们所期待的。但现在的这部"索引"，却是取狭义的民间故事作为对象，它涵盖的作品数量实际上只有集成卷本的一半左右，这就显得有些名实不符了。

二是在已出版的故事集成各卷中，按统一编纂体例，大都附有本地区的"常见故事类型索引"，有的还将传说、故事分别做了这样的索引。以辽宁省卷为例，所附《辽宁省常见故事类型索引》就有27个类型，每个类型涵盖地方异文从十几篇到几十篇不等。这里从中试举一例：

12. 没手的媳妇（AT 706，本卷297）

因继母陷害，前妻的女儿被剁去双手并遭到遗弃。她被一个书生收做妻子。书生金榜题名，继母又将送信的差人灌醉，将喜信偷改成休书，继续加害于她。无手的女人离家出走，河水使她长出了双手。她和丈夫重逢，得知这一切都是继母所为。害人者得到惩罚。

本溪市溪湖区卷106·本溪市补遗卷398·桓仁县卷94·抚顺市望花区卷277·抚顺市新抚区卷（二）190·抚顺县卷5·营口县卷585·铁岭县卷225·开原县卷211·西丰县卷240·430·辽阳市太子河区卷173·辽阳县卷357·黑山县卷（二）302·锦县卷（一）177·大连市西岗区卷291·大连市中山区卷289·瓦房店市故事卷（一）267·272·沈阳市薛天智卷101·沈阳市东陵区卷378·沈阳市新城子区卷291·沈阳市沈河区卷（一）320·沈阳市和平区卷381·沈阳市铁西区卷144。

这里的情节概要，虽然比较粗略，却列出了已经记录成文，分布于全省23个县市的25篇异文的出处。它们来自各地进行民间文学普查时所编印的内部资料本，就学术研究而言，是极宝贵的鲜活资料。金荣华所撰故事集成类型索引没有收录这些材料，深感可惜。

怎样将正式出版的故事集成国家卷本中的作品全部立型归类，又怎样进一步将各地内部编印的资料本中的材料也纳入索引之中，都不是一蹴而就的事，需要作艰巨努力才能完成这项浩繁工作。现在我们看到的这部《中国民间故事集成类型索引》是一个良好开端，我们不能不由衷赞赏。

刘魁立在《世界各国民间故事情节类型索引述评》中，就"编纂索引"写了专门一节。他认为，编纂这样的索引，搜罗要全，材料要真。索引的样式可以有好多种，如关于民间传说的索引，关于一两个民族或一个地区的故事类型索引，关于不同民族的双边的或多边的乃至全国性的故事类型比较索引，进一步在此基础上编纂各国民间故事类型的比较索引，还可以把不同历史时代记录下来的同一类型故事编成索引等等。所提建议十分中肯。就笔者所知，金东勋就提出了《新世纪朝鲜族民间故事分类研究构想》[①]，就 1898 年—1995 年出版的近 60 种朝鲜族民间故事集，归纳出 323 个类型，这就是一个极有意义的尝试。相信这个领域会有新成果不断问世。

现有的三部"中国民间故事类型索引"，正因为各有特色，各有长短，因而具有很强的互补性。它们所包容的故事接近万篇，从异文数量而言，可能只是现有书面资料的十分之一、二十分之一，如就故事类型或常见故事类型而言，可以说已接近中国民间故事的实际面貌。这几位著者的功绩与贡献理应受到我们的尊重。特别是在对中国民间故事的整体观照上，这几部书更有其独到功用。我们选取"民间故事类型研究"这一课题，就是借助于上述成果和方法，从微观解析和宏观扫描两方面切入，来考察中国民间故事艺术世界的一个新尝试。

编纂故事类型索引和深入进行故事类型研究是彼此密切关联又不能混为一谈的两项工作。将众多故事资料汇集在一起，辨析异同，立型归类，撰写情节概要，这些自然也要通过研究方能完成。但研究工作的任务远远不止于此。不论是揭示故事本身的主题、形象、语言色彩、叙事艺术，还是探寻故事的讲述活动与传承过程，不论是就某一故事类型作微观解析或追溯其"生活史"，还是就一个民族、地区的故事积累作宏观考察或作跨文化比较，所要达到的目的，以及所使用的方法都各有自己的要求与特点。类型索引只是为进行这些研究提供了便利，或提供了一个新的起点，却不能代替这些研究工作。

---

① 中国少数民族文学学会第四届会员代表大会学术讨论会论文。

四、故事类型研究的拓展和本书构想

综上所述，民间故事类型研究不论在欧美或中国，均已有了多年历史并取得了相当可观的成果。在中国民间文艺学领域中，这项研究从广度、深度及其社会影响来看，同我们这个民间故事大国都很不相称。由笔者提出，有幸被列入国家教委人文社科"九五"规划重点课题，经几位同仁前后三年的通力合作才得以完成的这部《中国民间故事类型研究》，就是试图在前人成果的基础上拓展这项研究的一个成果。

作为和一般文学研究有显著区别的这种故事类型研究，它的特色和价值在哪里呢？

1. 在通常情况下，文学研究的对象是那些各自独立成篇的书面文本。可是就众口传诵的民间故事来说，它却是以大同小异的多种形态存活于人们口头之中，在流传过程中不断发生变异，没有完全定型的文本。人们所接触的单篇异文，有的比较完美精致，有的比较粗俗，还有缺胳膊断腿的，如随意抓住其中某一篇文本来作研究，就很难完全把握这个故事的思想艺术特征。类型研究的主要特点就是把同一故事的多种异文集合起来进行比较、分析、综合，既可以从"大同"之中看出它们共有的母题、思想文化内涵及艺术情趣等等，展现出故事的原型；也可以从"小异"之处看出不同文本的民族地域色彩以及讲述人的个性风格等等。这样，我们对一个故事就可以获得比较完整而确切的印象了。

故事类型是由单一或复合母题构成的。类型研究的重点是解读或剖析贯穿于同一类型众多异文中的母题，由母题及其组合情况来考察故事的文化内涵与叙事美学特色。如 AT461 这个世界著名故事类型，贯穿其中的核心母题或情节单元就是对"命运"的探求。它在古代文学艺术作品（如希腊悲剧）中的表现，是命运的力量无法抗拒；西方近现代流行的这类故事，也仍有关于命运之神对穷孩子一生的安排无法改变的叙说；中国的"求好运""问活佛"，却突出地表现了穷孩子离开家乡，偏要改变自家"穷八代"的命运，最后终于如愿以偿的积极进取精神。由此使中国故事的思想艺术闪现异彩。

2. 类型研究还有利于追寻故事的来龙去脉。民间故事具有跨越广大时空而存活的顽强生命力。中国民众现今口头流传的"灰姑娘""云中落绣鞋"等故事，它们的叙述形态竟然和一千多年前唐人笔下记述的《叶限》《石洞绣鞋》完全一致；《格林童话》中所载年轻人去远方寻找三根金头发的德国故事，同我国多民族传承的"求好运"故事成为模样相似的姐妹篇；还有今天人们津津乐道的关于年轻人娶龙女为妻的故事，将报恩兽同负义人相对比的故事等，却在古代的汉译印度佛经中发现了惊人相似的文本。它们之间的关联究竟是同出一源，或不谋而合，或是通过文化传播而借用、移植所致，这成为一个难以索解的人类文化之谜。将同类型的众多故事异文集合起来进行研究，就有助于人们解开这个谜团。这成为故事类型研究最吸引人的一个亮点。

文学的跨国联系具有一定的普遍性，而民间口头文学中的故事体裁，却最富于国际性，因而受到学人的特别关注。正如一位著名的俄罗斯学者瑞尔蒙斯基所揭示的：

> 文学的联系和相互影响是历史的范畴，在各种具体的历史条件下其活跃的程度是不同的，并且采取不同的形式。民间创作的各种体裁中，比如人民的英雄史诗，总的说来最少受国际性影响的渗透，因为史诗是人民的英雄主义理想化了的过去的历史，在富于诗意的形式中，体现人民对自己的过去的理解和评价。相反，许多民间故事的情节——妖魔的、动物的、故事的、奇闻笑谈的——却具有国际性。促进这一现象的是童话作品的美妙的、引人入胜的特性，没有地区性民间口头传说特有的对民族、历史和地理的直接依存关系，以及散文的形式，因而它使一种语言转述成另一种语言和创造性的更换地方情调，使之适应另一种民族环境比较容易进行。①

人们深怀兴趣地研究这些跨国、跨民族的故事类型，不仅是为了透

---

① [俄] 瑞尔蒙斯基：《对文学进行历史比较研究的问题》，《比较文学研究译文集》，上海译文出版社 1985 年版，第 993 页。

彻地理解这些故事本身，还有更重要的意义，就是可以由此切入探索人类文化传播演化规律的深层研究，这是其他文学研究所难以企及的。汤普森在《民间故事分类学》一书中就特别指出："民间故事构成人类文化史的一个重要部分。人类学家及研究人类习俗的所有学者应该将各种故事的存活史的大量增加的材料，用之于阐释他们自己的发现。他们所真正理解的大量故事，会使得他们关于人类的整个智力的和审美的活动的观点，变得更加清晰和更加准确。"①

3. 故事生活史探索。对跨越广大时空背景的同类型民间故事进行比较研究的各派学者，从神话学派到人类学进化论学派，从心理分析到结构主义，从流传学派到历史地理学派，都对这一特殊文化事象作出了自己的解释。其中以芬兰历史地理学派对"民间故事生活史"所作的探索最引人注目。

其方法要点是：首先尽可能广泛地搜求异文，并对其异同之处作精细比较，解析出它的母题和类型；然后把它们置于一定历史地理背景之上进行考察，从纵向的历史演变中构拟出故事原型，从横向的地理传播途径中追寻故事的发祥地；再依据原型回头考察有关异文，便可以看出故事在不同时空背景上的演变情况，由此勾勒出该类型完整的"生活史"了。这方面的具体成果，在我国介绍得不多，但编撰《中国民间故事类型索引》的丁乃通运用这一方法研究《白蛇传》《黄粱梦》《灰姑娘》《云中落绣鞋》这四个中国故事类型所写成的长篇论文已译成中文出版，使我们对这个学派从事故事类型研究的特点与成就有了清晰的印象②。

历史地理学派的方法强调搜求大量异文，在进行分析比较时，又十分重视相关历史地理因素的考察，尽管操作方法过于琐细，构拟原型时往往难以避免主观附会，但他们所作的考察与推论仍以基础坚实受人称道。由于他们重在探索情节型式的生活史，对那些有血有肉的故事文本

---

① ［美］斯蒂·汤普森：《世界民间故事分类学》，郑海等译，上海文艺出版社1991年版，第537页。
② ［美］丁乃通：《中西叙事文学比较研究》，陈建宪等译，华中师范大学出版社1994年版。

所涵盖的生活思想内容、叙事美学特征，以及同传承者之间的联系等便较少涉及，这些显而易见的不足之处有待学人改进。

4. 跨国、跨民族比较研究。故事类型研究的主要工作，是对跨国、跨民族以及跨时代的众多故事文本进行比较辨析，因而它也就是我们通常提到的比较研究，可以归入比较故事学、比较文学的范畴。俄国学者瑞尔蒙斯基在20世纪50年代末曾专门论述这民间文学的历史比较研究问题，他将这种比较方法归纳为三种情况，这就是：历史起源的比较，把诸现象之间的相似看作是它们在起源上有亲缘关系，而它们之间的差异是后来历史条件的不同所造成的；历史类型学的比较，把彼此之间互无联系的现象在演化上的相似，解释为有相似的社会发展条件；第三种比较则认定国际间文化的互相作用，"影响"和"借用"，是由这些民族在历史上的接近和它们社会发展的前提所决定的。这位学者1958年底在全苏民间文学工作者会议上作报告时，强调在民间文艺学中，"起主导作用的是历史类型学的比较。这种比较的前提是社会历史发展过程的一致和规律性"。这一强调同当时苏联学界将芬兰学派作为资产阶级民间文艺学对待的思潮有关①。时隔不久，当他再次讲到文学的历史比较研究问题时，口气就有了改变，认为进行这种研究，"既估计到文学发展的平行现象和由此引起的文学之间的合乎规律性的历史类比的相似，也考虑到由其制约的国际性的文学相互影响。这些现象，如上所述，辩证地相互联系看，应该从这些联系的各个方面加以考察"②。这里讲的有关民间文学的历史类型学比较和国际间相互影响的比较，实际上也就是人们在比较文学中通常提到的"平行研究"和"影响研究"两种流派或方法，它们各有其适用范围与合理价值，我们应当根据研究对象特点灵活使用，

---

① ［俄］瑞尔蒙斯基的报告《民间文学的历史比较研究》及本次会议情况，详见中国民间文艺研究会1959年6月作为内部资料编译刊印的《全苏民间文学工作者会议文件》。

② ［俄］瑞尔蒙斯基：《对文学进行历史比较研究的问题》（1959年在高尔基文学研究所的学术报告），《比较文学研究译文集》，上海译文出版社1985年版，第299页。

不必厚此薄彼，加以拘限。

5. 类型研究成果的集中体现。20世纪故事学的研究成果，可以说集中体现在故事类型的研究上，从一系列类型的个案解析到许多国家、民族乃至全球范围内故事类型索引的编纂，呈现出一个蔚为大观的局面。类型研究因芬兰历史地理学派的大力倡导而在国际上得到张扬。实际上我国学者很早就开始尝试这样的研究了。20世纪30年代中叶钟敬文对天鹅处女型、蛇郎型、老獭稚型等故事的研究，在当时世界学苑中就是出色的类型研究成果。只是由于随后发生的战乱打断了这些研究活动。20世纪80年代以来，在改革开放大潮的推动下，民间文艺学领域又兴起用比较方法研究故事类型的热潮，中外学术交融，成果纷呈迭出。中国的故事类型研究，除借鉴国外方法和成果之外，还以坚持辩证唯物论与历史唯物论的基本精神，充分运用中国丰厚的古典文献与新近采录的鲜活资料，紧密联系中国的历史文化背景为特色。研究工作不断深入，学术境界与影响不断扩展。

本书选取60个中国故事的常见类型进行解析，就是在借鉴吸取故事学中的中外学术成果与方法的基础上完成的。

现有的几部"中国民间故事类型索引"给我们的启示，主要在类型的确立及其编码体系，异文的查找，以及从多种异文中辨析异同提取情节梗概上。由于这些《索引》所能搜求到的故事资料有限，我们在写作时所运用的20世纪80年代以来的大量鲜活资料均来自自己的积累。此外，《索引》毕竟是作为检索民间故事的工具书来编纂的，它们对每个故事类型叙事形态只能作大略描述，而不可能向读者提供更多的东西。我们就选取的故事类型作具体解析时，除首先提示故事梗概及母题构成，即描述其叙事形态之外，还要求包括如下内容：流传分布情况及其亚型，文化内涵及其叙事美学特色，历史演变和跨国、跨民族比较，以及本类型已有研究成果的评述，等等。自然，这些方面只能就每个类型的特点各有侧重地展开而难以强求一律。

关于类型划分，我们大体沿用现有几部"故事类型索引"的成果，但也不为它所拘限，有所增益和变通。类型的划分有粗有细。由于同一母题可以在许多类型的故事中出现，有的索引便据此将同一故事划归两个以上不同类型。本书为方便对文本的解析，一般不采取让同一故事跨类型的做法，而是就每个故事的核心母题及其整体结构，只将它们归入一个类型；但在形态描述时，注意区分大类型下的若干亚型及其构成演变特征，做到粗中有细。怎样使中国民间故事的类型划分更为合理和规范，编码体系更为完善，那是另一项需要继续进行逐步完善的重要研究工程。

我们从《故事类型索引》中所看到的故事，只有情节梗概，却剥离了细节和语言。这样，它们就如同没有枝叶只有主干的树木，或者是只有躯壳没有血肉的人体，难以将民间故事以有血有肉、生动活泼的姿态呈现在读者面前。正如贾芝先生在一篇文章中所提到的，如简单地借用AT分类法，"只作结构的研究，就好像把斑斓多彩的故事作为无花的枝干来研究，会使我们陷入形式主义的泥坑，使整个研究失去生命和价值"[①]。因而我们在作类型解析时，要求选取具有口头文学特色的精彩异文，特别是要注意引述出自优秀故事家口述而记录成文时又忠实于原作的故事文本。力求从这些类型解析文章中，使读者领略到中国各族民间故事的鲜活姿态与整体美感。

仅就我们所选取的60个故事类型分别进行解析，自然不足以展现中国民间故事的整体风貌。为此，我们参照几种"中国民间故事类型索引"，将现有类型按其体裁、内容归纳成几个大的板块和系列，从而由点到面，从宏观上揭示出中国民间故事所建构的优美艺术世界的主要特征。这是一项更为繁难的学术探索。

在研究方法上，笔者力求以开阔的学术视野和独创的学术眼光来从事这项研究，坚持辩证唯物主义和历史唯物主义的历史观与文化观，而又合理吸取现代文化人类学、民俗学、文艺美学以及民间文艺学中历史地理方法等等为我所用。

将民间故事划分为若干类型进行研究只是一种方法和手段，我们的

[①] 贾芝：《播谷集》，人民文学出版社1994年版，第328页。

目的在于对源远流长、枝繁叶茂的中国各族民间故事的文化特质及其珍贵价值，它的精美之作和整体风貌，求得一个切实的认识。在新旧文化交替和中外文化会通更趋频繁的今天，保护和开发这份宝贵的精神文化财富，使之为促进现代精神文明建设服务，有着不可估量的重要价值。

　　故事研究的天地十分广阔，可以运用多种方法，从不同层面上展开。像历史地理学派的学者那样，就一个故事类型，用几万字的篇幅作深入精细的描述考论，自然也有其学术价值。本书的构想是将学术性与普及性相结合，不论是对类型的个案解析还是对民间故事艺术世界的审视，都还较为粗略；研究的深度和广度，均有进一步扩展的余地。民间故事本来是属于大众的，我们力求将中国民间故事从微观到宏观的风貌，以通俗简明的文字清晰地展现在广大读者面前，使它们变为雅俗共赏、众人可以享用的文化财富；民间故事又是世代传承的，在它身上刻有千百年岁月的陈迹，我们希望用现代人文科学的眼光给以解读，使之在新时代重放异彩。

导 论

中国民间故事的艺术世界

中国历史悠久，地域辽阔，由 56 个兄弟民族共同创造的中华文化，呈现出多元一体的辉煌姿态。作为传统文化重要组成部分之一的民间故事，也以丰饶优美著称于世。中国民间故事从萌生到发展、成熟，大约经历了 2500 年。早在先秦两汉时期，"街谈巷语""道听途说"中的一些故事，就已引起史官和文人的注意，开始用文字把它记述下来。从秦汉魏晋时期的《山海经》《列异传》和《搜神记》，到唐代的《广异记》和《酉阳杂俎》；从宋元时期的《夷坚志》《夷坚续志》，到明清的《耳谈》和《子不语》《咫闻录》等等，其中保存有成千上万则口述故事。20 世纪初叶的五四新文化运动，激发起人们采录研究歌谣、故事的热潮。经过 20 世纪二三十年代、五六十年代和八九十年代三个民间文学黄金季节，我们所积累的故事资料已达到数十万篇，一部史无前例的故事巨著《中国民间故事集成》正按省、市分卷陆续出版。同时还发现了上万名优秀故事家正从事着鲜活的故事讲述活动。

民间故事以现实世界中形形色色的普通人的生活遭遇及其理想愿望为叙说中心，用巧妙的虚构方式编织而成，富于趣味性与教育性。它们有的贴近实际生活，有的饱含神奇幻想，有的诙谐幽默，有的寄寓哲理，构成一个多姿多彩的艺术世界。下面让我们就那些常见故事类型，对中国故事的艺术世界作一个粗略的宏观扫描。

一、动物故事的特殊魅力

在国际民间故事分类编码体系中，都是把动物故事放在最前面，中国的几部故事类型索引也是如此。丁乃通的著作搜罗最广，列出的动物故事类型达 150 个；金荣华就三部民间故事集成所作的分类编码，动物故事类型为 50 个，它们是中国各族民间故事中常见动物故事的代表。

1. 动物故事主要系列及其构思特点。

丁乃通按 AT 分类法，将动物故事分为"野兽""野兽和家畜""人和野兽""家畜""鸟类""鱼类""其他动物与物体"共七个系列。动物故事的情节结构和它折射出的人类社会生活繁富多样，如按内容很难合理分类，这样按故事中的动物角色来归类，自然简便得多，于是被众多学人所乐于采用而流行开来。

我主张吸取艾伯华对动物故事的分类法，将它们大致区分为"动物"以及"动物与人"两大系列，这样似乎既简便，又能反映出这些故事本身的艺术构思特点和中国民间故事积累的实际状况。

（1）完全以动物为角色，在动物世界里展开的故事。常见类型有"小鸡崽报仇胜野猫""兔杀狮""豹狼挑拨离间""猫装慈悲吃老鼠""猫教老虎上树""用尾巴钓鱼上大当""猴子把心肝留给家里""狐狸中了计，兔子笑裂嘴""水牛涂泥斗猛虎"，等等。故事中角色之间的冲突纠葛，既是按动物的生活习性展开的，十分活泼有趣；又象征性地折射出人类社会生活某一方面的特点，或人们在社会斗争中积累的某种经验教训。如关于弱者团结起来或充分运用自己的勇敢智慧从而打败强敌的闪光思想，就在那些关于小动物战胜大动物的生动叙说里得到有力的表现，给予在困境中奋斗挣扎的民众以宝贵的启示和鼓舞。

（2）还有一类故事是以人与动物的纠葛构成有趣情节的。这样的类型有"中山狼""老虎怕屋漏""老虎求医报恩""义犬救主""八哥鸟报仇""猫狗结仇""动物报恩人负义""人心不足蛇吞象"（相），等等。动物与人类的关系，不外乎与人敌对祸害人类，或对人友善助人得福两方面，民众口头叙说最多的是人与动物互相救助的感人故事。它既反映出在漫长岁月里人与周围动物结成的亲密友好关系，也折射出传承这些故事的广大民众善良慈爱的心地。有些就人与动物之间的纠葛所构成的故事包含着复杂深邃的内涵，读来发人深思。如在中国众多民族和地区流行的"猫狗结仇"这个故事类型,借猫狗出门为主人寻找失去的宝物,主人却赏罚不分,以致猫狗结成怨仇的叙说,尖锐地揭示出社会生活中常见的不公,激起人们的强烈共鸣,正如贾芝先生在一篇文章中所讲的:

> 这个故事为什么能够这样广泛地世代流传呢?故事主题很简单,就是狗和猫一忠一奸,受到主人的不公正的待遇。忠诚老实为主人尽力的受到欺辱,奸诈取巧反而得宠,巧取豪夺的奸诈行为被表面现象所掩盖。有的是猫花言巧语迷惑了主人,有的竟是主人自己被猫叼宝物而归这个表面现象蒙蔽了自己。以奸欺忠,处理者的昏庸,比比皆是,所以反对和谴责这种现象的猫狗结仇故事,也几乎到处都有。①

这个以人与动物为角色,巧妙编织而成富于象征意义的故事,较之直接叙说人类社会生活中同一主题的真实故事,更具有概括意义,更耐人深思体味。

动物故事中的动物形象,以拟人手法构成。正如一位研究者所指出的,它们是"劳动人民在现实与幻想的交织中既概括了动物的习性,又注入了人的思想的一种艺术创造。这种拟人化的结果,就使这些故事中的动物形象呈现出复杂的状态。那就是它既是动物,又不是动物;既不是人,又是人。它是人和动物的统一,是现实和幻想的统一"②。这里需要补充说明的是,在拟人化过程中,人们不仅要尊重有关动物角色本来的生活习性,还受着历史形成的民族心理的影响,打上动物崇拜或图腾崇拜的烙印。如猫头鹰形象,福建莆田人周婴在《卮林》一书中写道,"贾生以为妖鸟,而吾邑闻其鸣声,谓丰年之兆,俗固有不同矣"③。对猫头鹰的恶感,主要流行于北方中原文化地区,由此在故事中也以它为反面角色;中国南方的一些少数民族地区,对猫头鹰则是另一种心态,纳西族中就流传着同情猫头鹰,为之鸣不平的故事《猫头鹰的话》。居住

---

① 贾芝:《播谷集》,人民文学出版社1994年版,第325页。
② 林一白(张紫晨):《略论动物故事》,《民间文学》1965年第3期。
③ 刘敦愿:《中国古代有关枭类的好恶观及其演变》,《山东大学文科论文集刊》1979年第2期。

在湘鄂西山区的土家族，由于世代传承着对白虎的图腾信仰，人们便以亲切口吻讲述"义虎"助人的故事；云南阿佤山的佤族居民，没有这种信仰背景，老虎便常以骄横愚蠢的角色出现，成为人们嘲讽的对象。故事中许多动物形象的塑造，在以它们自然形态为基础的同时，还融合着相关民族的传统习俗在内，由此也赋予故事丰厚的文化内涵。

西方学者常常认为中国动物故事不发达，汉族有限的动物故事又缺乏对动物生态的活泼表现。这是在中国民间故事采录极不深入的情况下所造成的印象。大规模采录各族民间故事以来所获得的资料表明：中国藏族、蒙古族、维吾尔族、哈萨克族，以及傣族、壮族、佤族等，都有丰富的动物故事存活于人们的口头之中。动物故事的活跃，一方面是由于这些民族在自己的生产生活中经常和多种动物接触，熟悉其生活习性，同时又有着慈爱动物的文化传统。

动物故事以描绘奇特有趣的动物世界来吸引人们。这个动物世界并非动物自然生态的再现，而是对人类社会生活的折射。它们"形似"动物世界，却"神似"人间百态，成为两个世界的巧妙融合，并由此寄寓丰富而深刻的社会人生哲理。口头文学家正是在这似与不似之间施展艺术智慧编织故事，赋予这些动物故事以妙趣横生又意味深长的魅力。

2. "动物故事"和"寓言"。

在故事分类编码体系中，有一个引起争议的问题，就是现有的几种《中国民间故事类型索引》，由于受 AT 分类法的影响，都没有"寓言"；而在中国通行的故事分类体系中，"寓言"却是和"幻想故事""生活故事""笑话"并列而卓然独立的一种体裁。丁乃通编撰《中国民间故事类型索引》时，按 AT 分类法的体系，将动物角色的寓言列入"动物故事"，另将以蠢人为角色的寓言列入"笑话"。笔者在 1985 年邀请丁乃通先生来华中师范大学讲学时，曾和他当面讨论过这一问题，他并不否认寓言故事在中国的悠久传统，但为了适应国际通用的分类法，只好将"寓言"割爱，改用按角色来给故事分类了。

中国先秦诸子散文中的寓言，古希腊的《伊索寓言》，古印度的佛经寓言如《百喻经》等，均在人类文化史上享有盛誉。寓言的基本特征是借虚构的小故事来寄托某种训诫，它可以用人类也可以用动物来作主角，在简短有趣的故事叙述中对人类社会生活经验进行理性思考，鲜明有力地表达启迪世人的训诫。寓言是世界性的文学体裁，英国著名学者爱德华·泰勒所著《原始文化》一书，就讲述了在原始文化背景上，描述动物生活习性"任何训诫都没有渗入"的普通动物故事怎样逐步过渡到动物寓言的过程[1]。这类纯粹的动物故事在后世的口头文学中已不多见。欧洲文艺复兴时期的英国著名作家薄伽丘有一个精彩论断："所有有价值的故事都是寓言，也就是说它有一个重大意义的核心，包藏在虚构的往往不太可能的故事的外壳里。"[2] 因此就广义来说，民间口头传承的神话、传说、故事等类作品都在一定程度上显现出寓言特征，或具有演化成寓言的可能性。所谓先秦寓言，其实它们并非一种单一体裁，正如一位研究中国古代寓言并主编《历代寓言选》的著名学者公木所指出的，先秦寓言的来源是人民口头创作的神话、传说、故事，"它们被赋予寓言的性质，还是由于它们被引用在诸子散文中，经过引用者加以生发的结果"[3]。《愚公移山》《叶公好龙》就分别来自神话和传说，《狐假虎威》是典型的动物故事，《守株待兔》《郑人买履》等以蠢人为主角的小故事实为笑话。它们被当时的士人引述时，加以生发改造，便都被学人作为寓言来看待了。

在中国古代的思想文化中，儒家学说长期占据主导地位；宋以后儒道释由鼎立演化成合流，社会伦理道德仍受儒家思想支配，从上层到下层的文艺生活都有"重教化"的特点，它也渗透到作为休闲娱乐而流行开来的口头讲述故事之中。山东一个著名女故事家胡怀梅常对人说："为男为女在世间，良心行为要当先，为人不懂世间理，枉在人世走一番。"她讲故事就是要人们明理走正道。在旧时代的广大乡村，文化教育事业

---

[1] [英]爱德华·泰勒：《原始文化》中文版，上海文艺出版社1992年版，第398页。

[2] 颜元叔：《西洋文学术语丛刊·谈寓言》，台北黎明文化事业公司1973年版。

[3] 公木：《历代寓言选·前言》，中国青年出版社1983年版。

落后，民间故事担负着寓教于乐的重要社会功能。许多有见识的文人采录故事，也是着眼于它们"有益讽诫"，借此"以寓劝惩"。仔细体察，我们甚至可以说作为一个整体的中国民间故事都有寓言化的倾向，就以那些曲折丰富的长篇故事而言，出色的故事讲述人常常借用一些意味深长的流行谚语来作为"故事眼"和故事篇名，如关于男女情爱的《有缘千里来相会》，关于友谊的《春风和夏雨》（"没有春风，哪来夏雨"）以及《路遥和马壮》（"路遥知马壮，事久见人心"），鞭挞邪恶的《大路不平旁人踩》《人心不足蛇吞象（相）》《蒋（将）恩不报反为仇》，颂扬助人为乐的《做好事不问前程》，还有讲修道失败的《竹篮打水一场空》，讲人世沧桑的《何东与何西》（"三十年河东，四十年河西"），等等。仔细查找可以列出一大串实例。它们在叙事中巧妙地寄托人生哲理，和国外的同类型故事在讲述时往往淡化训诫色彩风格迥异。上述故事都有寓言的特征，可是按民间文艺学惯例却被编排在"幻想故事"、"生活故事"之内。

在中国民间文学集成总编委会办公室制订的故事分类编码中，本来既有"动物故事"，也有"寓言"。如前所述，现今的动物故事大多已演化成人们喜闻乐见的寓言，因而"动物故事"和"寓言"这两个概念就是一种交叉重合的关系，只能择一而从，不宜并列使用。再加上广义的"寓言"又包容太宽，界限不易明确划分。有鉴于此，各地在编纂故事集成过程中，便大都取"动物故事"来分门别类，而较少再使用"寓言"的名目了。民间文学和作家文学中的"寓言"体裁有着悠久的传统，我们没有理由加以否定，只是在故事分类中按角色确立一个"动物故事"门类，操作起来更方便罢了。

二、幻想故事（民间童话）的构成及其演进

在国际故事分类体系中，最大的一块是普通民间故事，日本学界称为"本格昔话"，其中又大体区分为幻想故事与生活故事两大类。这一分类法被中国民间文艺学界所吸取沿用至今。但中国的这两类故事不论在

微观和宏观上都有自己鲜明的民族特色。

1. 幻想故事主要系列。

幻想故事的流行是世界性的，中国这类故事在古代称为"志怪"，"五四"以后长时期被有关学人叫做"民间童话"，还有叫做"魔法故事"或"神怪故事"的。它们在中国各民族的口头文学中数量最多，内容与形式最为丰富多彩，也最受民众喜爱。这里有一个值得注意的统计数字，《满族三老人故事集》将李马氏、佟凤乙和李成明这三位辽宁满族故事家所讲故事的品类作了统计，他们讲述的写实性故事共105篇，而幻想故事却有123篇（神话、传说共76篇除外）。幻想故事竟占了压倒优势，可见其在口头文学中的重要位置。

丁乃通在《中国民间故事类型索引》中，收录幻想故事类型达200个。金荣华依据四川、浙江、陕西三部故事集成所作的类型索引，提取幻想故事类型约80个。我们这部书选取流传范围较广、内容与形式最具代表性的六十几个类型进行具体解析。

民间叙事中的神话、传说都含有不同程度的幻想性，但神话是以神为中心，在人类原始文化背景上展开叙说；传说是回顾往昔，以历史上杰出人物的活动为中心结构故事。就民间故事而言，不论幻想性或写实性体裁，均以叙说普通民众的生活境遇和愿望为特征。所谓幻想故事并非构造纯粹的虚幻境界，而是驰骋想象，将神奇因素引入普通民众生活，编织闪耀奇光异彩的美妙故事。借用鲁迅论童话体裁的话来说，即"幻想与实际混合"。它是幻想故事构成的基础，也是我们从方方面面研究幻想故事的出发点。

国际学人对幻想故事类型的个案研究，已取得了相当丰硕的成果，但至今仍没有形成一个完整有序的宏观体系，AT分类法将神奇故事划分为"神奇的对手""神奇的亲属""神奇的难题""神奇的帮助者""神奇的宝物""神奇的法术""神的赏罚"等几个故事群，在分类上自然也是一种可贵的尝试，但失之笼统，又难以避免重合交叉，更难于适应历史文化背景有别的不同国家、民族的具体情况。

就中国幻想故事而言，历代志怪笔记小说已有一些粗略归类，如宋人编撰《太平广记》，所辑录的神怪故事材料，就有男女"神仙"及"道术"共80卷，"报应"33卷，"神"25卷，"鬼"40卷，"妖怪"及"精怪"共15卷，还有"虎"8卷，"狐"9卷等；元代成书的《湖海新闻夷坚续志》中，也按"神仙""报应""怪异""精怪""灵异"等门类来辑录材料，明显承续《太平广记》而来。在现今口头文学中，辽宁满族故事家李成明将自己熟悉的民间故事（以幻想故事为主体）分为"三界六景"，三界是：星星、月亮、天神、仙女为上界，人间为中界，鬼灵、阴曹地府为下界；六景是：山中动物精灵为山景，水中龙王和鱼鳖虾蟹为水景，还有花草景、树林景、禽鸟景、家禽景。上述分类自然都很不严密，其范围也不限于狭义的民间故事，但从中却展现出中国幻想故事传承的一些总体特征。

参照国际分类体系及在中国历史文化背景上构成的这类故事的民族特色，我们把中国幻想故事大略分成：神仙与人，神奇婚姻，鬼狐精怪，神奇儿女，魔法和宝物等五大类。现分述如下。

（1）以超人的神佛仙道为重要角色介入人间生活而构成的故事，有"求好运""请穷神""烂柯山""渔人遇仙""神仙增寿""有求必应的土地爷""攥城隍""城陷为湖""井水当酒卖""天雷打恶媳"等类型。这些被民众赋予神圣光彩的角色包括如来佛、观音菩萨、玉皇大帝、王母娘娘、太阳神、雷神，以及山神、龙王、城隍、土地爷、灶王爷，还有张天师、八仙等等。他们大多来自民间的佛道信仰，既神通广大，法力无边，又是人们亲近的朋友和导师，常常帮助人们解脱危难，主持人间正义，惩罚社会邪恶。但他们的帮助并不是能够轻易获得的，必须百折不挠，历尽艰辛，才能在遥远的地方找到他们，或者是主人公某种善良崇高的行为感动了他们，才获得他们的援救与奖赏。因而获得这些神圣力量的帮助，并不意味着主人公形象的软弱消极，实际上是主人公优良品格的一种转化；一旦故事里的主人公失去这些优良品格，神和仙人就会离开他们，甚至招来惩罚。一位得到八仙帮助，"井水当酒卖"的酒店老板娘子，因贪心不足埋怨没有酒糟喂猪，后来遭仙人唾弃立刻回复贫困就是一个有趣的例子。还有以"偷听话"为核心母题编织的"两兄弟"

"两老友"故事,只是设置了一个动物精灵向山神报告人间秘密的神奇环境,让两位主角偶然闯入,由其自身作为造成大快人心的善恶报应,构思更为巧妙。也有像"撵城隍"这样的故事类型,叙说人们对神权的抗争与蔑视,闪耀着可贵的英雄主义光芒。正是由于民间故事在驰骋幻想时,总是遵循着自己面向社会人生的叙事逻辑,由此将口头文学家的褒贬爱憎情感蕴含其中,才具有引人入胜并发人深思的魅力。幻想故事在以民间信仰为背景的同时又能超脱信仰,从这里也可以看出。

(2) 鬼狐精怪是另一类神奇力量和幻想形象。在人类原始文化背景上,由于受"万物有灵"和图腾崇拜观念的支配,认为自然界的鸟兽虫鱼,乃至山石草木,都具有人的灵性,能成精作怪,便在口头文学中形成一系列笼罩着神秘色彩的动植物精灵形象而传承下来。中国早在魏晋时期的众多笔记小说中,就有关于"百岁鼠化为神""千岁之鼋能与人语""狐五十岁能变化为妇人""万物之老者,其精悉能假托人形"等等记述①,民众口头盛传各种精怪故事。我们在唐人戴孚编撰的《广异记》中,就读到来自口头的狐精故事33篇,虎精故事16篇,蛇精故事11篇,其精美形态和现今民间口头传承的同型故事相差无几。

世界民间故事分类体系中均含有"动物故事",这些故事中的动物角色虽保持着它们本来的形态习性,又被人们赋予超自然的灵性,在故事中扮演着人类的角色,如复仇的蛇,报恩的虎,救护主人的猫狗等。它们实际上也具有动物精灵的特点。由于尚未化身为人,故事学家通常仍然把它们置于动物故事系列之中。这样,我们所讲的动植物精怪,便特指那些具有变形能耐,能够化身为人并参与人类生活的神奇动植物形象。

神和仙人在故事中大多以正面形象出现,在少数情况下,也有以对神的揶揄嘲弄来表达民众的叛逆心声的。动物精灵形象具有两重性,在传统意义上它们多扮演祸害人类、与人为敌的邪恶角色,由此构成的故事类型有"云中落绣鞋""狼外婆""中山狼(瓶中妖怪)""孩子和山妖"等。从这类故事的早期形态看,精怪肆虐,惨烈可怖;现在口头流传文

---

① 刘守华:《中国民间故事史》,湖北教育出版社1999年版,第175页。

中国民间故事类型研究

本则大多以主人公战胜妖魔获得大快人心的结局为特征，在相互较量中突现主人公（以少年居多）的勇敢智慧与谋略。故事中的蛇妖、狼精、山妖、水怪等等，最初本是威胁人类生存的自然界异己力量，后来在口头文学中被赋予社会属性，成为压迫者和邪恶势力的象征，相关故事也就具有了概括反映民众进行社会斗争所积累的经验教训的丰富内涵。凶恶的狼精装扮成和善的外婆来诱骗天真幼稚的孩子，显然只有联系社会斗争中的复杂情况，才能真正理解这个故事的深刻含义。

比较起来，人们自然更乐于讲述动植物精灵与人友善，帮助人们解脱危难实现美梦的故事。东北地区流行的"人参娃"，讲述千年人参幻变成红衣小孩成为好心挖参人的朋友并帮助他们致富，就是这方面优美动人的佳作。

（3）许多可亲可爱的动植物精灵，更多地出现在"异类婚"或"神奇婚姻"故事系列中。其类型构成有以男性为异类的，如"蛇郎""神蛙丈夫"；更多的则以女性为异类，如"天鹅处女""田螺姑娘""龙女""蛇妻""虎妻""狐狸媳妇""鱼姑娘"等。男女情爱既是民间故事永恒主题之一，其叙事形态又富于变化而显得多姿多彩。"蛇郎"故事的构思是以蛇郎的变形来象征男性境遇的突变，由此将两姐妹的美丑性格作鲜明对比；"神蛙丈夫"中的青蛙，就其由卑贱丑陋遭人歧视的异类，转化为富有英俊的王子而获得女性青睐的故事线索而言，和"蛇郎"有其相通之处。但它着重表现的是青蛙求婚时在哭笑之间能使山崩地裂的巨大能量，以及最后蛙皮被毁，追求人间幸福的美梦遭到破灭的悲怆结局，从而使两个故事的内涵明显有别。至于在异类充当女性角色的那些类型中，女方主动以身相许，大多出于对勤劳善良的小伙子的报恩或对人间夫妻生活的追慕，这是它们的相通之处。但每个类型又各具特色，以"女强人"姿态出现的龙女和性情温顺围着灶台打转的田螺姑娘形象构成鲜明对比；天鹅或孔雀仙女因受天国戒律约束而不得不飞返故国，蛇妻因丑陋原形被人窥视而难以在人间立足，两者的意趣迥然有别。鱼姑娘故事中有丈夫浪子回头的穿插，虎妻故事中有女主人公兽性复萌招致家庭毁灭的叙说，象征性地展现出男女爱情婚姻生活的复杂情态。笔者曾经认为，在中国民间歌谣中，最优美动人的是情歌；那么，也可以说，在民间故事中，凝聚着充沛情感与想象而最富于魅力的，就是这些浪漫主义的爱情故事了。

在鬼狐精怪故事中，关于鬼的故事值得特别提起。中国文化中的鬼有多种类型，楚辞《九歌》中的"山鬼"，《吕氏春秋》中的"奇鬼"，以及西南边疆少数民族民间信仰中的"鬼"，实为以自然界某种特异动物为原型，又被人们赋予神秘特性的角色，不在我们考察之列①。我们这里所讲的，是以"人鬼"为角色的故事。按《说文》："人死归为鬼"，又《正字通》："人死魂魄为鬼。"民间信仰中，出于对死亡和冥间的畏惧，便赋予鬼的形象以阴森恐怖危害人间的特征，正如《说文》所概括的："鬼阴气贼害。"口头文学家以这种信仰为背景，却又突破世俗流行观念，编织出许多意趣深远的鬼故事。其主要类型有"捉鬼卖鬼"，以诙谐有趣的情节表现人们不怕鬼的豪迈情致。还有"渔夫和水鬼""鬼妻""鬼母"等等，鬼的形象均扮演着正面角色；曲折婉转的情节和含蓄的喜怒哀乐之情自然来自世俗人间，但因缘"鬼"而发，故事情节借助于同鬼信仰的强烈反差而显得分外奇特感人。和其他国家幻想故事相比，中国的鬼故事似乎内容与形式都格外独特别致。

幻想故事中还有"神奇儿女"和"魔法、宝物"两个系列，其中的主人公或由于先天生成的怪异形体，或由于后天获得的神奇宝物、魔法与技艺，从而成为无所不能的强者，在人间创造出种种惊世骇俗的功业。

（4）其中"十兄弟""枣核儿""黑马张三哥"这几个类型，均以怪异儿为主人公，他们生来或躯干高大如巨人，或体形小巧似枣核，或人兽合体马头人身；怪异形体生出超人能耐，他们便在对邪恶强暴势力的斗争中所向无敌了。

（5）另外一些类型，如"龙子望娘""猎人海力布""早发的神箭""头上长角的国王""神木鸟""打开山洞的宝钥匙"等，其中的主人公并无与生俱来的神异特性，只是由于偶得宝物，误吞宝珠，修炼法术，通

---

① 徐华龙：《中国鬼文化》，上海文艺出版社1991年版，第106～141页。

晓某种秘诀，便能化身为龙向压迫者复仇，可听懂鸟言兽语预知人间灾祸来临，用宝钥匙打开藏宝的山洞，或造出"神箭"差点射杀了残暴的国王等等。他们借助神奇宝物或魔法的帮助而成为在人世间创造奇迹的英雄。

关于宝物、魔法的幻想，同民间道教信仰有着一定关联。道教神秘信仰中就有使用法器（宝剑、令牌等）和禁咒、符箓以降妖伏怪的内容，它们常转化为故事情节。但作深入考察后就可发现，这些宝物、魔法幻想中，包含着人们渴望揭破大自然奥秘，控制自然力和主宰宇宙的可贵精神。有的实际上是一种科学幻想。能飞越千万里直达皇帝宝座的"神箭"，所表达的不就是关于远程火箭的幻想么？至于那只完全由匠人巧手高艺造就的"神木鸟"，由中国古代《鲁班造木鸢》的传说及风筝制作工艺生发而来，更是一则闪射异彩的科学幻想故事，具有重要的历史与现实价值。

以上类型，都是神奇幻想在故事情节构成中占优势的，还有许多作品以现实的人物事件为叙述主体，只是楔入某些幻想因素推动情节发展，如《斗谷三升米》中卜卦人的三句话，《当"良心"》中的金娃娃，《张郎休妻》中女主人公离家出走的坐骑等，我们就不把它作为幻想故事来对待了。

2. 神奇母题的历史根源。

《中国民间故事集成》已出各卷，选录的各族幻想故事百花竞艳，美不胜收。许多地方的编者都注意到它们的特色与价值，并作了精要的论评。如四川卷就在《前言》中写道：

> 四川人民在长期生活斗争中积累了丰富多彩的生活经验，既有阶级和阶级压迫的苦难，也有原始习俗、原始信仰的遗留。苦难的现实生活使人们执着于幸福生活的追求和美好事物的向往，人们认识到现实的苦难是由贪婪和残忍造成的，便对它产生了强烈憎恶的感情。沉淀下来的原始习俗和原始信仰在这里作为幻想的桥梁，把现实和理想联结起来了。陷于苦难中的善良的人，在神灵事物的帮助下，战胜了压迫者，得到了幸福和美好的生活。用民间语言艺术

的形式反映人们这种精神活动的便是幻想故事。这类故事有离奇曲折的情节，有对优美的善良的人性的赞扬，有对人性丑恶的鞭挞。它是人民是非观、道德观的形象化，是人民憧憬和期望的心声。①

故事中的神奇幻想由人们对现实苦难的抗议和对美好生活的追求激发而成，并非完全脱离实际的想入非非，这是就它的现实生活基础而言。同时它又和民间传承久远的某些古老习俗、原始信仰有关，成为联结幻想世界（理想境界）与现实世界的桥梁。进化论人类学派的学者，把故事中那些具有原始文化烙印的幻想情节和形象，均看作是野蛮习俗信仰的遗留，由此推导出了贬低民间创作的结论。笔者早就指出，"实际上它们不过是人们借用来进行艺术虚构的一种幻想材料，在古老的躯壳中，已注入新的生命"②。随着民间文艺学的进展，把故事中的神奇幻想看作"有意识的虚构"，并非纯为民众心头"根深蒂固的信仰"，现已成为诸多学人的共识。

但这样说还有些笼统，按照俄罗斯著名学者普罗普对神奇故事历史根源所作的研究，故事母题同古代原始习俗、信仰之间的关联有三种情况，一是直接对应，二是重新解读，三是从相反的意义上转化③。

（1）就中国民间故事实际状况而言，"直接对应"有许多常见事例。以神佛仙道为救助世俗民众的正面主人公，就是受佛教道教长期熏染，与其信仰直接对应所造成的。另外，青蛙少年和蛇郎以神奇美好姿态进入幻想故事王国，同许多民族崇拜蛙蛇的古老信仰背景显然也有着密切关联。但这些幻想形象由民俗信仰领域进入口头叙事艺术领域，不仅姿态更鲜活，它的象征意义也有所变化，从而获得了新的艺术生命。今天即使是思想观念再封闭僵化的老奶奶，当她津津有味地讲述《蛇郎》故事时，也决不会真的要身边的女孩子去嫁给一条蛇，她也会懂得蛇郎只

---

① 洪钟等：《中国民间故事集成·四川卷·前言》，中国文联出版中心1999年版。
② 刘守华：《民间童话的特征和魅力》，《民间文学》1983年第6期。
③ 贾放：《普罗普〈神奇故事的历史根源〉与故事的历史比较研究》，《民间文化》2000年第7期。

不过是现实生活当中一类男性的象征罢了。因此，在后世故事里，即使是同传统信仰直接对应的那些幻想形象，我们也不能把它们完全看成是"原始文化的遗留物"。

（2）关于"重新解读"，仍以《蛇郎》为例。由于人类文明演进，在近现代文化背景上，人们对蛇丈夫的形象感到不可思议，于是出现了一些新的异文，说蛇郎原本不是一条蛇，而是被邪恶的巫师施魔法变成了蛇，后来获得一位少女的纯真爱情又回复本相。在《狗耕田》故事中，那条创造奇迹的狗本是神犬，这一原型的出现同对狗的动物崇拜有关；现今的一部分口头讲述文本却参照马戏团中的驯兽情景，说小狗拉犁是聪明弟弟用食物引诱的结果。人们对故事母题中所包含的原始文化成分给以新的合理解释，丰富和改变了它的内涵。

（3）故事母题同原始习俗、信仰的另一种关联形式就是"转化"。《李寄斩蛇》中，在原初"土俗"中，对那条山中大蛇，乡民除"祭以牛羊"之外，还送童女献祭，显然是把它作为"蛇神"来崇拜信仰的。后来李寄以超群的智勇斩除大蛇获得举国嘉许，它就转化成祸害人类的"蛇妖"了。这种情况在中国近现代民间故事中十分普遍。例如民间信仰中的许多神圣偶像，从玉皇大帝到灶王爷，从如来佛到张天师，固然大多以正面形象出现，却又常常在故事中扮演可憎可笑的反面角色，由此表达出乡野小民的叛逆心声。在"斗阎王""攉城隍"这两个类型中，掌管人间"生死符"的阎王爷，被谎张三一类凡夫俗子捉弄得无可奈何；享受一方百姓香火的城隍爷，因不称职被百姓攉走，由一位凡人取而代之，鲜明地表现出神权在民众心中的衰落趋势。"仙女救夫型"故事中有几篇异文，讲到李老君的妹妹或张天师的女儿钟情于一个普通小伙子，遭父兄横暴干涉，最后与之斗法决裂，终获团圆。两位道教信仰中的偶像，在口头文学中都被拉下神圣祭坛，转化成不光彩的角色，作为现实社会中封建邪恶势力的象征。另一方面，被传统信仰视为祸害人类妖魅的鬼狐形象，却常常被口头文学家作为通情达理、可亲可爱的男女角色来称颂，被叫做"蛇仙""狐仙"。中国神奇幻想故事的角色和母题同传统信仰相背离或者向相反方面转向的这种情况如此突出，值得我们特别注意。它不仅是口头叙事艺术追求引人入胜的新奇意趣所致，也表现出作为故事传承主体的各族民众"离经叛道"意识的觉醒。

还有一个有趣现象，就是神奇幻想故事中的"龙王龙女""煮海宝""生死棒"等，在近现代产生的生活故事和笑话中，却转化成了机智人物哄骗财主的精致谎言。这些都是神奇幻想角色和母题随时空变换向其反面转化的例子，也是人类文明进步使然。

3. 道教信仰与中国幻想故事。

以上所述幻想故事同民间传统信仰的关联，是从探寻这些故事中神奇幻想的历史根源及其演变来说的。下面再说一说中国特有的道教信仰对幻想故事母题及类型构成的影响。笔者曾在《道教信仰与中国民间口头叙事文学》一文中写过这样一段话：

> 世界上每个民族，似乎都生活在两个世界里，一个是客观存在的现实世界，一个是心灵创造的幻想世界。中国道教按照自己的学说，构筑了一个颇为生动完整的神秘幻想世界，它既是人们的信仰，又深刻影响着各类民间叙事文学的创造和演变。道教以"道"为最高信仰；道是统摄宇宙万物运动变化的虚无玄妙之物，修炼得道即可长生不死，飞升成仙，并能通达宇宙奥秘，成为无所不能的强者。神仙就是得道者，他们成为神秘幻想世界的中心。就整体而言，这个神秘幻想世界的最高统治者是玉皇大帝及其配偶王母娘娘，其左右有太白星君、天兵天将、日月北斗诸神、风雨雷电诸神等；掌管其他领域的神，幽冥地府有酆都大帝，水里有龙王，山里有山神，地面有城隍、土地、财神及闲游浪荡的八仙；居留千家万户的有门神、灶神等等，还有众多的鬼怪精灵混杂其间。能够沟通这个神秘世界与凡俗世界的是道士，道士扮演着半人半神的角色。有的著名道士如张天师，甚至直接受命于玉皇大帝，具有支配人间众多神秘力量的巨大神通。
>
> 天宫居住着众多的天仙，过着逍遥自在的日子，得道成仙特别是成为天仙，是修道者追求的最高境界。动植物年久即可成为精灵，幻化成人形。这些自然界的精灵如逞凶作恶就会被视之为妖魔，受

到惩处,道士的主要职责就是对付在人间威胁着普通民众的各种妖魔鬼怪。它们如按道教学说进行修炼,再加上给人们行善造福,也可以在完全化身为人的基础上得道成仙,位列仙班,进入道教设想的最美好境界。"仙道贵生",在道教神秘幻想中,贯穿着珍爱生命和现世生活,渴望发挥人的潜能以创造奇迹的积极浪漫主义精神。

  道教构造的这个神秘幻想世界,既是中国旧时代现实社会结构的投影,也是一些道教哲理的形象体现。中国民间口头传承的许多神奇幻想故事尽管故事情节变化多端,却常常受着上述结构模式的支配,从而和他国故事显出巨大差异。①

  关于吸收道教信仰的实例,大体上有两种情况。

  一是有些故事在口头传承中因吸收道教信仰,它们所包含的母题发生变异染上一定的道教色彩。如由动植物精灵幻化而成的女子,原本属于"精怪"世界,因她们在故事中以修炼得道的正面角色出现,便成为"仙女"。按国际惯例,人间善恶本应由宗教殿堂里的神圣权威来裁定和赏罚,然而在吸收道教信仰的中国故事里,几乎每一位"神仙"都可出面赏善罚恶,而修道者经多年修炼得来的"仙丹",就是最为神奇的宝物;至于道术中的画符、念咒和"做法事",借用在故事中即成为威力无比的魔法。这些枝节上的变异情况十分普遍,因它们的基本情节结构未变,仍可作为一般幻想故事类型来看待。

  另一种情况是借助道教神秘幻想,创造新的故事类型;或增添新的情节单元,由新旧复合产生出具有相对独立性的新类型。以下10个类型是较为著名的。

  (1) 水鬼与渔夫型:水鬼与渔夫交友,渔夫一再破坏水鬼"找替身"的计划,最后水鬼因积德行善而受玉帝褒奖,迁升为城隍或土地。

  (2) 彭祖型:彭祖有道,长生不死,阎王令小鬼前往拘拿,每次均受彭祖捉弄,狼狈而归。也有讲彭祖因受妻子之累而被捉走的。

---

  ① 刘守华:《道教信仰和中国民间叙事文学》,《中国文化研究》1996年第2期。

（3）卖鱼人遇仙型：卖鱼人偶遇仙人，仙人赠宝珠（仙丹）一颗，可使腐烂之鱼变得鲜活，他从此发家致富。恶人夺珠受惩罚。

（4）三句好话型：勤劳善良的主人公偶遇仙人，仙人送给他三句应急话语，他一一照办，全部应验，每次均逢凶化吉。

（5）凡人学道求仙型：两个青年人访道求仙，一人意志坚定，乐于助人，能克服种种私欲的诱惑，终于获得成功；另一人因意志薄弱，缺乏仁慈德行而失败。

（6）樵夫观棋遇仙型：一樵夫入山砍柴，观看仙人下棋。他在仙山只停留了半日，下山时人世间已过去五百年，他无家可归，再次入山修道。

（7）井水成酒型：一仙人来酒店饮酒，为答谢店主的盛情，使法术将井水化作美酒，店家因而致富。女店主后因贪得无厌受惩罚，井水恢复常态。故事中的仙人题诗一首以警戒世人："天高不为高，人心比天高，井水当酒卖，还嫌没酒糟！"

（8）法师舍身斗龙型：一法师（道士）为民除害，下水和恶龙争斗，因徒弟未及时将法器（令牌、宝剑之类）送交手中因而招致失败，或双方同归于尽。

（9）学法造反型：主人公拜师学道，企图掌握某种神秘法术（神弓神箭、竹人竹马等）夺取皇帝江山，改朝换代；因某些细节上的疏忽而前功尽弃，饮恨千古。

（10）两法师斗法型：本地法师（道士）与外来法师斗法，不是变形争斗而是以神秘武术、气功、禁咒来伤害对方。本地法师受到致命伤害后使出最后一招，亦置对方于死地。

道教信仰对民间幻想故事的渗透之所以如此巨大深远，其主要原因在于：道教作为中国的本土宗教，不仅为汉族还为20多个少数民族所信奉，在近两千年的历史发展过程中，它吸纳了中国固有的原始信仰和神秘文化，还同中国历史文化的诸多方面息息相通。"人间有帝王，天上有玉皇"，按封建社会的结构模式来构造以玉皇大帝为首的鬼神谱系并为大众所认可就是一个明显事例。

近年金荣华先生就四川、浙江、陕西卷本所编撰的《中国民间故事集成类型索引》之一在丁乃通索引基础上新增列的 45 个类型中，有好几个幻想故事类型，如"植物和物品变成的妻子"（433D.1）、"私心造桥人变驴"（751B.1）、"天雷打恶媳"（779D）、"神仙难医箸箕鼓"（1831A），也属于上述吸纳道教信仰而产生的新类型。

民间故事的特质在于它的世俗性。以上诸例，并非纯粹的宗教故事，而是融宗教性、世俗性于一体的地道的中国民间故事。它所包含的母题、母题排列组合的方式及其象征意义都颇为独特，深深扎根于本民族的文化背景之上。它的个别母题可以在更大范围内具有普遍性，就整体而论，很难楔入"国际标准类型"。丁乃通的《中国民间故事类型索引》曾把"学法造反型"中的"早发的神箭"归入 AT592"荆棘中舞蹈"这一型式之中，其实中国故事和该类型欧洲故事之间，只有"神箭"与"魔笛"这两样东西的神奇功能相近似，就整个故事而言很难归并到一起。

在道教信仰背景上流行的中国民间故事，不仅提供了一系列新的类型，还由此带来了新的叙事风格和艺术魅力。正如笔者在《中国民间叙事文学的道教色彩》一文中所初步揭示的："吸收道教影响的中国民间叙事作品，不仅具有超凡脱俗的神奇幻想，还以景象壮阔、意境幽玄、情趣丰富，透出一种雄健幽深之美。"①

三、生活故事、笑话的艺术情趣

民间故事中另一个大的板块是写实性的生活故事和笑话。丁乃通编撰《中国民间故事类型索引》，收录幻想故事类型（含宗教故事）约 200 个，生活故事和笑话类型加起来为 480 个。金荣华据三部故事集成所提取的类型，幻想故事方面是 80 个，生活故事和笑话方面是 170 个。后者的数量约超出前者一倍，以上两组数字所表明的情况大体一致。从口

---

① 刘守华：《中国民间叙事文学的道教色彩》，《人民日报》（海外版）1990 年 3 月 6 日。

头文学的实际状况而言，生活故事和笑话的数量较之幻想故事无疑要超出许多倍。它们的篇幅短小，结构简单，艺术形式和风格活泼多样，不拘一格。因便于即兴创作，在民众口头俯拾即是，但形成跨越广大时空的著名类型的作品相对于幻想故事而言却少得多。汤普森讲过一段话：

> 情节的复杂、奇异与超自然的设置，幻想的遥远世界——所有这一切似乎赋予一个故事以真正的价值，并使它能一如原貌地保存下来，持续地讲传几个世纪，甚至在一些遥远的分散的地方也是如此。但是简单故事拒绝接受非常明确的形式和结构。它具有其自身的特点，利用这种特点，每一个故事讲述者都可以练习他的技巧。不存在任何忠实于原文或保存古老的传说的特殊效力。①

这里说的简单故事就是生活故事和笑话轶事之类。它不受既定程式或传统文本的约束，创作和流传达到最大限度的普及，而累积的故事类型在数量和影响方面却反而不如幻想故事。汤普森这一论断也适用于中国民间故事。

1. 生活故事主要系列。

《中国民间文学集成工作手册》将生活故事按内容划分为19个门类，即长工地主故事，工匠斗争故事，爱情婚姻故事，巧女故事，傻婿故事，奇巧婚配故事，恶婆婆的故事，恶夫、恶妇故事，后母故事，孝敬老人故事，三子学艺故事，勤俭故事，公益义行故事，师徒故事，勤学故事，交友故事，生产经验故事，处世道德故事，其他。另立"机智人物故事"，下分五类：劳动者机智故事、文人机智故事、游侠式机智故事、机智少年故事和其他机智故事。关于"笑话"，大概由于品类繁多，《手册》就干脆不予分类了。

生活故事和笑话的内容包罗万象，如就这些内容逐一归类，势必显得十分繁琐，而失去它在故事学上的价值。就民间最流行的100多个类型来说，它们作为故事的引人入胜之处，固然同男婚女嫁、兄弟分家、

---

① ［美］斯蒂·汤普森：《世界民间故事分类学》，郑海等译，上海文艺出版社1991年版，第259页。

朋友交往、后妈酷虐、长工与地主对抗这些贴近民众生活的人物、事件有关，可是深入考察，口头文学家在编织故事时又总是力求超脱日常生活平淡无奇的一面，以强烈夸张和大胆虚构的手法，突现大智大愚，颠倒尊卑贵贱秩序，构造出一系列奇特不凡的艺术境界，赋予故事以脍炙人口的生命力。其中艺术上显得最成熟而又流行广远的几个生活故事系列是：呆女婿、巧媳妇、奇巧婚姻、长工与地主、打官司和断案，以及研究者深感兴趣的机智人物故事。

（1）关于傻子和呆人的故事受民众喜爱是世界性的，正如汤普森所揭示的："由那些未曾受过教育的人们所讲述的数量多得令人吃惊的简单故事，无不提到傻子以及他们的荒唐行为。"① 中国先秦寓言中就有大量嘲笑蠢人的故事，宋人和郑人常常成为这些小故事的主角，如《守株待兔》《买椟还珠》《郑人置履》《颖水纵鳖》等，以嘲笑愚蠢来倡导智慧。从三国时魏邯郸淳编撰第一部笑话集《笑林》开始，到明代冯梦龙完成集古典笑话之大成的《笑府》一书问世，种种呆人趣事在笑话中占有重要位置，其流风余韵至今不衰。在晋西南的襄陵、汾城地区，乃至形成了一个"七十二呆"的故事系列②。而"呆女婿故事"更是在全国范围内家喻户晓。

呆女婿故事包含多个类型，其中以"借布机""学话得胜"最具代表性，前者讲呆女婿在一系列场合由于阴差阳错（如在乡亲出殡办丧事时说"恭喜"之类）而招惹是非吃尽苦头；后者讲主人公学话虽呆相毕现，却因巧合而获得成功。故事在嘲笑呆女婿言行的荒唐乖谬时，又洋溢着对他天真憨厚的怜爱之情。呆女婿的呆主要由不谙世事所引起，因而民众在嬉笑中讲述这类故事，成为教育儿童熟谙社会事理，实现社会化的生动一课。

（2）中国的巧媳妇故事也十分精彩，它包括"巧媳妇解难题""巧媳

---

① ［美］斯蒂·汤普森：《世界民间故事分类学》，郑海等译，上海文艺出版社1991年版，第224页。
② 《襄汾民间故事集成》第二辑，1987年内部编印。

妇当家""巧媳妇难公爹",以及"百鸟衣"等多个类型。故事大多是在日常家庭生活中显出女主人公的智慧,也有面对邪恶势力而出奇制胜的叙说。幻想故事中的"龙女""仙女"和生活故事中的"巧媳妇",是中国口头文学中彼此辉映的两个"女强人"群体,在她们身上,凝聚着中国女性的强烈自尊与自豪,这似乎成为中国民间文学独具特色的一个方面,正如十分钟爱中国民间故事的美籍华裔学者丁乃通所指出的:"一个熟悉中国民间故事的人可以发现中国社会和国民性中有许多方面是其他学科的专家不大看得到的。例如,一般人通常认为中国旧社会传统上是以男性为中心,但若和其他国家比较,就可以知道中国称赞女性聪明的故事特别多。"①

(3)"奇巧婚配"也是和幻想性的神奇婚姻故事相对应的一个系列。蛇郎或青蛙到普通人家讨亲,或者放牛娃随手从水滨拣回一个田螺就成了他的妻子,这就是我们所熟悉的神奇婚姻故事的传统模式。至于"赛诗求婚",讲一个乡村小伙子在赛诗选婿活动中竟然胜过秀才而得以同富家小姐成婚;或者在"皮匠驸马"中,那个一字不识的鞋匠,由于一连串的误会巧合,竟然被当作天下最有才学的人(只有一个字不认识)进皇宫当了驸马。这些类型就属于地道的生活故事了。实际上它们仍具有超脱现实生活的品格,着重表现的仍是人们渴求美好爱情婚姻的理想愿望。

(4)关于长工和地主故事,在旧时中国农村流行极广,其社会价值早就受到学人的重视。在中国漫长的封建社会中,地主和雇佣的长工、短工以及佃户之间的矛盾构成社会的基本矛盾。备受欺凌、生活贫困的农民反抗压迫剥削者的斗争遍及穷乡僻壤,成为民间口头文学的常见主题。那些威武壮烈的农民起义斗争,在民间传说中有着生动真切的反映。至于日常生活中长工、佃户们同财东、地主的抗争,则成为生活故事取材的一个重要方面。著名故事类型有"兄弟俩做长工""金马驹和火龙

---

① [美]丁乃通:《中国民间故事类型索引导言》,郑建成等译,中国民间文艺出版社1986年版。

衣"等。前者的核心母题是长工解难题,东家在年终结账时挖空心思出了三道难题,如在屋顶上种庄稼,把院子里的水井搬出去晒太阳之类,哥哥无法应付,结果被扣掉一年工钱;第二年聪明的弟弟前来顶替,终于巧妙地化解这些难题挣回了双倍工钱。故事情节是按解难题的流行模式构成的,以大胆夸张手法表现地主的刻薄狠毒和长工的富于心计,既切合农耕生活特点又富有艺术趣味。后一个类型则以"骗人的传家宝"为核心母题,这些"传家宝"有"金马驹""火龙衣""自滚锅""生死棒"等,主人公利用财东贪婪而又愚蠢的特点进行诈骗,使之丑态百出。故事以连环骗的形式展开,绰号叫"吹破天"或"嘴会转"的长工,能随机应变地编造谎言,使对手一再受骗而不能自拔,在饶有趣味的叙说中将两个对立人物刻画得活灵活现,淋漓尽致地抒写出在社会上作为弱势群体的强烈反叛情绪,激起人们的广泛共鸣。这类长工和地主故事在许多地方都汇入机智人物故事之中。

(5) 关于打官司和断案的故事,在中国过去的故事分类中均未涉及,直到1988年《故事学纲要》一书问世,笔者才把它作为一个重要的生活故事系列提了出来。中国很早就有了"以法治国"的理想与尝试,至于习惯法更是民俗文化的一个重要组成部分。解决社会生活中的种种纠葛,固然避免不了敌对双方的直接抗争,而采取当事人打官司和衙门断案的方式来处理就更为常见了。汉代应劭所撰《风俗通义》中,就记述了丞相黄霸明断"两妇争子"案件的生动故事,在此后的民间故事传说中,关于"刁民"打官司和清官断案的叙说,一直为广大民众所津津乐道。脍炙人口的包公等清官的传说,实际上是以明断一系列冤案为主要内容的。但其中的许多案例并非实有其事,而是类型化的故事,如"断铜钱""审竹篦""钟上涂墨审小偷""巧计断姻缘"等,它们可以自由流动,被人们随意附会到某些清官名下。

比较起来,民众对那些叙说山野"刁民"出面主持正义,帮助弱者打赢官司的故事似乎更有兴趣。如湖北汉川县故事中讲,财主孩子在一户农民水塘边玩水淹死了,财主串通官府要把农民抓起来治罪抵命,平时爱打抱不平的何三麻子上县衙门给农民申辩,首先责怪他为什么不用木料做一个大盖子将水塘盖住。县官听了说:"胡说,哪有水塘盖盖子的?""既然自古以来水塘不加盖,孩子自己玩水掉进水塘与主人何干?"于是无辜的农民被放了出来。这显然是用口头文学中常见的"既然男人不能生小孩,公鸡怎么能下蛋"这样的荒谬推理手法虚构出来的故事。

　　这样的故事类型还有"半文铜钱告倒县官""被角写字打官司""夏天穿皮袄写状子"等。这些会打官司的"刁民"和相关故事类型,在口头文学演进中大都汇入机智人物故事大潮之中,因此其独立地位不为人们所重视。不论是会打官司的能人,还是明智断案的清官,都被人们赋予理想化的色彩。这样的社会理想在神奇幻想故事中的体现主要是依靠神灵来惩罚社会邪恶,使"善有善报,恶有恶报",这显示出早期产生的民间口头文学的局限性。后世关于通过说理打官司和明智断案来伸张正义的故事越来越多,正折射出社会文明的进步,由此促成民间故事内容与形式的推陈出新。

　　(6) 机智人物故事,也归入生活故事之中。所谓机智人物故事,是指那些以某个机智人物为中心所编织的系列故事。我们前面所讲的长工故事和巧女故事,主人公多没有确定的姓名,就叫老大、老二、大媳妇、幺媳妇,或以某种外号,如"吹破天""嘴会转"之类来称呼。机智人物故事中的主角则有名有姓,如徐文长、杜老幺、阿古登巴、巴拉根仓;再者,一般生活故事多以不相连续的单篇故事存在,而机智人物故事则是把许多故事,几十个以至几百个故事都归附在某个人物名下。阿凡提故事就积累至将近 400 篇。就其中许多故事以真实具体的历史人物为主角而言,它具有民间传说的特征,所以有些人把这类故事称为机智人物传说。但这些人物已远远离开自己的原型,以他们的真实事迹为基础而构成的故事,往往只占很少的一部分,大部分是将流行故事附会在他们身上,把他们作为凝聚民众智慧幽默的"箭垛"来处理,因而它具有不同于一般传说故事的明显特征。我国的民间文艺学论著,长期没有把机智人物故事作为单独一类作品加以评述。直到 20 世纪 80 年代中期以后,由于这类故事被人们大量采录,学者们纷纷进行研究,才使它作为中国民间故事中一类具有特殊思想与艺术光彩的作品受到人们的重视。

机智人物故事在汉族和少数民族中间都很发达，汉族以徐文长、谎张三的故事流行最广，各个地区还有自己喜爱的机智人物，如河南的庞振坤，河北的韩老大和五娘子夫妻俩，江苏的曹瘦脸儿，台湾的白贼七，湖北的杜老么和贱三爷等。少数民族地区则有维吾尔族的阿凡提，藏族的阿古登巴，蒙古族的巴拉根仓，布依族的甲金，纳西族的阿一旦，傣族的艾西、艾苏两兄弟，朝鲜族的金善达等。甚至在省以下的许多县乡，人们在口头上也流传着本地的机智人物故事，从湖北70多个县市中，就采录到100多个地方的关于机智人物的故事一千余篇。

这些故事中的人物虽然姓名各异，打上了不同地方或民族风土人情的鲜明烙印，但从故事类型看却是交叉串通的，因而出现了同一故事类型可以归附到多个机智人物身上的有趣现象，从而使得故事中的人物形象和他的历史真实面貌，既有联系又有差异，甚至和原型完全脱离开来。如明代著名文学家徐文长和民间故事中那个喜爱恶作剧的徐文长就判若两人。关于一些生平可考的历史人物怎样走进口头文学中的机智人物行列，盛传于鄂东、皖西的陈细怪（1812—1874）故事就是一个很生动的实例。据有关学人研究结果，他原是蕲春县株林河豹子山新屋湾人，出生于一个贫苦知识分子家中，少年时即才学出众，然而屡试不中。1853年2月，太平军进入蕲州，陈欣喜相迎。次年太平天国在湖北省举行乡试，陈细怪考中约士（举人），参加太平军，进某王府任掌书（秘书）。1864年太平天国失败，陈潜回家乡，教"犁耙馆"，将自己余生献给乡村教育。其父，人称"大怪"，他继承了乃父遗风，于是以"细怪"的绰号闻名乡里。他写了《禁大烟赋》《不进学赋》等篇章，表现出反帝反封建的鲜明思想倾向性。他敢于主持正义，打抱不平，与清末封建社会的腐朽统治进行抗争，于是人们在他真实事迹的基础上进行渲染加工，编出了一百多篇故事，其中有20多个属于嫁接的流行故事类型[①]。

---

① 郑伯成编：《湖北机智人物陈细怪研究资料专辑》，中国民间文艺研究会湖北分会1986年编印。

这些生活在封建社会末期的人物，或身受奴役，或怀才不遇，愤世嫉俗，不满当时封建统治秩序，便以自己的胆略才智，做出许多惊世骇俗之举。他们本身即属于机智型人物。口头文学家便以他们为中心，创造出一系列故事来。这些故事的构成大体分三类：一是以他们自身真实事迹为基础编成的；二是从当地社会生活中提炼概括而成的；三是各地普遍流行，附会在他们身上的。这些人物一旦进入口头文学领域，便成为当时当地一个汇聚种种机智故事的"箭垛"。

多年致力于研究机智人物故事的祁连休，撰有《试论中国机智人物故事中的类型故事》① 一文，从中国各族机智人物故事中，梳理出300多个类型，并指出它们的不同来源，或源出古代，或来自境外，或在一国范围之内流传，或具有跨国影响。这些类型既可独立成篇，也可采取串连、包孕等方式构成复合故事，讲述起来更为曲折有趣。在中国各族机智人物故事中可以自由流动因而也较为常见的故事类型，除前面提到的那些外，还有"扯谎架子""诱出户""锅生儿""搓灰绳""斗阎王""游龙宫""医驼背""会种庄稼""无事生非（两头哭）""论斤卖缸""戏弄蛋贩""改磨整石匠"等等。评价机智人物故事，应从解析每个机智人物故事所包含的故事类型入手，同时又要注意开掘口头文学家选取特定对象为"箭垛"将故事系列化所显示的意趣与技巧。

中国的笑话艺术源远流长，在社会生活中具有广泛影响。笑话和生活故事的界限往往不易区分，阿凡提的故事就有学者把它称为"阿凡提笑话"或"阿凡提笑话趣事"。丁乃通编撰《中国民间故事类型索引》，在笑话中也混杂有不少生活故事。就结构形式而言，这两种叙事体裁的界限似乎可以这样确定：笑话多由单一母题、片段情节构成；生活故事中固然也有不少是由单一母题构成的，不过多数还是由几个母题串连成较为完整的形态。此外，笑话是由被否定人物装模作样地自我表演其假恶丑来激起人们的笑声，一般没有正面角色参与；而生

---

① 祁连休：《试论中国机智人物故事中的类型故事》，《民俗曲艺》1998年第111期。

活故事则以代表真善美与假恶丑的正反面角色的纠葛主要是斗智来推动情节发展。笑话的内容包罗万象，中国笑话除取材于家庭生活外，还特别注重"针砭时弊"，鞭挞社会丑恶现象，明清笑话的常见主题就是嘲讽地方官吏的昏庸贪婪，财主的愚昧吝啬，塾师误人子弟，庸医误人性命以及僧道行骗现丑，它们的影响力至今不衰。富于哲理性与社会性，是中国笑话一致的民族特色。有的学者试图从内容上将笑话区分为讽刺阶级敌人、讽刺民众不良行为和纯粹幽默表现三大类，显然难以令人满意。丁乃通编撰《中国民间故事类型索引》时，按 AT 分类法，将中国笑话划分为五大类，即笨人的故事、夫妻间的故事、女人的故事、男人的故事和说大话的故事，所含类型达到 335 个。依此对作品归类固然简便，却无法将中国笑话的实际风貌展现出来。就整体而论，笑话和生活故事无疑还是应当作为两种叙事体裁来看待，然而它们又有联结相通之处，在口头传承中更是彼此融合，构造出一个有别于幻想故事的艺术世界。

2. 智慧洋溢的艺术空间。

和前面所讲的幻想故事相比，生活故事包括笑话在内它们所建构的这个艺术世界有什么特点呢？粗略地说，幻想故事侧重于表达人们的生活理想，生活故事侧重于概括人们的生活经验。民众生活经验最凝练最直接的表达是谚语，生活故事中也有谚语式的结构，但人们的生活经验已升华成为一种无所不包的智慧，再由方方面面的智慧表现来构成多样化的故事母题和类型。呆女婿故事之呆，正是由于聪明媳妇的反衬才趣味洋溢；遇事难不倒的巧媳妇，工于心计的长工，会打官司的刁民，明智断案的县官，莫不是智慧超群，才在平凡生活的背景上创造出使人惊叹的奇迹。至于近现代众口盛传的机智人物故事，不用说更是由民众的生活智慧与艺术智慧结成的硕果。一位研究世界民间故事的著名学者汤普森告诉我们："无论从哪个方面看，大部分最流行的轶事和笑话都与机巧有关。有时，人们的兴趣在于一个聪明人和愚蠢人之间形成的鲜明对比，而且主要的兴趣还在于后者。有时，人们最关心的是聪明人作恶的骗术本身，而且还特别关心源于东方文学的民间故事中所提到的那些骗术。绝大多数故事讲述者似乎都注重于显示聪明才智本身。"① 可见这在世界民间文学特别是东方民间文学中，已构成为一种具有普遍意义的特征。

关于生活故事特别是机智人物故事与人类智慧的关系，我们从一位中国学者所写的《喜剧中的智慧》这篇文章中可以获得不少启示。文章说：

> 它们并不是人类智慧的主干，而只是这个智慧之树上的一个旁枝，它们主要只是人类智慧中具有奇巧特点的那一部分。……从历史发展的角度看，它们是人类生活和精神发展到较高水平的一种标志。它们那种极端的奇特巧妙，那种汪洋恣肆，说明人们的智慧已经成熟到那种得心应手、运用自如的程度，以致它们可以超越一般的常规，而以一种似乎是全无规则的、违反常规的、极端"自由"的形式表现出来；说明人们的智慧已经丰满到那样一种程度，即在它们应付生存斗争的必须外，还有某种"余力"，以致它们有时看起来像是某种智慧的"游戏"。在某种意义上我们甚至可以说，它们是人类智慧的某种"溢出"，——所谓"才智横溢"的"溢"。②

"才智横溢"在这些故事中以多样而奇妙的方式表现出来，——圆熟的谎言，精巧的诗对，出奇制胜的计谋等等，由此构成一系列使人会心解颐的故事。主人公的机智不仅表现在和压迫者及其帮凶的较量中，还溢向广泛的生活领域，这些较量有时是为了争取生存的权利，但在许多情况下，并不具有这样的实际意义，只是为了显示自己才智的优越，"卑贱者最聪明"，从精神上压倒对手，实际上已演化成为具有象征意义的"智力竞赛游戏"。我们把生活故事称为智慧之果，应当说是切合它的构成特点的。

3. 诙谐文化与口头叙事。

生活故事中不乏具有严肃训诫意义的作品，如"劣子临刑咬娘乳"

---

① ［美］斯蒂·汤普森：《世界民间故事分类学》，郑海等译，上海文艺出版社1991年版，第223页。

② 远帆：《喜剧中的智慧》，《文艺研究》1983年第5期。

之类，可是大多数故事都含有浓厚的喜剧性，它的口头讲述风格和听众反应同说笑话并没有多大区别。因而我们可以把生活故事和笑话一起列入民间喜剧艺术或诙谐文化范围之内进行考察。

民间诙谐文化（或笑文化）是具有全人类性的文化传统之一，俄国一位著名文艺学家巴赫金指出：

> 看待世界和人生的双重角度，在文化发展的最早期阶段就已有过。在原始民族的民间创作中，同严肃的（从组织方式和气氛来说）祭祀活动一起，就有嘲笑和亵渎神灵的诙谐性祭祀活动（"仪式游戏"）；同严肃的神话一起，就有戏谑和辱骂性的神话；同英雄们一起，就有戏仿英雄的英雄替身。

民间诙谐文化的范围无限广阔，表现形式多种多样，在欧洲中世纪它依附于广场的狂欢节文化而发展；口头讲述的以小丑和傻瓜或者动物（如列那狐）为主角的滑稽故事也是它的组成部分之一。这种民间诙谐文化是和中世纪的官方文化相对立的，并在"彻底更替和更新一切现有事物的信念"上给予文艺复兴时代的伟大作家以深刻有力的影响。但它的社会价值并不只是否定旧秩序，"诙谐既有嘲笑——否定作用，又有欢快——肯定作用"，它永远以积极乐观的精神鼓舞着人们[①]。

这些论述对我们联系中国的诙谐文化传统来研究生活故事颇有启发。中国的狂欢节广场文化并不发达，民间的诙谐文化仍有深厚积累，戏曲中插科打诨的丑角，还有贯通古今的笑话，就是这方面的辉煌成果。近现代生活故事和笑话特别是机智人物故事的盛传于世，可以从这一民间文化传统中寻求它的根源。这些故事均以民间下层人物为主角，以揭示旧时代官吏、富翁、僧道、家长等权威人物的假恶丑面貌来激发人们的笑声，构成喜剧性。这同世界的诙谐文化传统是一致的。但中国的诙谐文化常以儒学异端的形式出现，常借用言行乖谬具有异端倾向的某些历史人物，如徐文长之类作为"箭垛"来编造故事；还有，立足于汉语汉

---

① ［俄］巴赫金：《巴赫金文论选》（中文版），中国社会科学出版社1996年版，第101、211、248页。

字的特点，借咏诗联对、谐音双关来显示智慧，这些又表现出中华文化的鲜明特色。

机智人物故事作为中国民间诙谐文化的集中表现，于明清时期呈现空前活跃态势，有其历史必然性。笔者曾在《故事学纲要》中提到，在中国封建社会走向衰败的这个历史时期中，由于农民革命运动的沉重打击，以儒学异端出现的民主主义启蒙思潮的强烈冲击，封建主义的旧秩序和旧传统丧失了它往日神圣不可侵犯的威严地位。在封建统治者深感痛心疾首的大动荡世道中，正含蓄着足以使被压迫民众开心的丰富笑料。这样的历史文化发展，必然要在民间文艺中得到反映，促使故事文学推陈出新。富于现实性和喜剧性的机智人物故事的空前繁荣，正是封建社会趋于崩溃时，民众在爽朗的说笑声中，扬眉吐气向旧世界诀别的表示。这类故事融会着人们丰富的生活体验，觉醒的民主与革命意识，乐观幽默的情趣以及编织故事和运用语言的卓越技巧，成为民众艺术智慧一次集中的爆发，也是传统故事文学发展的最后一个高潮①。

作为生活故事系列化和民众艺术智慧集中显现的机智人物故事虽然"五四"以来就受到中国学者的关注，但在评论中也引起学界的争议。有一位日本学者就不赞成对这类人物给予肯定的评价，他认为"各个民族的机智人物有其不同的个性和特征，不能一概而论。不过，从这些机智人物的群像中，确实可以窥视出他们的欺骗性来。所谓机智人物，无非是一种骗子，一个得以流传下来的骗子吧"②。这类故事有很大一部分确实是以谎骗来显示人物的机智，如联系故事的具体时空背景来考察，这些人物不是备受欺压的长工、佃户，就是急公好义的乡村知识分子，他们所谎骗的对象大多是当时处于社会上层和权威地位的人物，如官员、财东、和尚、道士以及阎王、老虎之类的象征性角色；故事情节的构成不过是"以眼还眼，以牙还牙"，或者是利用对手既贪婪又愚蠢的弱点使

---

① 刘守华：《故事学纲要》，华中师范大学出版社1988年版，第69页。
② ［日］铃木健之：《"机智人物故事"笔记——试论其欺骗性》，《民间文学论坛》1984年第2期。

其自作自受现出丑态。骗术的运用既是下层民众愤懑情绪的发泄，也是对作威作福者丑态的巧妙揭示，因而不能把这些机智人物作为一般意义上的骗子给予全盘否定。1985年问世，由美籍华人学者洪长泰撰写的一部考察中国现代民间文艺学运动的专著《到民间去》，对徐文长故事有一个专节予以评说，他说：

> 如果我们站在更广阔的历史背景下，来放大地看传说所反映的民众情感的内蕴，我们便会进一步发现，大批中国现代民间文学家喜爱这个形象，归根结底，是他们通过徐文长的反儒学、反传统和蔑视权威的精神，找到了自己思想上的共鸣点。①

徐文长故事可以说代表了中国近现代各族民间机智人物故事的共同文化内涵。上述论断有助于开拓我们的文化视野。

国际上对这类作品通称为"恶作剧故事"，但在评价时有关学人也看到，恶作剧者的行为"充满了反抗精神，甚至以自我为中心，反传统道德。恶作剧故事可以说有这样一种功能：传讲它的人们把它作为吐露自身反抗意识的安全阀"②。

机智人物故事的内容宽泛芜杂，主人公的恶作剧有时也指向小商贩、工匠、妇女乃至残疾人，笑谑中流露出文明程度较低环境中人们低级庸俗的趣味。这些笑话趣事独立存在，人们兴之所至，可以随意把它附会到某一机智人物身上逗笑取乐，和特定人物的思想性格并无有机联系，因而在评价中国机智人物故事的整体特征和价值时，不应受这些枝节的影响。

综上所述，除了动物故事，民间故事在我们面前展现了基于民众现实生活世界又超出这个世界的另外两重世界。幻想故事借助想象构造出一个寄托人们理想愿望的光明世界，它自然也是以现实生活中的普通百

---

① [美]洪长泰：《到民间去：1918—1937年的中国知识分子与民间文学运动》（中文版），上海文艺出版社1993年版，第153页。

② [日]通口淳：《世界民话概说》，《世界的民话》，讲谈社1989年版。

姓为主人公，然而帮助人们战胜邪恶，带来光明美好的却是神仙、宝物、魔法等神秘力量，它从包含着原始自然崇拜、宗教信仰等等的民间神秘文化传统中衍生而来。

生活故事构造的艺术世界同样也具有超脱现实生活世界的特点。它由具有非凡智慧的主人公在形形色色的较量中出奇制胜压倒权威，并将"无价值的东西撕破给人看"，从而饱含使叙述主体感到优越的喜剧性。它源于民间深厚的诙谐文化传统，叙事时虽保持着现实生活的种种洋相，实际上是对生活的"戏仿"，对当时生活秩序的颠倒，以另一种方式折射出民众的理想愿望。

在本文结束对中国民间故事所构造的两个艺术世界的宏观考察时，不禁联想起巴赫金对民间创作的一段精辟论述：

> 民间创作的幻想是现实的幻想。这个幻想从不越出这里现实的物质的世界，它从不用任何理想的彼世的东西来修补这个世界的不足，它在时间和空间中展开，它能感觉到这广阔的时空并且广泛深刻地加以利用。这个幻想依靠人类发展的实际可能性，这里的可能性不是指近期的实际行动计划，而是指人的潜力和需要，指现实中人的本性所具有的任何时候都不会取消的永恒要求。这些要求是会永远存在下去的，只要有人在，就无法压制这些要求。它们是现实的，就像人的本质是现实的一样。所以它们或迟或早不能不为自己打通道路以求完全的实现。①

民间故事不论采取神秘幻想形式还是采取诙谐写实形式，它们关注的核心，始终是民众在广阔时空背景上无法压制的创造美好生活的潜力和需求。这是民间创作的现实主义，也是民间创作的浪漫主义。民间故事作为艺苑中一朵盛开不败的奇花，其奥秘似乎就在这里。

---

① ［俄］巴赫金：《小说的时间形式和空间体形式》，《小说理论》（中文版），河北教育出版社1998年版，第346页。

故事类型解析

故事类型解析

捡来田螺做妻子
——"螺女"故事解析

人与异类（动植物精灵）婚恋，是世界各国人民最为喜闻乐见的幻想故事之一。天上的飞禽、山林中的走兽、水中的游鱼，等等，在民间故事里均可幻化成为美丽而又善良的女性做普通小伙子的妻子，生儿育女建立起幸福家庭。在中国，还流行"田螺姑娘"（简称"螺女"）的故事，一男子随手从水滨捡回的田螺，竟然也变形为少女，主动操持家务，在同这位男子结合的过程中经历悲欢离合，构成富有戏剧性的人生。它是最富有中国农耕文化色彩而且源远流长的口头叙事文学珍品之一。

一

丁乃通编撰的《中国民间故事类型索引》，将"田螺姑娘"列为400C型，收录古今异文30余例。令人惊异的是，它的形态早在魏晋时期即已成熟定型，这就是晋代人文学家陶潜（365—427）所撰《搜神后记》卷五中记述的《白水素女》（或题为《谢端》），全文如下：

晋安，侯官人谢端，少丧父母，无有亲属，为邻人所养。至年十七八，恭谨自守，不履非法。始出居，未有妻，邻人共愍念之，规为娶妇，未得。端夜卧早起，躬耕力作，不舍昼夜。

后于邑下得一大螺，如三升壶。以为异物，取以归，贮瓮中，畜之十数日。端每早至野还，见其户中有饭饮汤火，如有人为者。端谓邻人为之惠也。数日如此，便往谢邻人。邻人曰："吾初不为是，何见谢也。"端又以邻人不喻其意，然数尔如此，后更实问，邻人笑曰:"卿已自取妇,密著室中炊爨,而言吾为之炊耶?"端默然心疑,不知其故。

后以鸡鸣出去,平早潜归,于篱外窃窥其家中,见一少女,从瓮中出,至灶下燃火。端便入门,径至瓮所视螺,但见壳,乃至灶下问之曰:"新妇从何所来,而相为炊?"女大惶惑,欲还瓮中,不能得去,答曰:"我天汉中白水素女也。天帝哀卿少孤,恭慎自守,故使我权为守舍炊烹。十年之中,使卿居富得妇,自当还去。而卿无故窃相窥掩。吾形已见,不宜复留,当相委去。虽然,尔后自当少差,勤于田作,渔采治生。留此壳去,以贮米谷,常可不乏。"端请留,终不肯。时天忽风雨,翕然而去。

端为立神座,时节祭祀,居常饶中,不致大富耳。于是乡人以女妻之。后仕至令长云。今道中素女祠是也。①

本事见晋束晳《发蒙记》。《初学记》卷八引《发蒙记》曰:"侯官谢端,曾于海中得一大螺,中有美女,云我天汉中白水素女,天矜卿贫,令我为卿妻。"② 又梁任昉《述异记》卷上载:"晋安郡有一书生谢端,为性介洁,不染声色。尝于海岸观涛,得一大螺,大如一石米斛。割之,中有美女,曰:'予天汉中白水素女,天帝矜卿纯正,令为君作妇。'端以为妖,呵责遣之。女叹息升云而去。"故事情节大同而小异,可见它是晋代的一则流行故事。但最为生动完整的还是《白水素女》这一篇。

故事以今福州为背景。晋安,郡名,晋初设置;郡治侯官,即今福州市。"侯官人谢端"成为故事的男主人公,表明这个故事早在1500多年前就在福建一带广泛流传了。后来人们传说这位寄身螺壳的天女不愿返回天宫,沉身于闽江,于是把闽江的这一带称为"螺女江",并立下一块题为"螺仙胜迹"的石碑③。至今"田螺姑娘"仍是福建的常见故事类型之一,在《中国民间故事集成·福建卷》及各地资料本中,就收录

---

① 陶潜:《搜神后记》,中华书局1981年版,第30~31页。
② 徐坚等:《初学记》第一册,中华书局1962年版,第192页。
③ 《福建六十年民间故事选评》,海峡文艺出版社1989年版。

了分布于 18 个县市的异文 22 篇。由此可见，这一故事在当地根深蒂固的影响。

故事中的小伙子谢端是一个"少丧父母"，完全在邻人的关怀下长大，具有勤劳善良品性的孤儿。人们以这类孤儿充当故事主角，表现出对他们命运的深切同情。

故事由"拾螺归养""化身现形"和"窥视离去"三个情节单元构成。田螺本是江南水乡的常见之物，螺肉鲜美可食，螺壳造型奇特精巧，可用作女性佩饰（螺钿），还可选作发型（螺髻）。在人们印象中，它亲切可爱，富有灵性。于是田螺走进幻想故事，成为女性形象的象征了。在异类婚故事中，狐狸、老虎和蛇，都可以充当男女两种角色，而螺或蚌，基于它自身特性，很早就被固定为女性角色，其美好印象在口头叙事和关于蚌壳精的民间歌舞中传承不衰。

田螺精化身为少女给孤儿谢端执炊做饭的叙说，在大胆想象中洋溢着农家生活情趣。特别值得注意的是，故事讲述人没有正面讲田螺精怎样神奇化身，而是转变视角，从谢端和邻人眼中来看螺女，既有精彩的对话，又有活灵活现的动作姿态，由消除邻人和谢端之间的误会进而促使真相大白。这种将大胆幻想和民间生活情景巧妙融合的叙说方式，几乎在后世所有田螺姑娘故事中都被人们津津乐道地保留下来了。

"窥视"这个情节单元或母题在本故事中占有重要位置。谢端窥视螺女得以成婚。而这幕喜剧正是悲剧的开端，因他"无故窃相窥掩，吾形已见，不宜复留"，又迫使螺女离开人间。在所有异类婚故事中，都有不得偷看女主人公原形的古老禁忌。民间故事中的异类，不论是动植物精灵也好、鬼魅或仙女也好，本来生活于另一个完全不同于人间的世界里面，只有在他们幻变为人而且不为人所察觉的情况下，才能平安和谐地生活于普通人之中。一旦被人偷看而识破本相，他们就只得离开人间而返回老家了。《白水素女》这一核心母题的记述是忠实于故事的古朴形态的。可是当我们更深入地去探寻其象征意义时，就会发现人们无意间违反禁忌无法阻止悲剧的发生，实际上是对自己的美丽幻想不能不被黑暗现实所打破而发出的无可奈何的哀叹。

本篇中的螺女以"白水素女"身份出现,由男女情爱促成的婚恋转变成"天帝矜卿纯正,令为君作妇",这些叙说打上了魏晋时期盛极一时的神仙道教信仰的烙印。"素女"本为道教信仰之女神,后世道教神谱又将《白水素女》一篇列入,使螺女成为广大民众信奉的俗神之一①。故事形态的这一演变,扩展了它的社会影响,增强了它的道德教化意义,却也使它的民间口头文学意趣失去了不少。

二

三四百年后,螺女故事又出现在唐末皇甫氏的《原化记》中,因男主人公姓名变易,篇名改为《吴堪》。这位吴堪也是单身汉,而且"少孤,无兄弟",和谢端一样属于孤儿这个群体。虽是在衙门当差(这一身份同他后来和县官发生冲突纠葛有关),生活境况仍然寡独无依。故事中关于他从水滨拾得一白螺,蓄养在家,白螺化身为少女执炊,被吴堪窥视显现本相的笔墨同《谢端》完全一致,可看出它是从前人述说中脱胎而来。这位螺女也是奉天帝之命前来与吴堪结为夫妻,天帝不仅哀其孤独,还以此嘉奖他平时常"以物遮护溪水","敬护泉源",保护自然环境有功;螺女在被吴堪窥视本相后也没有离去,而是相亲相爱地过起日子来,这些地方又和《谢端》小有差异。

最值得我们注意的是本篇后半截楔入难题考验母题,生动活泼地叙说了螺女同县官斗智,最后火烧县衙大快人心的情景:

> 时县宰豪士,闻堪美妻,因欲图之。堪为吏恭谨,不犯笞责。宰谓堪曰:"君熟于吏能久矣。今要虾蟆毛及鬼臂二物,晚衙须纳,不应此物,罪责非轻!"堪唯而走出。度人间无此物,求不可得。颜色惨沮,归述于妻,乃曰:"吾今夕殒矣!"妻笑曰:"君忧余物,不敢闻命;二物之求,妾能致矣。"堪闻言,忧色稍解。妻曰:"辞出

---

① 《绘图三教源流搜神大全》(外二种),即载有简化的《白水素女》(曾编入明版《道藏》),上海古籍出版社1990年版,第433页。

取之。"少顷而到。堪得以纳令。令视二物，微笑曰："且出。"然终欲害之。后一日，又召堪曰："我要祸斗一枚，君宜速觅此；若不至，祸在君矣！"堪承命奔归，又以告妻。妻曰："吾家有之，取不难也。"乃为取之。良久，牵一兽至，大如犬，状亦类之，曰："此祸斗也。"堪曰："何能？"妻曰："能食火，奇兽也。君速送。"堪将此兽上宰。宰见之，怒曰："吾索祸斗，此乃犬也。"又曰："必何所能？"曰："食火。其粪火。"宰遂索炭烧之，遣食；食讫，粪之于地，皆火也。宰怒曰："用此物奚为！"令除火扫粪。方欲害堪，吏以物及粪，应手洞然，火飙暴起，焚蒸墙宇，烟焰四合，弥亘城门。宰身及一家，皆为煨烬。乃失吴堪及妻。其县遂迁于西数步，今之城是也。①

豪强霸道的县官企图借故强占螺女，便接二连三给吴堪出难题，先索要世界上根本就没有的"虾蟆毛"和"鬼臂"，螺女一下子就找到了两件东西搪塞了事。接着他要一枚"祸斗"。《原化记》原作"蜗斗"，系"祸斗"刊印之误。《山海经·海外南经》中有"厌火之国"，"吐火之兽"，后世学者注《山海经》时指出，这种食火怪兽就叫"祸斗"。明人邝露《赤雅》综合前人之说写道："祸斗，似犬而食犬粪，喷火作殃，不祥甚矣。"② 现据以改正。因它是一种喷火怪物，便正好埋葬了那位作威作福的县官。县官挖空心思相刁难，丈夫在无端受迫害时的一筹莫展和螺女的有胆有识勇于抗争彼此映衬；几个难题不但没有难住女主人公，作恶者反而搬起石头砸了自己的脚而自食恶果。故事叙说波澜迭起，饶有趣味。

故事中"祸斗"的形象，似从三国时期吴地高僧康僧会所译之《旧杂譬喻经》中的《祸母》一篇化出。这部印度佛经说，某国王乐极无聊，派人去大街上买来一种叫"祸母"的怪物，它以针为食，为了填饱它的

---

① 李昉等：《太平广记》卷八三，中华书局1961年版，第539页。原文中的"蜗斗"应作"祸斗"。

② 袁珂：《山海经校注》，上海古籍出版社1980年版，第192页。

肚子，国王四处求针，弄得举国不得安宁。后来想丢弃它，用木柴烧得它遍体通红，哪知它奔跑起来，"过里烧里，过市烧市，入城烧城"，终于造成一场祸国殃民的大灾难。这一新奇构想被唐人吸收改造，变成《吴堪》中的"祸斗"。它在情节构成上既是县官无理刁难吴堪的难题，又恰好成为他自取灭亡的契机，由此带来了故事的浓厚趣味。它在近现代口头传承的螺女或龙女故事中被广泛借用，这一人造怪物的名称，有的叫"祸害"，有的叫"古怪"，有的叫"窝罗害"，有的叫"稀奇货"，名称是随口叫出的，它在情节构成上的作用和寓意，则和《吴堪》一脉相承①。唐人记述的《吴堪》在民间文学史上产生了深远影响。明人周清源撰有一部拟话本《西湖二集》，其中《祖统制显灵救驾》一篇，就借吴堪故事作为"入话"（引子），结尾处有诗为证："吴堪忠贞不欺，感得天仙下降；知县贪财好色，害得阖门遭丧。"它用小说笔法演绎吴堪故事，保持和发展了原作富于人民性的特色。至于在民间口头叙说的螺女故事中，沿用《吴堪》中螺女和邪恶势力抗争这一模式的就更加普遍了。

　　吴堪故事出自"常州义兴"，即今之江苏省宜兴县，邻近浙江。江浙一带自古以来就是盛传螺女故事的地区，在《中国民间故事集成·江苏卷》和地方资料本中，收录了19个县市的螺女故事异文22篇②，《中国民间故事集成·浙江卷》及地方资料本中，收录了21个县市的螺女故事异文21篇③。作为当地常见故事类型之一，这一民间叙事经典之作一直在民众口头传诵不息。

三

　　田螺姑娘（含蚌姑娘）故事，近现代仍在各地和各民族中间广泛流传。除见于丁乃通编撰《中国民间故事类型索引》中的约30例（除去少

---

① 刘守华：《中国螺女故事的形态演变》，《华中师范大学学报》1999年第2期，第90~95页。
② 《中国民间故事集成·江苏卷》，中国ISBN中心1998年版，第800页。
③ 《中国民间故事集成·浙江卷》，中国ISBN中心1997年版，第896页。

量古代篇目）之外，仅在福建、浙江、江苏的故事集成省卷本和地方资料本中收录的异文合计就达到 62 篇。加上笔者零星所见 20 余篇，中国螺女故事的口述文本已积累至百篇以上。代表性文本可以举出福建的《田螺娘子》和《田螺姑娘》①，江苏的《蚌壳精》②，浙江的《田螺姑娘》和《蚌姑娘》③，四川的《螺蛳姑娘》④，高山族的《螺蛳变人》⑤，畲族的《田娈瑾》⑥，苗族的《孤儿和龙女》⑦，毛南族的《螺蛳姑娘》⑧，布朗族的《螺蛳姑娘》⑨，布依族的《螺蛳姑娘》⑩，壮族的《螺蛳姑娘》⑪，达斡尔族的《江蚌姑娘》⑫，朝鲜族的《田螺姑娘》⑬ 等。

---

① 《田螺娘子》《田螺姑娘》，《中国民间故事集成·福建卷》，中国 ISBN 中心 1998 年版，第 587～592 页。

② 《蚌壳精》，《中国民间故事集成·江苏卷》，中国 ISBN 中心 1998 年版，第 552～555 页。

③ 《田螺姑娘》《蚌姑娘》，《中国民间故事集成·浙江卷》，中国 ISBN 中心 1997 年版，第 609～611 页。

④ 《螺蛳姑娘》，《中国民间故事集成·四川卷》上册，中国 ISBN 中心 1998 年版，第 514～515 页。

⑤ 《螺蛳变人》，《中华民族故事大系》第 8 卷，上海文艺出版社 1995 年版，第 491～497 页。

⑥ 《田娈瑾》，《中华民族故事大系》第 8 卷，上海文艺出版社 1995 年版，第 287～293 页。

⑦ 《孤儿和龙女》，《中华民族故事大系》第 2 卷，上海文艺出版社 1995 年版，第 943～954 页。

⑧ 《螺蛳姑娘》，《中华民族故事大系》第 12 卷，上海文艺出版社 1995 年版，第 647～650 页。

⑨ 《螺蛳姑娘》，《中华民族故事大系》第 12 卷，上海文艺出版社 1995 年版，第 166～173 页。

⑩ 《螺蛳姑娘》，《中华民族故事大系》第 3 卷，上海文艺出版社 1995 年版，第 967～971 页。

⑪ 《螺蛳姑娘》，《壮族民间故事资料》第二集，壮族文学史编辑室 1959 年编印，第 168～173 页。

⑫ 《江蚌姑娘》，《中华民族故事大系》第 11 卷，上海文艺出版社 1995 年版，第 175～182 页。

⑬ 《田螺姑娘》，《金德顺故事集》，上海文艺出版社 1983 年版，第 137～144 页。

这些故事同晋唐时期的文本相比，既有一脉相承的关联，又发生了丰富多彩的变异。

有的在原有故事主干的基础上添枝加叶，赋予它以鲜明的民族和时代色彩，如朝鲜族金德顺老大妈所讲的《田螺姑娘》，就是《吴堪》文本的延伸。小伙子捡回田螺，同田螺姑娘成亲，将妻子画像带到地里干活，恰巧落入国王手中；国王为了霸占田螺姑娘，提出同他比赛下棋、跑马和比武，丈夫听了愁得连脑袋都抬不起来，田螺姑娘却不慌不忙地从螺壳里取出三个宝瓶交给男人，最后取得了大快人心的胜利：

比武开始了。就听震天动地一声鼓响，国王挺着长枪，拍着马，向农夫杀来，后边跟着千军万马。

农夫拨转马头假装逃跑。跑啊，跑啊，跑上了一个大山包。眼看国王就到跟前了，农夫不慌不忙地掏出绿瓶子，拧开盖儿朝地上一扔，就听"哗啦啦""哗啦啦"一阵响，顿时发起了绿色大水，翻江倒海一样向国王和士兵们涌去。就听国王的兵马"呜噢"喊叫，一下子被淹死了一多半儿。以后这个地方就成了鸭绿江。

国王带着剩下的士兵又朝农夫杀来。眼看又到跟前了，农夫又扔出去一个黄瓶子。顿时从黄瓶子里掉下无数个黄米粒子，一个黄米粒变成了一个身披黄金甲的大将，举着大刀朝国王的人马杀去，就听"戚赤咔嚓"，一刀削去一个头葫芦，顿时杀得人仰马翻，血流成河，把所有的士兵都杀死了。

可是，由于国王骑的千里马跑得快，没有被杀死，又朝农夫追来。追啊，追啊，眼看就要追上了，农夫把最后一个红瓶子掏了出来，拧开盖儿朝国王身上一扔，就听"忽啦"一声，小瓶里吐出一股红红的火焰，当时国王就变成了一个火人，从马上掉了下来，在地上滚来滚去，一会儿就成了灰烬。

国内的老百姓见到农夫把万恶的国王杀死了，无不拍手叫好，一致拥戴这个农夫去当国王。从此，农夫当了国王，田螺姑娘当了王后，一个贤明，一个贤惠，天下的老百姓都过上了太平日子。

金德顺老大妈1900年生于朝鲜，20世纪30年代逃难到中国东北安家。20世纪80年代初从她口中采录的这篇螺女故事，以朝鲜半岛为背景，将富于农家生活情趣的委婉叙说和痛快淋漓推倒国王的大胆幻想交织在一起，是中国和朝鲜民间文学交流融合的出色成果。

浙江畲族的《田娈瑾》，讲猎手雷三哥娶螺女为妻后，生下一子。可随后他们的美好家庭被水獭精破坏，水獭精给丈夫换了一颗贪得无厌的心，又刮起一阵妖风抢走螺女。十多年后儿子长大，在山神的帮助下跨越重重险阻进山救母除害，降服了水獭精。又用荷花给阿爸换了心，把他变成一个善良勤劳的人。于是"田娈瑾一家人重新团圆在一起，雷三哥把财物分给了众乡亲，全家又过着和和睦睦的生活"。故事中水獭精的形象具有多重寓意，它不只是像县官、财主那样强占他人妻女，还使妖术让男人变心，导致家庭破裂，它是具有更广泛象征意义的邪恶势力的代表，在故事中起而抗争的不是丈夫，而是螺女所生的儿子。在这新颖别致的叙说中，隐含着一些特殊的文化信息，正如研究者所揭示的："当儿子一得知自己的母亲被水獭怪劫掠之后，便义无反顾地走上了救母之路；而男主人公却一直迷糊从来没有行动，说明血缘的文化意义要大于姻缘的文化意义。它可能暗示着这一故事产生之初，在畲族还存在并不稳定的婚姻关系。这种婚姻不稳定的母题，在传承过程中被无意识地保存了下来。"① 它是情节结构和文化内涵都十分新颖别致，富于特殊魅力的一个类型。

在上述同类型故事中，多数采取复合形态，即将螺女故事的核心母题和其他故事中的相关母题混合串接，使情节更曲折繁复，含蓄的家庭与社会生活内容更深广，意趣更丰富。

同"两兄弟"型混合。如贵州布依族的《螺蛳姑娘》。兄弟分家，哥嫂欺负老实厚道的小弟，自己占了水沟边的好田，却把半山腰的贫瘠坡田留给弟弟；天旱时节，一群群螺蛳在弟弟田里吐水护秧苗，使他获得丰收；从一枚大螺中化身而出的螺女又做了他的媳妇。恶毒的哥嫂几次

---

① 陈华文：《畲族螺女故事概述》，《亚细亚民间叙事文学学会第5届年会论文集》，1998年8月编印。

加害都事与愿违。故事情节虽不曲折，却洋溢着农家生活情趣，别有一种朴实清新之美。

同"张郎休妻"型混合，表达"多情女子负心汉"的主题。如贵州苗族的《孤儿和龙女》。孤儿钓得一只美丽的小蚌壳，养在水缸里变成一个女子给他做家务，原来她是偷偷来到人间的龙王的小女儿。龙女给他带来了富裕生活，生了儿子，他经受不起头人的挑唆，蛮横无理地赶走了龙女，演成无法挽回的家庭悲剧。中国民间盛传《张郎休妻》的故事，将无端被休弃反而因祸致福的女人，和休妻后败落乞讨的男人进行鲜明对比。有的地方还说旧时厨房里供奉的灶神，就是张郎的化身（他在原来妻子面前羞愧难当，一头撞死在灶上，妻子便把他的影像留在灶前了）。将螺女因被男人窥视本相不得不离去，改变成被负心男人所休弃而能自强自立，这也是贴近民众现实生活而富有积极意义的一个有趣变异。

同"百鸟衣"型混合，以巧智和宝物战胜迫害主人公的皇帝、县官等。如广西毛南族的《螺蛳姑娘》。男主人公是一个孤儿。螺女原形被孤儿窥见之后没有离去，告知他："我是龙王的小女儿，见你诚实忠厚，孤苦伶仃，特意来和你作伴。"孤儿将螺女画像带在身边上山打柴，引得皇帝、大臣上门将螺女抢进王宫；孤儿按螺女吩咐上山打猎，缝制成一件"百兽袍"穿在身上混进王宫；在螺女的巧妙安排下，孤儿同皇帝换装，穿上"百兽袍"的皇帝被猎犬咬死，孤儿和螺女回到家乡。这个《螺蛳姑娘》也流传在广西壮族地区。此外，高山族的《螺蛳变人》，虽没有出现"百鸟衣"或"百兽袍"，而是安排男人以卖首饰混进王宫并杀死皇帝，其基本形态也属这一型式。

虽然《谢端》和《吴堪》是本类型最为古老的文本，然而从故事形态学上来考察，它并不具有原型意义。由一位不识字的农民口述，被《中国民间故事集成·浙江卷》收录的《田螺姑娘》，似乎具有故事的原型特征。它讲：小伙子偶然拾回的田螺，养在水缸里化作螺女做了他的妻子，几年之后，只因孩子想外婆，父亲说了声："你娘是田螺精，哪来的外婆？"螺女不能忍受这种歧视便愤然离去了。故事中以螺女作为出身卑微、性格温顺、勤恳善良、渴望得到丈夫与世人尊重的农民妻子的象征性形象，同田螺本身的生活习性最为接近。日本著名学者关敬吾在为《日本民间故事选》的中文版写作引言时指出，日本的《鱼妻》同中国的《田螺姑娘》属于同类型的"奇特的女佣人"的故事，在口头文学中，螺女最初所扮演的农民的妻子就具有"女佣人"的角色特征。当丈夫窥得本相，女主人公遭到歧视凌辱时，婚姻的破灭就难以避免了。它所展示的就是一个普通农家婚姻的悲喜剧。后螺女升格为天河中的仙女奉天帝之命降临人世，被注入了道教文化因子；到唐代，在同邪恶势力抗争中，螺女又被改塑成有胆有识，机巧过人的"女强人"形象，同幻想故事中来自水府的龙女形象便逐渐合二而一了。但近现代口头文学中的螺女故事仍多姿多彩，不拘一格。螺女作为奉命下凡的神圣天女形象的宗教色彩已被淡化，情节结构大体仍不出"分离型"和"抗争型"两大叙述模式，而"分离"与"抗争"均由来自家庭或社会的多种世俗性冲突纠葛所引起。扮演"女佣人"角色的螺女在口头叙事领域隐退到一个不显眼的角落，作为"女强人"的螺女变得更加光彩焕发，显现出新的时代特征。以口头与书面方式传承一千多年的螺女故事，在曲折委婉的叙说中，表现人们对美好婚姻家庭生活的热烈憧憬和对社会邪恶的坚决抗争；平凡与神奇交融，情感与智慧洋溢，至今仍深受各族民众喜爱。

世界上许多国家都有异类婚故事流行，而螺女却是一个源于中国而后传播到亚洲邻国的故事。1998年8月初，亚洲民间叙事文学学会第五届年会在上海举行，中、日、韩三国学者对螺女故事作了一次专题研讨。会上发表的论文有中国刘魁立的《论中国螺女型故事的历史发展进程》，刘守华的《中国螺女故事的形态演变》，陈建宪的《螺女故事中的"窥视"母题》，陈华文的《畲族螺女故事概述》，韩国崔仁鹤的《韩国说话中的螺女谭》，崔来沃的《螺中美妇故事的构造》，李秀子的《螺中美妇说话在韩国的演变》，日本千野明日香的《中国的"田螺娘"和日本的同类型异文》，前田久子、山根尚子的《"田螺精"与日本的异类妻子故事》，等等。在日本，和"螺女"同类型的故事有"贝妻""蛤妻"和"鱼妻"等，以丈夫违反禁忌窥视妻子原形导致夫妻分离为主要情节，具有较浓重的悲剧色调，它从载有《白水素女》的《搜神后记》传入日本脱胎而出。韩国的"螺女谭"有多种异文，大部分都有县官抢夺螺女的情节，但特别突出百姓受欺压的悲惨情形，而没有火烧县衙的场面。也有些故事采取"百鸟衣"的情节结构，让前来寻妻的丈夫夺取王位，而螺女则当了王后。此类故事从载有《白水素女》和《吴堪》的《太平广记》传入高丽再流行民间演变而成。螺女型故事在亚洲广大时空背景上的演变情况及其巨大生命力，是民间文学史上一个饱含学术价值的课题，有待研究者作进一步探求阐释。

故事类型解析

"离经叛道"的奇女子
——"仙女救夫"故事解析

在民间口头流传的神奇婚姻故事中,"仙女救夫"是故事情节最为奇幻曲折的一个。丁乃通编撰《中国民间故事类型索引》时,将它列为313A型"仙女救夫",收录古今故事异文40余例①。它的基本情节由以下三个情节单元复合串接而成:

1. 男主人公同法师之女相爱,遭到法师的阻挠。

2. 法师出了一系列难题来考验小伙子,如让他去砍楠竹,那棵楠竹实际上是一条吃人的毒蟒;要他去打井水浇花,井口四周的石龙会活动起来把他吃掉,等等。由于女主人公暗中帮小伙子出主意,这些难题均被一一化解。

3. 女主人公最后同小伙子一道逃离魔窟。她变形躲在雨伞里离开,并用法术在归途中破解了追杀他俩的飞刀或设置的其他障碍,最后回到小伙子家乡,建立起一个美满的家庭。

一

从《类型索引》收录材料来看,本故事的流传地域包括了从南到北,从西到东的大部分省区。口头采录文本的代表性篇目,有山东的《春旺

---

① [美] 丁乃通:《中国民间故事类型索引》,郑建成等译,中国民间文艺出版社1986年版,第74页。文中收录篇目有些并非完整的313A型,只含其中的一部分情节。

和九仙姑》和《奇怪林》①，河北的《变戏法的人》和《茅山学艺》②，江苏的《蒋瓦片》③，湖北的《蛇女》④，湘西苗族的《张朱二郎和花梨小姐》⑤，四川苗族的《陶老幺和端公女》⑥，贵州水族的《韦光和石仙》⑦，广西毛南族的《老法师的女儿》⑧ 等。在20世纪80年代以来开展的民间文学普查中，又采录到大量异文。它们的主干情节相同，枝节上又有许多差异，特别是故事开头，有的小伙子出门是为了"学法"，因而投身到李老君、张真人、茅山道人门下，由此引出同这些法师女儿的爱情纠葛，这就染上了较为明显的宗教色彩。另一类故事中的小伙子出门就是为了"求妻"，世俗生活情趣更为浓厚。

"学法"型故事，可以举出流传于湘西凤凰县的《张朱二郎和花梨小姐》，梗概如下：

张朱二郎到太上老君那儿去拜师学法。太上老君的女儿花梨小姐看中了他，告诉他见了老君不能说来"学法"，要说来"斗法"，才会收留。斗法开始，第一天，老君要张朱二郎去挖岩山，花梨小姐送给他一根马鞭。他来到岩山脚下，这时一只猛虎向他扑来，他拿出马鞭，喊了一声师傅，老虎立刻变成了人。第二天，老君带他

---

① 贾芝、孙剑冰编：《中国民间故事选》，作家出版社1958年版，第129～137页；《奇怪林》，董均伦、江源记：《聊斋汉子》，中国民间文艺出版社1982年版，第136～143页。

② 《中华民族故事大系》第一卷，上海文艺出版社1995年版，第311～320页；《茅山学艺》，《耿村民间故事集·第二集》1988年编印，第363～369页。

③ 《中国民间故事集成·江苏卷》，中国ISBN中心1998年版，第601～602页。

④ 刘守华编选：《绿袍小将》，长江文艺出版社1985年版，第62～65页。

⑤ 《中国民间故事集成·湖南卷湘西土家族苗族自治州分卷》下册，1989年编印，第141～150页。

⑥ 《陶老幺和端公女》，《中国民间故事集成·四川宜宾地区卷》之二，1989年编印，第322～327页。

⑦ 岱年、世杰主编：《水族民间故事》，贵州人民出版社1984年版，第215～221页。

⑧ 袁凤辰编：《毛南族民间故事集》，中国民间文艺出版社1984年版，第139～141页。

去山里砍树，花梨小姐事先告诉他，砍下的树会变成一条大毒蛇，树蔸就是蛇头。上山砍树后，老君要他抬树蔸，他说："徒弟为小，只能抬小头。"又平安无事。第三天，老君又要他把九重高山、十大高岭上的树砍光，接着还要把砍光的树烧掉，做不好这活路回来就要砍脑壳。花梨小姐使法术相帮，太上老君还是没有难倒他。太上老君用尽了种种毒计要把张朱二郎整死，都被花梨小姐破了。太上老君斗不过张朱二郎，只好放他回家。花梨小姐叮嘱一定要带走家里那把伞，自己化身躲在伞里。老君发觉女儿同张朱二郎私奔，派兵追赶，他俩钻进路旁一堆牛屎里躲过灾难，回到张朱二郎家乡成了亲。太上老君随后又前来捉拿，花梨小姐念咒化水，他们的住房一时三刻变成湖泊，老君再也找不到他们的住处，空跑了一趟。他俩从此过上了美满生活。

结尾处还有一段故事讲述人的插话：后来张朱二郎为了避免太上老君加害，就去安坛做巫师（客老师），上表玉皇大帝与太上老君讲和。玉皇大帝出来相劝太上老君："你有女无儿，法坛和法师无人继承，这女婿也是半边崽嘛，正好继承岳父之业！"于是张朱二郎继承了太上老君的法师地位。采录者在"附记"中告诉我们："这是一个由宗教传说演化而来的动人故事。在凤凰、吉首、花垣三县（市）中广泛流传。"又故事中庇护女主人公的那把伞，也融入湘西婚嫁民俗之中："苗家姑娘出嫁总是要打一把特制的新乌油布伞，以免招来灾难与不幸。这一风俗习惯，至今在苗家山寨处处盛行。"①

贵州道真县流行的傩戏剧目中，有一出《赵侯和吴凤》②，所演的也是这个故事。只不过向太上老君学法的小伙子叫赵侯，女主人公则是老君的妹妹吴凤。它在举行冲傩禳灾重大法事"开红山"（法师在头部割开口子出血祭神，为人祭之遗风）时演出。赵侯不只是故事里的主角，也

---

① 《中国民间故事集成·湖南卷湘西土家族苗族自治州分卷》下册，1989 年编印，第 40 页。

② 刘守华：《道教与中国民间文学》，台北文津出版社 1991 年版，第 240 页。

是道场里供奉的一位傩神，端公作法事的唱词中就有"我看赵侯黑黝黝，赵侯看我血淋淋"这样的句子。

除《赵侯和吴凤》《张朱二郎和花梨小姐》之外，还有《茅山学艺》以茅山老道之女茅金凤，《蛇女》以龙虎山张真人之女兰香（她曾化身为蛇）为女主人公，均属同一类型。它们将道教人物引入故事，有的还改编成傩戏，结合民间宗教活动来演出，具有明显的宗教色彩。但说它们是由"宗教传说演化而来的故事"并不确切。它们具有"仙女救夫"故事的完整结构和反对封建家长制统治，大胆争取爱情婚姻自由的鲜明主题。将其中的老法师说成是李老君、张真人、茅山道士，不过是随意附会的结果。故事中的"斗法"本是一种大胆虚构，由于同民间的一些巫术活动相结合，叙说起来便活灵活现。可是讲述者对李老君、张真人等宗教偶像所采取的都是揶揄嘲弄的态度，热烈赞扬女主人公的反叛行为，整个故事仍然被世俗精神所渗透，并非真正的宗教传说。被渲染上一层宗教色彩，以大法师之女为主角，对其反叛精神与超人能耐的表现反而显得更加突出有力，透出一种更吸引人的独特意趣。

二

其他几篇异文，从一开始就着重叙说男主人公"求妻"的主线，故事中的世俗生活情趣也就相应地显得更加浓重了。这里以董均伦、江源从山东沂蒙山区采录得来的《奇怪林》为例，它由一个会耍把戏的人来到山村，给几个小伙子讲故事来开头："奇怪林里，住着这么一家人，我会的这点玩意，比比人家还不沾边啦。他家有一个闺女，本事高，长得俊，到如今还没有婆家，可是就没有那么一个有勇气的小伙子配得上她。"这几个小伙子听了一齐出发，都想要那闺女做媳妇。走了三年，只有虎子一人勇往直前地来到奇怪林，找到那户人家。可是老头却不愿将女儿嫁给一个穷汉，出难题想把虎子害死。给他一把长剑去砍倒门前的大槐树，长剑是一条大蛇，槐树是凶恶的把门将军。闺女指点他过了这一关。接着老头要他到舅舅家去走一趟，闺女又教给他解脱危难的法子。

这段叙说十分精彩,现照录如下:

> 虎子想起闺女的话,扭转身往外就跑。跑出门外,老汉(舅舅)变成了扁担那么长的一条大蝎子,朝上弯弯着肚子赶了出来。虎子跑着,一步踩碎一个鸡蛋,一步踩碎一个鸡蛋。鸡蛋一破,就跑出一只大火红公鸡来,向蝎子冲去。虎子心想,这次可好,鸡是能吃蝎子的。一百步跑完了,一百个鸡蛋也踩碎了,虎子又回头看,那蝎子可凶哩,大公鸡斗它不过,又赶了上来啦。眼看就要赶上哩,虎子忙把那包粉向他撒去。粉一下子变成了一座高高的雪岭,挡住了蝎子的路。虎子心想,这次蝎子可追不来啦,蝎子是怕冷的,到冬天是下蛰(冬眠)的。可是一看,那蝎子却从雪里爬啊爬啊地钻出来了,又赶了上来。虎子又把那包胭脂向蝎子抛去。"忽拉"一下子,漫地里烧起了通红的大火,蝎子还是一个劲地在东爬西撞,翻腾了老一会,终于烧死了。
>
> 虎子跑了回来,见着闺女又一五一十地说了。
>
> 闺女说道:"这次惹下祸了,俺爹连我也不会饶了的。幸亏嫂子帮我把伞偷了来,不然的话,咱俩就没命了。"说着,抓起虎子的手,拉着他往外就跑。
>
> 虎子心里发愁,怎么过得河去呢?出门不远,闺女把伞撑了起来,说道:"你赶快扯着我的衣裳角吧!"话刚说完,已经起到半空里了。虎子觉得好像腾云驾雾一样,也不知飞了有多少时候,才落在庄子旁边。

故事中的难题考验、设障逃亡等情节单元同样具有惊险奇幻的特点,但它是以耍把戏(魔术)的那户人家作为原型来驰骋幻想,以小伙子寻求那位"本事高,长得俊"的闺女做媳妇为主线展开叙说。热心的嫂子和狠心的舅舅都介入了这门亲事。踩碎鸡蛋可以变成大公鸡,抛出胭脂包就能燃起大火,一把小剪刀几张纸剪出的大肥猪可以赶来卖钱,等等。在扣人心弦的惊险奇幻情节中洋溢着日常生活情趣,叙说更生动活泼,和前面故事相比,别有一番意味。《春旺和九仙姑》《变戏法的人》《蒋瓦片》,叙事形态与之相近。

从"仙女救夫"型的这些近现代口头文本可以看出,它是一个着重表现女性以勇敢叛逆精神追求爱情幸福的故事。中国长期封建社会中,青年男女的爱情婚姻不能自主,得取决于"父母之命,媒妁之言",这已成为根深蒂固的传统。"仙女救夫"型故事的冲突纠葛,主要在父女之间展开,并以女儿的意志战胜父亲,乃至悍然叛离父亲和家庭而远走高飞作结。叙说中回荡着女子对封建礼教强有力的叛逆之音。再加上故事讲述人对其法力与神通的渲染,她们作为理想中女强人的形象便显得十分突出鲜明了。

三

令人感兴趣的是,"仙女救夫"型故事在中国可以说是源远流长,除众多异文尚在各族民众口头流传之外,早在清乾隆时期,就有一位穷困潦倒的文人沈起凤(1741—?)在笔记小说《谐铎》的《奇婚》篇中,对这一故事做过完整的论述。梗概如下:

> 浙江武康一书生文登,浪迹出游。观春台演剧,钟情一女子,被女家接纳为婿。当夜与女交拜入洞房,女子登床即失踪,生惊骇莫解其故。后其妹颖姑吐露秘密,原来这家主人"专以左道劫人财物,将欲举事,必先杀一人,祀神开路",所谓招婿,不过是以女为诱饵,已有多人被害。颖姑又告以脱身之计。待其姊再次上床时,因作法隐身的"六甲符"被文登取走,二人终成夫妇。随后此女即全力相助丈夫逃离。生肩负一杖,上悬雄鸡,朝北急行。女父欲以飞剑加害,电光一闪,杖头雄鸡被斩,文登幸免于难。随后女子乘一纸鹤从天而降,二人偕归乡里。不久颖姑因不堪忍受父母左道行为,也寻文登来依。女父学仙不成,流为左道,终遭官军搜捕伏法。①

本篇含有"仙女救夫"型故事的完整结构,但又发生了新奇有趣的

---

① 沈起凤:《谐铎》,人民文学出版社1999年版,第65~68页。

变异。一是仙女形象一分为二，变成了姐妹俩，由妹妹揭破姐姐按父亲策划设置的难题，促成两人婚事，导致后来姐妹共夫；二是赋予老法师形象以全新特征。其他故事中的老法师，考验或加害小伙子，其动机不过是不愿意将女儿嫁给"凡人""穷汉"，曲折地反映出旧时婚姻讲求"门当户对"的传统观念。这里法师却属于以妖术杀人祀神，劫人财物的旁门左道，就故事本身而论，法师之女叛离家庭不仅是为了婚姻自主，也是出于对其父残暴行径的愤恨不满，这自然更增强了女主人公思想性格的光彩。然而从明清时期封建统治者残酷镇压"白莲教"等农民起义的历史背景来看，本篇故事中与官军对抗的老法师的形象被着意丑化，似乎同当时维护封建统治秩序的正统观念渗入故事有关。文学史家通常把《谐铎》作为可与《聊斋志异》相媲美的文言短篇小说集来看待，《奇婚》并非口述故事的忠实记录，我们只能把它作为"仙女救夫"故事的一种改编文本来看待，失去某些民间意趣是不足为怪的事。

可是经作家写定的《奇婚》，通过书面文本传播却产生了广泛影响，它曾作为京剧《得意缘》的本事，又被民国时期流行的一部通俗小说《江湖奇侠传》第 49 回至第 51 回所取材，敷衍得更加曲折生动。一位研究《谐铎》的台湾青年学者就此讲得好：《奇婚》篇本是一则流传于民间的口头故事，因为故事本身饶富趣味，所以为沈起凤所取，写入《谐铎》书中，成为这一型故事在中国最完整的记录，时间约在 18 世纪末。而这个故事也因经由沈起凤的记录，成为流行于知识分子间的文人文学；继而又成为通俗文艺作家取材的对象。这样看来，原是采自民间的一块素材，经由文人加工、润饰，再以另一种面貌呈现回到社会大众的情形，可说是一种保存与延续民间文学的方法[①]。

耐人寻味的是，"仙女救夫"故事在中国还有更古老的渊源，那就是汉代著名学者刘向（约公元前 77—公元前 6）编撰《古列女传》《有虞二妃》一篇中所述帝尧的两个女儿助舜脱险的故事。舜因至孝被帝尧赏识，

---

① 蔡春雅：《〈谐铎〉〈奇婚〉篇与 313 型故事试探》，海峡两岸民间文学学术研讨会论文。

将两个女儿娥皇、女英嫁给他做妻子。舜的父亲瞽叟和弟弟象却接连不断地给他出难题,想把他害死。每次都是这两姐妹给他出主意化险为夷。第一次派舜去修补高高的粮仓,他们偷偷拿掉梯子,放火焚仓;舜穿上妻子给他预备的鸟衣,变成鸟儿飞下。接着又派舜去掏井,等他下井之后用泥土填塞;舜又穿上妻子给他预备的龙衣,变成龙从一旁穿井而出。最后又让他去喝酒,想把他醉死;舜由于按妻子吩咐事先用掺上狗尿的水洗过身子,终日饮酒不醉。舜顺利通过这些考验之后,便接受帝尧的禅让做了天子。《古列女传》的记述,又见于《楚辞》《孟子》《史记》等古代文献之中。可见,它早在公元前就流行于世了①。

  对上述文献人们通常都把它作为真实历史看待,其实它是一个以难题考验成婚为核心母题的虚构性故事。三个难题接连展开,每次都是由女主人公事先予以指点,帮助丈夫顺利化解;难题由一些日常生活事件构成,却又掺合法术幻想,使女主人公成为神奇不凡的人物。可见它具有此型故事的完整形态。其特殊之处是矛盾纠葛不在翁婿间而是在父子间展开,并同古代王位继承的历史传说相融合。

  见于《古列女传》的舜的故事,到唐代变文中,演化成为《舜子变》。故事中的冲突纠葛在舜和恶毒继母之间展开,不是由姐妹俩而是由天帝相助他来解脱危难。其主题已超出"仙女救夫"型,另有所托了。

四

  综上所述,中国"仙女救夫"型故事的原初形态,早在汉代的《有虞二妃》中,就有了书面记述文本,故事被附会到著名的古代帝王舜及其贤明妻子身上,从而得到广泛传播。清代写定的《奇婚》将女主人公争取爱情婚姻自由和反对左道妖术融为一体,显出奇趣,又经通俗小说和戏曲的再创造而深入民间。众多的现代口头异文,可大致分为两个亚型,以《张朱二郎和花梨小姐》为代表的"学法"型,主要流行于南方,

---

① 刘守华:《中国民间故事史》,湖北教育出版社1999年版,第61页。

神奇幻想情节被渲染上巫术色彩，由法师师徒父女之间的纠葛来构成曲折故事，有的甚至演化成为神秘的宗教传说。还有以《奇怪林》为代表的"求妻"型，主要流行于北方，人物和情节依托"变戏法"者的生活情景而发生变异，现实生活情趣增强而宗教神秘色彩则渐趋淡薄。最值得人们注意的是故事中女主人公的形象，她因在一个超脱世俗的家庭环境中长大而野性十足，既精通法术武功无所不能，又敢于对抗父权"离经叛道"。在口头文学家热情称颂的这个奇女子身上，闪现出浪漫主义的奇光异彩。同时故事情节巧妙融合多重神秘文化因子，不断增强它惊险奇幻意趣与乡土特色。这样，它就成为一个流传广远、脍炙人口的民间故事佳作了。

"仙女救夫"是一个世界性的故事，按AT分类法被列为313A型。已知异文多达800余篇，主要流行于欧洲大陆。"这个故事的一切文本都有英雄落入吃人妖魔的淫威之下的情节"，"她的父亲变成一个残酷的食人妖怪，英雄受到严峻的考验"，"不管什么活计都由妖怪之女代英雄完成，她还计划和英雄一起逃走"，"超凡的妻子＋女婿的任务＋魔力助逃这样一种综合，能在世界各地广泛地找到，似乎与那个欧洲故事没有任何有机的联系"①。目前尚未发现中国故事和欧洲同类型故事之间存在实际联系的线索。然而在世界范围内，本类型故事为何情节结构如此相似，以及它为何能受到不同历史文化背景下广大民众的喜爱而传诵不衰，都是极有趣的比较故事学研究课题。

---

① ［美］斯蒂·汤普森：《世界民间故事分类学》（中文版），郑海等译，上海文艺出版社1991年版，第109、111页。

两姐妹与蛇丈夫
——"蛇郎"故事解析

在人与异类婚恋的故事中,那些作为异类的动植物精灵多扮演女性角色,如蛇女、狐女、螺女、虎妻、天鹅处女等,在她们身上,闪耀出浪漫主义的奇光异彩。异类充当男性角色,让普通女子同神奇男人结合构成美妙故事的,则以"青蛙少年"和"蛇郎"这两个类型最为流行。少女嫁给一条蛇,它脱去蛇皮即变形为美男子,富有、神奇而且有情有义,由此生发出饱含人生意趣的纠葛冲突。这个看似荒诞却引人入胜的故事,深为中国各族人民所喜爱而传承至今。

中国的蛇郎故事数量极为丰富。1930年钟敬文先生写作《蛇郎故事试探》时,引述当时采录发表的蛇郎故事30篇,丁乃通于20世纪70年代编撰《中国民间故事类型索引》一书时,所列出的蛇郎异文已增加到60余篇。刘守华于1986年发表《蛇郎故事比较研究》一文,使用本类型的新异文约40篇。随后全国开展民间文学普查,编纂《中国民间故事集成》,各地采录的蛇郎故事数量激增。仅从近几年间问世的几部故事集成来看,《中国民间故事集成·辽宁卷》及地方资料本所载有9篇[1],《中国民间故事集成·吉林卷》载有2篇[2],《中国民间故事集成·江苏卷》载有2篇[3],《中国民间故事集成·浙江卷》及地方资料本载有23篇[4],

---

[1] 《中国民间故事集成·辽宁卷》,中国ISBN中心1994年版,第398、992页。
[2] 《中国民间故事集成·吉林卷》,中国文联出版公司1992年版,第419页。
[3] 《中国民间故事集成·江苏卷》,中国ISBN中心1998年版,第544页。
[4] 《中国民间故事集成·浙江卷》,中国ISBN中心1997年版,第605、896页。

《中国民间故事集成·福建卷》及地方资料本载有 12 篇①，《中国民间故事集成·四川卷》及地方资料本载有 53 篇②，以上合计共 101 篇。特别值得注意的是，在祖国宝岛台湾的汉族和高山族的鲁凯人、卑南人中间，近几年来也采录到好几篇关于《蛇郎君》的优美传说③。这几部分材料加起来就有 220 余篇了。还有许多篇散见于各地编印的资料本中，实际上记录成文的中国蛇郎故事的异文已达数百篇，它们分布在祖国大陆东西南北中及海峡两岸 21 个省区的 25 个兄弟民族之中④，其广泛影响达到家喻户晓的程度，成为脍炙人口的民间神话精品。

一

AT 分类法将神奇故事 433 型《蛇王子》分作 433A、433B 和 433C 三个亚型。其中收录中国材料甚少，这三个亚型，主要是从印欧故事中抽取出来的。丁乃通先生编撰《中国民间故事类型索引》时，依据他搜罗的中国蛇郎故事异文的普遍形态，另立了一个 433D 型：蛇郎和两姐妹。这个亚型的故事最为流行。还有不常见的另外两个亚型，我把它列为 433E 和 433F 型。中国特有的 433D 型蛇郎故事的梗概为：（1）一老汉因得到蛇的帮助，答应嫁一女给蛇。蛇上门求亲，为大姐二姐所拒绝，

---

① 《中国民间故事集成·福建卷》，中国 ISBN 中心 1998 年版，第 607、891 页。

② 《中国民间故事集成·四川卷》，中国 ISBN 中心 1998 年版，第 366、647、828、1510 页。

③ 见《台中县东势镇客语故事集》（胡万川主编），第 71 页，《云林县闽南语故事集》（胡万川、陈益源主编），第 141 页，《台东卑南族口传文学选》（金荣华整理），第 165 页，《台东大南村鲁凯族口传文学》（金荣华整理），第 55 页，《台湾高屏地区鲁凯族民间故事》（金荣华整理），第 67、70、74 页。

④ 这些故事流传的地区有：黑龙江、内蒙古、河北、河南、山东、山西、青海、新疆、西藏、四川、云南、贵州、广东、广西、河北、湖南、江苏、浙江、安徽、福建、台湾等。来自以下民族：汉、满、朝鲜、回、维吾尔、藏、羌、东乡、壮、傣、布依、水、侗、黎、高山、仡佬、傈僳、德昂、基诺、怒、彝、苗、瑶、土家等。

只有三妹愿遵父命，远嫁蛇家。（2）三妹与蛇郎成亲后，蛇郎变形为人，建立了美满幸福的家庭。大姐心怀嫉妒，害死了妹妹，冒充三妹与蛇郎同居。（3）三妹灵魂不灭，变成小鸟；小鸟被大姐杀死后，变成竹子或枣树；竹、树被砍后变成竹床或木凳，不断揭露真情，表示对蛇郎的亲爱和对大姐的仇恨。（4）大姐烧了竹床或木凳，三妹的灵魂变成火炭、剪刀、金戒指等物，随后复活，夫妻团聚。大姐丑行败露，被蛇郎撵走或羞愧自尽。

本篇故事虽然以蛇郎为男主人公，蛇郎直接出面积极活动的时候并不多，它着重在叙说两姐妹围绕蛇郎所产生的纠葛冲突。试看《中国民间故事集成·辽宁卷》中所载《蛇郎》的后半截：

没过几天，蛇郎和三姑娘就成了亲。小两口和和美美，日子过得要多好有多好。

有一天，大姑娘和二姑娘上小妹妹家来串门。她们见小妹妹家吃得好，穿得好，要啥有啥，那蛇郎模样俊，脾气好，对小妹妹亲亲热热。这阵儿，大姑娘有点儿后悔啦，她寻思，当初我要是嫁给蛇郎，这福不就是自个儿的了吗？

…………

这天早晨，大姑娘和小妹妹一起照镜子，她看镜子里自个儿小脸上就多了几个浅麻子，剩下哪儿都和小妹妹长得差不多，眼珠一转，就起了歹意啦。她对小妹妹说："这镜子走模样，咱俩换换衣裳和首饰，再到井台上去照照吧！"

大姑娘和小妹妹换了衣服和首饰，来到井台上。小妹妹刚对着井口哈下腰，大姑娘就一把把她推到井里去了。

大姑娘赶紧回小妹妹家，装起小妹妹来。那蛇郎也没大理会。

天要黑了，蛇郎去井台挑水，忽然从井里飞出一只小鸟来，落在蛇郎的肩头上。蛇郎见这小鸟挺稀罕人，就把它带回家去，养在笼子里，挂在窗户上。

大姑娘早晨起来，对着镜子梳头，那小鸟就唱起来："麻丫头，不害羞，对着镜子照狗头；麻丫头，不知臊，跟着妹夫睡了觉。"

大姑娘气得把小鸟一把摔在地上，摔死了。蛇郎见笼子里没了小鸟，就问大姑娘，大姑娘说是叫猫给抓死了。蛇郎挺心疼，把小鸟埋在家门前。

不久，埋小鸟的地方长出了一棵树，树上开满了花，结满了果。大姑娘走到树下，树上的果子就叭叭地往下掉，个个打在她头上。

大姑娘气得把树给砍倒了，劈巴劈巴当柴火烧。

大姑娘正蹲在灶前往灶坑里塞小树枝子，忽然从灶口里喷出一团火来，把大姑娘烧得有皮无毛。大姑娘觉得自个儿这样子没法见人，就一头钻进灶坑里，烧死了。[①]

从这里可以看出，《蛇郎》故事的艺术构思特点不在表现蛇郎怎样以他的神奇手段获得人间的美好爱情，如同《青蛙少年》那样，而是"以蛇之变形来象征人的境遇变幻，将蛇郎塑造成一个由贫贱走向富贵的男子，在他命运急剧转变的过程中，将两姐妹——实际上是两种女性的思想性格进行鲜明对比。心地善良淳朴的妹妹不嫌蛇郎贫贱，终获幸福。开始嫌弃蛇郎的大姐后来又以卑劣手段害死妹妹，企图攫取富贵，落得可耻下场。中国蛇郎故事大都具备三妹灵魂不灭，连续变形抗争的情节。妹妹不仅有着善良的品格，还有不屈不挠的斗争意志，从而成为一大特点"[②]。中国传统戏曲剧目《姊妹易嫁》，以写实手法，叙说两姐妹围绕一个由放牛娃出身经科考而获得功名富贵的男人所发生的婚姻纠葛，体裁不同，而艺术构思和文化内涵却完全一致。《蛇郎》的主题，正如一首情歌所表达的："茄子开花球打球，心愿嫁郎不怕穷，只要两人情意好，做来做去天会红。"故事中被人们称颂的小妹妹同蛇郎的婚事是由父亲许婚、蜜蜂做媒而实现的，这些描述不用说是经由"父母之命，媒妁之言"而缔结婚姻的旧时婚俗的写照，含有"嫁鸡随鸡，嫁狗随狗，嫁给老蛇坐地守"的思想局限性；同时它又表现出女性对美好婚姻和婚后奇迹的

---

① 《中国民间故事集成·辽宁卷》，中国ISBN中心1994年版，第399页。辽宁省辽中县满族农妇任泰芳（不识字）口述，本篇没有大团圆结局，是一个例外。

② 刘守华：《蛇郎故事比较研究》，《民间文学论坛》1987年第3期。

热烈憧憬；尤其是妹妹不屈不挠捍卫自己人生权利的执着表现，更使人们受到深刻有力的感染，它也就成为本类型故事中最能牵动人心的核心母题。

二

在中国蛇郎故事中，还有一个亚型为蛇始祖型，即那位娶人间少女的蛇郎后来成了某一民族或氏族的始祖，它在体裁上属于始祖传说。台湾卑南和鲁凯人讲述的蛇郎故事，就以蛇始祖型为主，如卑南人的《蛇郎君》。

> 大南村有一位漂亮少女，很多头目的男孩向她求婚她都不接受，因为她爱上了一条蛇。后来蛇向少女的父母提亲，把少女娶回家去了。蛇的家在深山的一个湖里，他们生了很多鸟、蛇等动物，于是世界上就有了各种禽兽。①

口述者所提供的只是一个梗概，原故事无疑要丰满很多。

鲁凯村的《蛇郎君》是一位名叫杜玉英的女性用汉语讲述的，属同一类型，而情节和细节却十分生动，引人入胜，梗概如下：

> 从前有一位头目的女儿叫玛嫩，爱上了一条百步蛇。别人看到的是一条蛇，她见到的却是一位年轻英俊的王子，是从外地特地来向她求婚的。他俩决定结婚，男方送来聘礼。婚礼依照平时习俗举行。玛嫩嫁给高山上的蛇家。她看到自己进去的地方是一座宫殿，别人看到的却是一个湖。后来，人们在每年举行丰年祭之前，都要请祖先来尝一尝，我们的头目看到蛇尝过小米饭以后慢慢地回去了，便向大家宣布："我们的祖先已经回来尝过小米饭了，现在可以举行丰年祭了。"②

---

① 金荣华整理：《台东卑南族口传文学选》，台湾文化大学 1989 年版，第 165 页。陈锡孚 1966 年口述。

② 金荣华整理：《台东大南村鲁凯族口传文学》，台湾文化大学 1989 年版，第 55～60 页。

《鲁凯族口传文学》一书中还附录了由另外两位老人所讲的蛇郎君故事，内容与之大同小异。

卑南族故事中，少女嫁蛇之后，"他们生了很多鸟、蛇等动物，于是世界上就有了各种禽兽"。鲁凯族故事中，少女嫁给百步蛇之后所生的子孙，成为"我们的祖先"以及人们一年一度举行丰年祭必须祭拜的对象。它们属于始祖型传说的特质十分明显。罗香林先生20世纪40年代作《古代百越分布考》①，首次提及古代越人的蛇图腾崇拜遗存于有关蛇郎的口头传说中，他认为：

> 此传说之最令人玩味的，为以年少貌美之女子，出嫁恶蛇，而恶蛇为能呈现人形之王子。此与远古图腾社会之组织与信仰，有其承袭演进之关系。盖远古之图腾社会，每选择貌美女子贡献与图腾祖，为能使种人繁殖，而其贡献仪节即为以巫术形式献与图腾祖婚配，图腾之标志虽常为非人形之动植物或其他自然物，然实际所与接触之对象，则常为巫者或属于部落首领之真人。

这里说的奉献少女与图腾祖婚配，是采取由巫者扮演图腾祖的象征形式。是否有更野蛮的形式，即将少女直接奉献给作为图腾崇拜的蛇，以完成这种仪式的呢？看来也是有的。晋人干宝所撰《搜神记》中，有一篇《李寄斩蛇》的著名传说，说闽中某山谷中有大蛇，"土俗常惧"，人们每年要给它奉献十二三岁的少女，"至八月朝祭，送蛇穴口"，结果都被蛇吞吃了。后有一个叫李寄的女孩子奋力斩蛇，才废除这一陋俗。为什么一定要用女孩子来祭蛇，显然正是越族人以蛇为图腾祖，名为给蛇王娶妇，实则为以人作牺牲献祭的更原始习俗的表现。在李寄斩蛇故事流行之前，应当是有肯定这一图腾婚的蛇郎故事生于民间的。在云南地区白族、怒族所属的那些崇蛇的氏族中，关于蛇始祖的传说一直传承至今，《三姑娘和蛇氏族》就讲，三姑娘上山割茅草，嫁给了一条青蛇，她给蛇郎生了两个儿子，"两弟兄都有好几个儿子，有的说怒族话，有的

---

① 罗香林：《古代百越分布考》，《中夏系统中之百越》，独立出版社1943年版。

说傈僳话，还有的说别的话，他们就叫蛇氏族"①。

　　古代闽中是闽越人居住的地方，闽越人以蛇为图腾由来已久，汉代许慎《说文解字》释"闽"字道："闽，东南越，蛇种。"早期的蛇郎故事就是蛇图腾崇拜的伴生物。关于台湾的卑南、鲁凯等高山族的来源，有关学者指出：

> 高山族的来源是多样的。考古材料、历史文献以及民族学资料证明，高山族先民主要来自祖国大陆东南沿海一带，是古越人的一支——闽越的后裔，但也融合了少数来自琉球群岛和菲律宾群岛等地的居民。②

　　卑南、鲁凯人在口头文学中传承不息的始祖型"蛇郎君"故事，只能从越族崇蛇的古老文化因子中求得合理的解释。

　　以上几篇《蛇郎君》故事异文，在叙述中都强调，第一，"她看到的是一位年轻英俊的王子，是一位从外地来向她求婚的王子，而别人看到的则是一条百步蛇"。第二，别人看见女主人公进去的地方是一个湖，而她本人"看到她就要进去的那幢房子是一座宫殿"；众人都为女孩子为蛇王子所喜欢而感到高兴。第三，结束故事叙述之后，讲述人告诉听众，这位迎娶少女的蛇王子就是他们民族的祖先，"我们把百步蛇看作是早先头目的子孙"。总之，故事中把人们尊崇蛇王的心态表现得十分突出，口头叙说显然是古代以少女奉献蛇图腾祖先这一仪式留下的遗迹。关于接受聘礼，按流行习俗操办婚事等等，则是后来添加的细节。就整体而言，它们保持着十分古朴的风貌，是关于图腾婚和古代越文化的极为难得的口碑资料。岑家梧在《图腾艺术史》中告诉我们："台湾蕃族（高山族），每一蕃社必有他们祖先起源的历史传说，鸟蛇化身而为其社祖者甚多。"③ 这一论断在卑南、鲁凯人的口传文学中得到完全证实。

　　大陆民众广泛传诵的蛇郎和两姐妹的故事，在台湾汉族和高山族口

---

① 《白族民间故事》，云南人民出版社 1982 年版，第 84～86 页。
② 许良国、曾思奇：《高山族风俗志》，中央民族学院出版社 1988 年版，第 5 页。
③ 岑家梧：《图腾艺术史》，学林出版社 1986 年版，第 20 页。

头文学中也照样很流行，如在台中县东势镇采录的客语故事《蛇郎君的故事》①，在云林县采录的闽南语故事《蛇郎君》②，不仅整体形态，甚至许多细节和用语也和福建的《蛇郎君》十分接近。台东卑南人所讲的《虎郎君》，除将作为男主人公原型蛇换成老虎之外，其他部分均沿用蛇郎和两姐妹型故事的情节结构。至于鲁凯人所讲之《蛇郎君》，后半截没有姐妹争夫、妹妹变形复仇的叙说，表明这一情节不适合鲁凯人的生活习俗因而被排斥，但开头关于百步蛇以山花向家有三个女儿的老汉提亲的叙述则显然受了汉族故事的影响。正如一位台湾民间文艺学家所指出的："从历史的地域的角度看，这一型的故事传入鲁凯族，应当是经由居住在台湾的汉族。……鲁凯族显然只取了这一型故事的第一部分，因为它是可以独立的一个单元，而且也有孝心女儿结果有好归宿的正面意义。"③ 基于蛇崇拜的民俗文化背景所构造的同型蛇郎故事在海峡两岸众口相传，从一个特殊层面昭示出中华文化根基的深厚有力，这是耐人深思的④。

三

蛇郎故事就其大体结构而言，在世界上许多国家有其普同性，因而它是一个著名的世界性故事，或者说是一个在世界广大地区流动的巨大"故事圈"。可是就它的具体形态来考察，又有着很鲜明的民族性。433F始祖型蛇郎传说，特别是433D型蛇郎与两姐妹故事，为中国所特有，其地理分布范围与界限泾渭分明，绝少混杂。造成这种情况的奥秘何在？答案只能从不同民族的古老文化因子中去追索。中国的两种主要类型的

---

① 胡万川主编：《东势镇客语故事集》，台中县立文化中心1994年印行，第71～77页。
② 胡万川、陈益源主编：《云林县闽南语故事集》，云林县文化局1999年印行，第141～151页。
③ 金荣华：《鲁凯族口传故事试探》，《台湾高屏地区鲁凯族民间故事·附录三》，中国口传文学学会1999年版，第129～140页。
④ 《闽台蛇郎故事的民俗文化根基》，《民间文学论坛》1995年第4期。

蛇郎故事，尽管具体情节很不相同，却都是建立在尊崇蛇，以蛇作为神奇美好男子形象的文化心态基础之上，而这一文化心态根源于古代越人的蛇崇拜，历经千年沧桑未能磨灭。

印度虽然也有一些地方流行蛇崇拜的习俗，但因崇信佛教，讲究"轮回转世"，包括蛇在内的各种畜类，常被看作是人类前生作恶的回报。所以印度流行的蛇王子故事（433A、433B），主人公不是被人施魔法，就是自己作恶遭惩罚而获得蛇的丑陋外形。流行的情节模式是女主人公用自己的美好爱情，帮助这位王子摆脱厄运，恢复人的本相。在它的影响下产生的欧洲的《美人与兽》，也保持了这一构思特点。

我国的东邻日本所流行的蛇婿故事大体上都属于蛇精作祟型（433E）。由蛇精幻化而成的小伙子主动上门寻求意中人，后来不是被女孩子本人就是被她的父母设计害死，结局十分悲惨。许多日本学者都曾揭示这一特点，如柳田国男就说，按一般民间故事叙述逻辑，"嫁给大蛇的孝顺孩子"理应得到好报。可是在日本，"这非常不符合民意，所以人们总是把故事的结尾部分给改成了不是讨伐，就是诛灭，置之死地而后快"①。还有一位年轻日本学者将中日蛇郎故事作比较之后说，日本的蛇郎从来就不曾得到中国蛇郎那样的好运气，他们都是死于自己所钟爱的女人之手。为什么要这样安排？这是因为日本人把蛇看作邪神，由此便形成了"日本民间故事中的蛇郎故事恐惧成分多，并与击败邪神故事相联系"的民族文化特征②。

中国大陆也有蛇精作祟淫人妻女被人识破或予以斩杀的故事，《李寄斩蛇》就是它的早期形态。佛教和道教兴起之后，由高僧高道来斩除蛇妖逐渐构成为一个大的故事类型。与此同时，按传统婚俗模式所编织的"女嫁蛇"故事依然为人们所津津乐道。由于受"龙蛇一体"观念之影响，越人崇蛇的心理扩展到中华大地上许多兄弟民族中间，赋予蛇族以

---

① ［日］柳田国男：《传说论》，中国民间文艺出版社1985年版，第25页。
② ［日］志村三喜：《围绕蛇郎和龙女谈彝族民间故事的源流》，《山茶》1985年第5期，第55～60页。

神奇、高贵品质的口头文学也渐流行起来。在晋代大文学家陶潜所撰《搜神后记》中，就有《女嫁蛇》一篇，宋人录入《太平广记》，改题为《太元士人》，现全文照录如下：

  晋太元中，士人有嫁女于近村者。至时，夫家遣人来迎，女家好发遣，又令女弟送之。既至，重门累阁，拟于王侯。廊柱下有灯火，一婢子严庄直守。后房帷帐甚美。至夜，女抱乳母涕泣，而口不得言。乳母密于帐中以手潜摸之，则是蛇，如数围柱，缠其女，从足至头。乳母惊走出。柱下守灯婢子，悉是小蛇，灯火是蛇眼。①

这里的蛇家，已拥有可以与王侯相比拟的豪华宅第，而且完全是按世俗礼仪来操办婚事。小蛇均化身为奴婢各司其职，那蛇精显然也以人世间新郎官的姿态在婚礼上出现过。只是进洞房以后现出原形才使乳母惊骇而逃。这个情节结构并不完整的故事似乎就是中国蛇郎的雏型。将少女献祭给蛇神以祈福消灾的传说，是基于原始信仰和习俗而构成的；这个女嫁蛇故事，将这一神奇婚姻世俗化、文学化，已开始具有后世民间幻想故事的艺术特征。沿此线索，口头文家进一步将人们的婚姻生活理想和现实的婚姻家庭纠葛同蛇婚传说相融合，精心缀合，巧妙穿插，就构成近现代蛇郎故事的优美形态了。

在口头传承过程中获得压倒优势的蛇郎与两姐妹的故事，具有十分精美的艺术形式。它由嫁蛇、遇害、变形和团圆四个情节单元，构成首尾完整，富于波澜曲折的故事情节，而且三个人物分别在不同情节单元里得到展现他们思想性格的活动空间，因而各有其神采。情节发展神奇莫测、出人意料，如蛇提亲，女嫁蛇，蛇变形为人，人死后灵魂不灭，幻化成动植物复仇泄恨，最后起死回生等；可是它在细节上又充满日常生活情趣，活泼动人，如对蛇接亲场面的描绘："牛驮胭脂马驮粉，骆驼驮的十样锦，雀儿衔上红头绳，燕儿抱上花酒瓶，绵羊驮上洗脸盆。"又如对妹妹变形复仇的叙说："二女子生气把树砍了，砍了做成个板凳，说'我坐你一世，坐你一世！'她男人往上一坐，又平稳，又光滑；她一坐，

---

① 李昉等：《太平广记》第 456 卷，中华书局 1959 年版，第 3729 页。

上面有刺哩，扎的她龇牙咧嘴。"① 在用大胆想象构造的艺术空间里，倾注丰富情感与智慧，由此获得扣人心弦的艺术魅力。

它的众多异文均保持着主干情节的一致性，和其他故事类型相比较，形态显得更为稳定；然而在不同民族不同地区流传时，又被故事讲述家灵活地渲染上本地风光，显得多姿多彩。如一般地区均以蛇郎为主角，海南黎族却以他们常见的海龟来扮演这一角色。开头部分老汉因想摘取几朵山间野花送给女儿从而遭遇蛇郎的情节，在众多异文中只是一种无名野花，并无特别含义，台湾鲁凯族讲述的《蛇郎君》中，却限定为百合花，因在鲁凯人中，百合花象征女性的贞洁，而且戴百合花是贵族才有的特权，它在鲁凯人习俗中特别受到尊敬和喜爱。让蛇郎用百合花讨亲，便具有不同寻常的意义②。结尾部分分辨真假妻子的情节，安徽故事是把夫妻两人的头发打开，看能否交纠不脱，这一构想来自汉族结发成亲的传统习俗。广西壮族故事则让两姐妹来跳火堆，它从用"神判"来分辨善恶的古老习俗中吸取而来。这些因地制宜的局部变异，使故事更能适应人们的多种审美情趣从而增强了它的艺术活力。

蛇郎也是吸引众多民间文艺学家关注的一个研究课题。周作人很早就提出，它在文化史研究上，"是极有学术价值的故事之一"③。专门研究文章，有钟敬文于20世纪30年代发表的《蛇郎故事试探》④，刘守华于20世纪80年代发表的《蛇郎故事比较研究》，以及刘魁立于20世纪90年代发表的《中国蛇郎故事类型研究》⑤ 等。它们或着重于故事中所含民俗文化母题的阐释，或着重于叙事形态的解剖，或着重于不同国家间蛇郎故事的比较研究，均有各自的新发现与独到成就。

---

① 内蒙古著名女故事家秦地女口述《蛇郎》，《民间文学》1955年4月。
② 金荣华：《台湾高屏地区鲁凯族民间故事》，中国口传文学学会1999年版，第136页。
③ 林兰：《渔夫的情人》，上海北新书局1931年版，第50页。
④ 钟敬文：《钟敬文民间文学论集》下册，上海文艺出版社1985年版，第192～208页。
⑤ 刘魁立：《刘魁立民俗学论集》，上海文艺出版社1998年版，第134～147页。

同舟共济人与兽
——"感恩的动物忘恩的人"故事解析

我国著名作家老舍,曾于 20 世纪 60 年代创作过一部优美的童话剧《宝船》,它将好心人在洪水中救助动物,动物均能感恩图报,同被救的人反而恩将仇报进行对比,以爱憎鲜明和故事曲折震撼人心,深得少年儿童的喜爱。童话剧由一则江苏同名故事改编而成。本文所评说的就是由《宝船》所代表的这个著名的故事类型。

一

《宝船》有多种大同小异的说法,丁乃通在《中国民间故事类型索引》中,将它列为 160 型"感恩的动物忘恩的人",当时他见到的故事只有 18 例,笔者在 20 世纪 80 年代以后采录的资料中又发现多例,在我国从东北到东南,从西北到西南广大地区的民间口头文学中世代相传,深受各族民众喜爱。代表性文本除江苏的《宝船》①之外,尚有福建的《只可救虫不可救人》②,广西壮族的《渔夫和皇帝》③,云南的《得玉

---

① 老舍:《宝船》,《中国民间故事选》第一集,作家出版社 1958 年版,第 138~144 页。
② 《只可救虫不可救人》,《中国民间故事集成·福建卷》,中国 ISBN 中心 1998 年版,第 574~577 页。
③ 《渔夫和皇帝》,《广西壮族文学》,广西人民出版社 1961 年版,第 86~88 页。

崖》①，四川的《复生珠》②，山东的《陆不平和庞人踩》③，辽宁满族的《兀向保与寒向保》④，陕西的《金蟾壳》和《蒋恩不报反为仇》⑤，宁夏回族的《蚂蚁虫拉倒泰山》和《王少爷与花牛牛》⑥ 等。

以上篇目中，姜慕晨在江苏采录的《宝船》，代表着本类型故事情节较为单纯的一种类型，梗概如下：

> 一个叫王小的小伙子上山打柴，救活了一位在过桥时不慎落入水中的老人。老人送给他一只纸折的宝船，告诉他过些时这里要发大水，乘坐宝船可以躲过这场灾难，又叮嘱他："水上遇着什么动物都可以救，碰着人千万不要救。"后来果真发了洪水，王小从水中救活了三种动物：大蛇、蚂蚁和蜜蜂。接着又有一个叫张三的人在水里呼救，王小见了顾不得老人的叮嘱，把他也救了上来，随后还结拜成兄弟。张三把王小的宝船哄骗到手以后，进京献给皇上，自己做了大官，并迫害前来京城找他的王小，将王小打得半死。这时三种动物出来报恩：大蛇衔来一棵仙草擦好了王小身上的伤，还告诉他可以用这仙草治好皇姑的怪病；蚂蚁帮他将混在一起的谷糠和芝麻分开；蜜蜂帮他从54顶花轿中认出皇姑坐的花轿。最后，王小同皇姑成亲当上了驸马，忘恩负义的张三被皇上砍头，受到应得惩罚。

"动物报恩"本是民间故事的常见母题，它表现了在古朴的自然生态环境中人与周围动物互相依存、和谐共处的亲密关系。本篇的新颖之处

---

① 《得玉崖》，《云南各族民间故事选》，人民文学出版社1962年版，第23～25页。

② 《复生珠》，《中国民间故事集成·四川卷》，中国ISBN中心1998年版，第502～503页。

③ 《陆不平和庞人踩》，山东临沂《四老人故事集》，1986年编印。

④ 《兀向保与寒向保》，《满族三老人故事集》，春风文艺出版社1984年版，第239～252页。

⑤ 《金蟾壳》《蒋恩不报反为仇》，《中国民间故事集成·陕西卷》，中国ISBN中心1996年版，第483、536页。

⑥ 《蚂蚁虫拉倒泰山》《王少爷与花牛牛》，《中国民间故事集成·宁夏卷》，中国ISBN中心1999年版，第312～318页。

是以洪水逃难的背景，巧妙地把具有不同思想性格特征的人和动物串联在一起，以被救动物的感恩图报来反衬人类中忘恩负义者的险恶卑劣，正如王小的悲愤呼号："这狠毒的张三，还不如这蛇哩！"由此表现出它深厚的内涵和震撼人心的特殊魅力。

二

这个被中国民众所喜闻乐见的故事，却源于佛经中的"本生故事"，其原初形态则是一则古老的印度民间故事。

我们从公元516年前后南朝梁代高僧宝唱等撰集的一部汉译佛经故事总集《经律异相》中，就可以找到三篇160型故事梗概。

一是《现为大理家身济鳖及蛇狐》，出自《布施度无极经》[①]，大意是：昔日菩萨化身为积财巨亿的"大理家"（大财主），慈爱众生。有一天从市场上买鳖放生，那只鳖随后相告：洪水将至，应当赶紧备船逃难。到了发大水的日子，鳖带着菩萨一道乘船出逃，先后从水里救起一条蛇、一只狐狸。后来又听见有人呼救，鳖以"人心奸伪"为理由，不赞成把这人救起。菩萨本着仁爱之心，还是把他救上船来。

后来洪水退去，蛇与狐各自找地方安家。狐在打洞时意外地获得古人埋藏的紫金百斤，特地送给菩萨报答救命之恩。菩萨本来打算把这些金子用来救济穷人，可是那个被救起的"漂人"知道此事后却蛮横无理地要占有一半，菩萨不肯，他便向官府诬告，使菩萨身陷牢狱。后来那条蛇想出一个妙法相救：蛇将太子咬伤，菩萨用蛇药医好太子，并向国王陈述了自己遭恶人陷害的经过。国王当即诛杀"漂人"，并封菩萨为相国。

另一篇是《慈罗放鳖后遇大水还济其命》，出自《阿难现变经》[②]。

---

　① 僧旻、宝唱等撰集：《经律异相》第11卷，上海古籍出版社1988年版，第58页。又见刘守华《中国民间故事史》，湖北教育出版社1999年版，第579～581页。

　② 僧旻、宝唱等撰集：《经律异相》第44卷，上海古籍出版社1988年版，第232页。中国民间故事中所流行的"蚊蝇抱笔头"为主人申冤的情节即源于此。

它讲的也是主人公慈罗买鳖放生，后发洪水，得鳖相救的故事。其中的忘恩负义者是慈罗救起的卖鳖人，他向官府诬告慈罗，官员在书写慈罗的罪状时，被慈罗在水中救起的那群蛾子却趴在笔头上让他写不出字来，这件奇事惊动了国王，最后真相大白，卖鳖者被诛杀。

还有一篇是《日难王弃国学道济三种命》，出自《摩日国王经》①。它讲的是在山林弃国学道的日难王，从深坑中救出一乌、一蛇和一猎人。乌鸦衔来宫中明月珠报恩；猎人却诬告日难王偷盗，险遭活埋；最后那条蛇前来相救，它咬伤太子后又送神药给日难王为太子治伤，日难王由此得以免罪并具陈本末，于是国王将忘恩负义者处以极刑，以警臣民。

以上三篇故事的主人公，不论是大财主、普通人还是国王，他们都是以佛祖转生的形象出现的，因而属于"佛本生故事"之列。在另一种依据巴利文汉译的《佛本生故事选》中，载有《箴言本生》，所讲的也是160型故事，主人公是在山里修行的隐士，他从洪水中救出蛇、鼠、鹦鹉和王子，三种动物都懂得报恩，而那个王子当上国王后再次见到隐士，竟要置之死地："我要乘他还没有向众人说出他对我的恩典，先砍下他的头。"结局是愤怒的民众把这个无情无义的国王拉下宝座，扔进沟壑，拥戴隐士当了新国王②。

以上各篇虽出自不同佛教经典，所说的实际都是同一故事。情节结构大同小异，贯穿其中的主旨却完全一致，不论是借大鳖之口道出："人心奸伪，少有终信，背恩追势，好恶凶逆"；还是由贤明国王下令："不仁背恩，恶之元首，尽杀之"；或者是以"箴言"的形式由修行人反复咏叹："人们说得对，世上有些人，倘若救他命，不如捞浮木。"都是痛斥忘恩负义者的邪恶行径，倡导人与人之间慈善友爱。有关学人曾评论道，佛经中"这类写人忘恩负义的故事反映了当时社会道德的堕落。随着私有制的发展，人的道德也畸形发展，成为社会的一个弊病。这些故事只

---

① 僧旻、宝唱等撰集：《经律异相》第26卷，上海古籍出版社1988年版，第143页。

② 郭良鋆、黄宝生译：《佛本生故事选》，人民文学出版社1985年版，第57～60页。

是反映了佛教徒们善良的道德愿望，因为这种社会弊病显然不是靠佛教徒的说法讲道所能改变的"①。这些故事改变社会道德风貌的作用确实是很有限的，但它对邪恶的痛斥和对慈善友爱的呼唤仍然凝聚着人类良知，具有激浊扬清的积极作用。

这几篇故事的体裁属于"佛本生故事"，通俗地说，就是关于释迦牟尼如来佛前生的故事。据说佛祖经历过许多次轮回转生，因而故事中的正面主人公，不论是国王、商人，还是某种动植物，都可以看作是佛祖的化身，这些叙说也就都成为"佛本生故事"了。实际上，它们大都是由人们喜闻乐见的民间故事演绎而来，并非纯正的宗教故事。正如季羡林先生在《佛本生故事选·代序》中所指出的："实际上，这些故事绝大部分是寓言、童话等等的小故事，是古代印度人民创造的，长期流行在民间。这些故事生动活泼，寓意深远，家喻户晓，深入人心。""绝大部分故事都与佛教毫不相干，有的甚至尘俗十足。但是，佛教徒却不管这些，他们把现成的故事拿过来，只需按照固定的形式，把故事中的一个人、一个神仙或一个动物指定为菩萨，一篇本生故事就算是制造成了。"就上述四篇故事而言，从它拥有大同小异的多种异文来看，应该是一个众口传诵的印度民间故事。我们在一部印度古代民间故事集《五卷书》中，也见到了它的世俗文本《老虎、猴子、蛇和人》。除以山中的一口深井为救人的背景之外，其他情节均同上例。它借几个动物之口道出："人这玩意儿，总是万恶的集中地。""对于一个忘恩负义的人来说却没有方法把罪来赎。"痛斥邪恶人性的主旨十分鲜明突出②。

这些民间故事进入佛经，增添了一些宗教附会成分，然而基本面貌并未改变，甚至像老百姓在怒吼声中推倒无情无义的国王这类"犯上作乱"的情节也保留了下来，显示出深厚的人民性。在倡导慈爱众生的同时，愤怒斥责、严厉惩罚忘恩负义的奸恶之徒，世俗伦理同佛教哲学在

---

① 郭良鋆：《印度巴利文佛教文学概述》，《南亚研究》1982年第3期，第37～46页。

② 《五卷书》（中文版），季羡林译，人民文学出版社1981年版，第84～88页。又见刘守华：《比较故事学》，上海文艺出版社1995年版，第177～178页。

这类故事里得到融合无间的体现，闪耀出正义和理性的光辉，赋予它以不朽的艺术生命力。

据巴利文译出的《佛本王故事选》中文版，20世纪80年代才在我国问世。然而进入《经律异相》一书的那几篇故事，伴随佛教文化在我国传播已有1500多年历史，它们蜕化为中国民间故事是毫不足怪的事。

三

将中国、印度的160型故事加以比较，从它们所包含的母题（情节单元）、组合序列及其主题的契合一致，再联系这些印度故事借佛经进入中国已有漫长历史的背景来看，我们有充分理由断定，中国故事是从印度故事脱胎而来。但中国故事并非外来故事的简单移植，而是充分吸取民族文化滋养的合理演变与再创造。

中国故事中，形态较为单纯的一种类型，以《宝船》为代表，故事以洪水中乘船逃难为背景，由主人公慈爱救物、奸人陷害、动物报恩这几个母题构成，情节结构和印度佛经故事最为接近；然而在背景选择、角色配置和细节点缀等方面，又发生了贴近民族文化与民众心理的变异。中国道教信仰中的仙人给好心的王小送了一件宝物，纸折的"宝船"放在水里可以救人，将它献给皇帝还能当上"进宝状元"，由此引发一系列冲突纠葛；三种动物后来不仅帮王小治伤，还设法帮助他通过"难题考验"，娶上皇姑，获得幸福婚姻。存活于中国民众口头的这些故事，虽然是在"报恩的动物忘恩的人"这个印度故事的古老程式之内展开叙说的，但它们的生活与艺术情趣却完全中国化了，在世界民间故事宝库中仍然显得十分新颖别致。

中国同型故事的多数篇目所采取的是复合形态，在原有框架内楔入一个乃至几个母题，节外生枝，使故事情节更曲折生动，生活艺术情趣更丰富多彩。如《陆不平和庞人踩》，由山东著名女故事家胡怀梅口述，它以心眼好的庞家母子为主人公，让观音老母送给他们一个用秫秸扎制的宝船用于洪水逃难，接着楔入一个"石狮子眼红预兆洪水"的母题。

以下的情节按传统模式展开,而结尾对奸人的惩罚却别具一格:

> 庞人踩把前后的事给大人说了。大人禀明圣上,这才罢了陆不平的官,让给了庞人踩。后来万岁爷把庞人踩召到金殿,说:"庞人踩,到这般光景,你还留着陆不平干什么?"庞人踩说:"小人不敢自作主张,请圣上作主。"皇上说:"将他杀死剁成肉泥,抬到午门外边,用土埋好,好叫武官当作上马石。"庞人踩就照办了。这就叫路不平,旁人踩。

将忘恩负义的奸恶之徒埋在路上让人践踏,所表现出来的对坏人坏事深恶痛绝的情感显然更为强烈。而这一结尾又巧妙地概括在"路不平,旁人踩"的俗语中,给人以深刻难忘印象。中国民间故事常常采用这一手法,如关于两位好朋友的故事《春风和细雨》,就借用"没有春风,哪来细雨"的俗谚作情节线索;关于善恶两弟兄的故事《河东与河西》,则以"三十年河东,四十年河西"的俗谚点明主题,等等。这一手法虽出于附会借用,却寓意鲜明而又趣味盎然,具有浓厚的中国文化特色。

广西壮族的《渔夫和皇帝》,早在20世纪60年代就被学人作为壮族民间文学佳作写进《广西壮族文学》一书。将旧时代神圣不可侵犯的皇帝作为忘恩负义的奸人给以无情鞭挞,使这篇故事饱含被压迫者的愤怒抗争情绪。这同古代印度佛本生故事中对无情无义的国王的痛斥是心心相印的。然而中国故事却借用了机智人物故事中哄骗财主乘坐并敲打水缸去会见"海龙王"的情节单元,让奸恶而又恶蠢的皇帝自己葬身鱼腹,这又平添了新的喜剧情趣。

在中国最流行的160型故事,是故事情节更为丰富完整的《石刚和金巧》《兀向保与寒向保》及《只可救虫不可救人》等。它们在单纯型所包含的三个母题之外,再楔入"石狮子眼红预兆洪水"和"下地洞斩妖救皇姑"两个母题,实际上是160+825A+301所构成的复合形态。以辽宁满族故事家李马氏所讲述的《兀向保与寒向保》为例,记录的篇幅就近万字。人物众多,背景广阔,情节跌宕起伏,叙说重点转向主人公通过重重磨难娶上皇姑为妻,使结局更加圆满。这一变异表现出口述故事的情节结构由简趋繁,人们喜爱听长篇故事的审美趋向。

在160型的多种异文中,出自西北陕西、宁夏地区的几篇异文特别值得我们注意。上述东北、东南地区的同型故事,不论形态繁简,都是以洪水中乘船逃难为背景来串联角色、结构故事。由于这些地区洪水灾害频繁发生,使它同印度故事的叙述模式十分接近。而在缺水的西北地区,传承这一故事就得因地制宜地改换叙述背景,背景的转换又会引起情节和细节的重新构造,如《蚂蚁虫拉倒泰山》的梗概:

从前,一家人养了三个儿子。三儿子叫三旦,入学念书,救活了一只折腿的癞蛤蟆,将它放在土窑里喂养。癞蛤蟆长到箩筐大时,将自己腮边的两个蛋送给他:"这两个蛋一真一假,不管啥东西死了,用真蛋一挨就活。记住:万样的虫能救,惟有黑头虫(人)不能救。"三旦在出外流浪中救活了一条蛇、一只老鼠和几只蚂蚁,也救活了一个人。被他救活的那个人恩将仇报,将他推进地下深洞,随即拿着宝蛋进贡给皇上当了宰相。三旦后来被诬陷入狱,老鼠送食物给他吃,并从结拜兄弟手中用假宝蛋换回真蛋;蛇咬了皇姑一口,又教给三旦治蛇咬的方子;蚂蚁不但把搅和在一起的谷子和胡麻分开,还聚集在一起将京城外十里的泰山拉倒,使朝廷震动。最后在皇帝面前说明真情,三旦终于当上了进宝状元和驸马,忘恩负义者被斩首示众。

这篇回族故事撇开洪水逃难,又让佛祖、仙人离开故事,以黄土高原的常见景物为依托,借神化几种小动物来构造情节,显得新奇不凡,本来流行俗谚是"蚂蚁难撼泰山",故事里却讲蚂蚁可以将泰山拉倒使举国震动,大胆想象中洋溢着诙谐与豪情。回族的另一篇异文《王少爷与花牛牛》也具有类似特色。故事的主旨:忘恩负义的黑头虫(人)比世上万千虫类都可恨,明显源自佛经故事,而整个故事所含蓄的艺术情趣却有着鲜明的民族特色。在这里充分表现出西北回族口头文学家推陈出新、大胆创造的艺术智慧。

160型的复合形态似乎最早出现在通俗小说中,成书于明代万历年间的《包龙图判百家公案》(一名《包公传》),其中第59回《东京判决刘驸马》,就是一个拉长了的"报恩动物负义人"故事,乐善好施的崔长者之子崔庆为故事主人公,被他在洪水中救起的屠夫之子刘英充当忘恩负义的角色,好人反遭诬陷下狱,鼠、猴、蛇三种动物报恩相助,后经包公明断此案才真相大白,善恶各有所报①。通俗小说吸取民间故事素材,将它们缀合改编,再流向民间,对许多故事从单纯型走向复合型的演变,起了推波助澜的作用。民间故事和通俗小说、地方戏曲在面向大众的过程中相互影响、彼此融合,成为中国民间文化领域一个引人注目的特征。

"感恩的动物忘恩的人"这个具有一两千年悠久历史的故事,不仅呼唤人与人之间要彼此关爱,同舟共济,还在人们特别是在孩子们身上,培植着对动物世界友好亲切的感情。民间故事从来不把动物世界和人类世界完全分离开来或对立起来。人与动物亲密和谐共处的思想,虽然是在人类早期的特殊历史条件下形成的,今天在地球村的自然生态遭到严重破坏的情况下,这类故事中所蕴含的慈爱动物的人文精神,就显得更加难能可贵了。

---

① 《中国通俗小说总目提要》,中国文联出版公司1990年版,第109页。

但行好事，莫问前程
——"求好运"故事解析

一

在中国许多地方的常见故事类型中，有一个"求好运"故事。如四川成都市的《范丹问佛》，讲从前有一个叫范丹的叫花子，穷得连一升米也存不住，他便出门去问西天佛祖，自己能不能时来运转。旅途中，一家员外托他问，为啥女儿成了哑巴？接着土地菩萨问，为啥自己多年不能升官？过大河时，大乌龟托他问，为啥自己修炼多年不能升天？他走到西天见到佛祖，那里的规矩是问三不问四，他热心快肠地帮助别人问清了三件事往回走。来到河边，告诉大龟，它不能升天是因为头上有二十四颗夜明珠压着；乌龟把夜明珠取下送给范丹，立刻升天了。范丹又告诉土地菩萨，他因左脚踏金、右脚踏银，所以不能升官；土地菩萨把金银送给他，后来当了城隍爷。范丹来到员外家，女儿见了立刻告诉父亲，"客人回来了！"他将佛祖的话告诉员外，女儿家见了亲丈夫自然会讲话；于是员外让范丹当了上门女婿①。故事主人公原是一个穷小伙子，他出门见佛祖本来是为自己找好运，却以先人后己的精神代别人问事，帮他人解脱危难，结果却是在他人给予的酬报中正好圆了自己的美梦。

---

① 《中国民间故事集成·四川卷》，中国 ISBN 中心 1998 年版，第 516 页。范丹为东汉人，桓帝时封官不就，安于贫困，后被丐帮尊为"范丹老祖"，民间口头文学中以范丹和石崇为极贫和极富的两个古人。

它是一个具有浓厚幻想色彩的故事，却又十分贴近社会下层民众的生活与心理。热心助人获好报这一闪光思想在三问三答、意外得福的美妙叙说中得到了生动有力的体现，因而这个故事深受民众喜爱。《中国民间故事集成·四川卷》中，把它作为"常见故事类型"列出，并载有流行于29个县市的地方异文篇目29篇。湖北对此故事的采录，已积累到了近30篇。丁乃通编撰《中国民间故事类型索引》，按AT分类法将它排列为461型，收录20世纪60年代之前记录成文的篇目50余例。如果将近20年在中国民间文学普查中采录所得加进去，它的中国异文已达到210多篇，流行于汉、满、藏、回、土、撒拉、维吾尔、朝鲜、苗、壮、傣、黎、彝、白、畲、傈僳、布依、毛南、土家、仡佬等20多个民族之中，超越高山大河的阻隔和语言、宗教信仰的界限，几乎分布在整个中国大陆。不仅如此，按AT分类法索引，本类型中国以外的异文就有近500篇，是覆盖欧亚大陆20多个国家和地区的一个巨大故事圈。

  本类型的流行篇名有"三根金头发""西天问佛""找幸福""求好运"等，其核心母题是主人公出门寻求好运，我们把它定名为"求好运"。

  "求好运"在我国有多种类型：

  "问活佛"型，如前面提到的《范丹问佛》，主人公因对自己的贫困处境不满，便出门远行，去见佛祖或其他神仙、智者（包括太阳）探询自己的未来命运，因代人问事获得好报使命运逆转。丁乃通在《中国民间故事类型索引》中把它列为461A型。代表性篇目还有《树洞问天》（浙江）、《找幸福》（吉林）、《太阳的回答》（回族）、《木呷问神》（彝族）[①] 等。

  "找聘礼"型，如《中国民间故事集成·四川卷》作为《范丹问佛》

---

  ① 《树洞问天》，《民间故事》，上海经纬书店1941年版；《找幸福》，《中国民间故事集成·吉林卷》，中国文联出版公司1992年版；《太阳的回答》，《甘肃民间故事选》，甘肃人民出版社1962年版；《木呷问神》，《彝族民间故事选》，上海文艺出版社1981年版。

异文选录的《寻宝聘妻》：王小二爱上了柳员外家的小姐，他去提亲，柳员外要三件聘礼：三斗三升瓜子金，二十四颗夜明珠和一张白狐狸皮。员外异想天开地索要三件宝，本是为了让王小二死了这心思，可王小二偏要出门去找到这三件宝。他见到佛祖，热心帮土地爷、大乌龟和白狐狸代问了三件事，它们分别给予的酬报正是王小二所要寻求的三件聘礼，主人公终于如愿以偿。在这一类型中，"找宝"与"问事"相融合，"问事求好运"仍是它的核心母题。它也有许多地方异文，如《三根金头发》（山东）、《石青寻宝》（湖北）、《三件聘礼》（苗族）、《热令青巴》（藏族）[①] 等。

"幸运儿"型，为461主型，它的后半截为寻宝问事（通常是寻找三根金头发），前半截却讲述了这个穷孩子屡遭邪恶势力迫害而意外脱险的传奇经历（930型），它是一种复合形态。国际上以《格林童话》中的《有三根金头发的魔鬼》为代表，中国异文则有彝族的《淌来儿》、傣族的《寻找金牙象的故事》、傈僳族的《寻找太阳头发的小孩》、藏族的《男孩和国王》等[②]，它们主要流行于西南少数民族地区。故事情节跌宕起伏，曲折完整，精美动人。

此外，还有将"求好运"和其他型式串接而构成的混合型，如同"青蛙儿"故事混合，将出门寻找聘礼的主人公变换成青蛙儿或鳖仔；同"百鸟衣"故事混合，以"百鸟衣"方式来结尾；也有的同恶毒继母故事混合，由继母来扮演迫害主人公的邪恶角色。它们的主干情节都是主人公出门寻求好运，同其他流行故事串接复合，其形态变得更为多姿多彩。

[①]《三根金头发》，《中国民间故事选》第一集，作家出版社1958年版；《石青寻宝》，《湖北京山民间故事集》，中国民间文艺出版社1990年版；《三件聘礼》（苗族），《榕树》，1980年民间文学专辑；《热令青巴》，《康藏民间故事》，上海时代书局1950年版。

[②]《淌来儿》，《云南各族民间故事选》，人民文学出版社1962年版；《寻找金牙象的故事》，《山茶》1990年第2期；《寻找太阳头发的小孩》，《山茶》1982年第4期；《男孩和国王》，《山茶》1985年第4期。

二

中国近现代流行的"求好运"故事有一个很突出的特点,就是表现了主人公积极进取,奋力向命运抗争的精神。中国故事常以处于社会最底层的穷苦劳动者为主人公,他们的绰号就叫"穷八代""穷九代"或"穷十代",终年辛劳,受穷受苦,遭人歧视,填不饱肚子,娶不起媳妇,便下决心出门去问根由,找好运,故事的基本构思是同在中国社会中占支配地位的"死生由命,富贵在天"的流行观念相对立的。好几个省区流行的"问活佛"故事,意味深长地围绕"命中注定八合米,走遍天下不满升"这句俗谚展开叙述,讲主人公再勤扒苦做,家里也存不满一升米,后捉住偷米吃的耗子,耗子说他命中注定只有八合米,一辈子只能受穷。小伙子愤恨不平,便决心走出去,经过一番努力,终于改变了自己的贫困命运,"原来八合米不是命中注定,走遍天下是可以满升的"。"找聘礼"这类故事,也都是以富贵人家瞧不起穷小伙子来开头,员外家借故刁难,要他找寻在人世间根本无法找到的几样东西,如太阳姑娘头上的金头发来作聘礼,哪知穷小伙子不服气,"我可偏偏要到西天去走一遍,拿三根金头发回来给她看看!"故事中向命运挑战的思想十分鲜明。

虽然主人公出门是寻找命运之神,而且染上了各地的宗教信仰色彩,但故事既没有向这些神乞求恩赐,也没有让主人公皈依宗教以求解脱,不论佛祖也好,其他神仙也好,他们所扮演的其实都是解答难题的"智慧老人"的角色,主人公在他们的启示下,找到了治病的奇方和开发自然界财宝的奥秘(让枯井出水,水中鱼鳖吐珍珠,找到治病的灵丹妙药或从果树脚下掘出金银等),并以此来帮助别人,获得好报。这样,主人公找好运的行动便有了积极进取的意义。

中国故事还以着力赞扬"与人方便,自己方便""但行好事,莫问前程"的美好品德,表现出它浓厚的道德伦理色彩。不论是出门找好运,还是出门找聘礼,主人公在旅途中都是热心接受别人的委托,在只能"问一不问二,问三不问四"的情况下,他先人后己,毫不犹豫地把别人托付的事放在前头,因而得到了好报。到远方的广大世界里去寻求好运,不是靠损害他人而是在帮助他人的过程中来求得自己的幸福,故事所传播的这一人类良知与美德至今仍闪耀着贯通古今闪亮夺目的光彩。

三

为解开这一"民间童话之谜",20世纪中不断有学人进行追踪研究,对它的构成、演变、传播作出论断。主要成果有:

德国蒂勒:《关于命运之子的童话》(1919)①;

德国艾伯华:《近东和中国民间故事研究》(1947)②;

美国斯蒂·汤普森:《世界民间故事分类学》(1967)③;

日本关敬吾:《命运谭——它的系统和分布》(1982)④;

中国台北金荣华:《从印度佛经到中国民间故事》(1996)⑤;

中国刘守华:《一组民间童话的比较研究》(1979),《民间童话之谜》(1980),《一个故事的追踪研究》(1989),《心有灵犀一点通》(1992)⑥和《千年故事百年追踪》(2000)⑦。

在众多学人的探求下,这个故事在世界范围之内的来龙去脉已大体判明,原来它是一个有两千多年历史,传入中国已达千余年的印度佛经故事,后来在欧亚大陆许多国家落地生根,便发育成一个世界性的巨大故事圈了。

461型故事的复合形态由两个故事构成,前半截为"害不死的幸运

---

① 《中国比较文学》1989年第2期。
② 周发祥编:《中外比较文学译文集》,中国文联出版公司1988年版。
③ [美]斯蒂·汤普森:《世界民间故事分类学》(中文版),郑海等译,上海文艺出版社1991年版,第167页。
④ [日]关敬吾:《运命谭——它的系统和分布》,成城大学民俗学研究所1982年刊印。
⑤ 金荣华:《民间故事论集》,台北三民书局1997年版。
⑥ 刘守华:《比较故事学》,上海文艺出版社1995年版。
⑦ 《外国文学研究》2000年第2期。

儿"（930型），原型为载入《六度集经》的《童子本生》①，讲一个命中注定要交好运的孩子，屡遭富人迫害，仍获得美好结局的故事，它是佛本生故事的一种，那个幸运儿即佛祖的化身。由三国时吴国康僧会译成汉文，时间约在公元3世纪。后半截"代人问事获好报"，讲述主人公在找好运的旅途中热心帮助他人问事，在他人给予的酬报中正好圆了自己的富贵梦。它的来源直到近年才弄清，原来出自汉译《贤愚经》中的《檀腻䩭品》②和巴利文佛本生经中的《迦默尼詹特本生》③。《贤愚经》为唐代僧人记译，时间约在公元8世纪，巴利文佛本生经则成书于公元前3世纪。这两部佛经中的故事大同小异，都以古印度端正王巧判连环案为主干：一位农民本为自己的事前往，旅途中却帮他人代问三件事或十件事而获得好报。它们也都属于佛本生故事系列，那位贤明国王为佛祖化身。不但代他人问事获好报的整体结构，而且所问的几件事涉及困扰动植物及人类的生存难题这样的细节也同后世流行故事契合一致，它同此类故事所存在的内在关联确定无疑。这两个故事流传后世，既可以独立存在，也可以合二为一。欧美学者认为，它们是在流入欧洲后才复合成为格林童话文本的。从20世纪后期在中国西南和缅甸、蒙古等地发现的许多461型复合形态来看，它作为佛本生故事变体，在南亚地区早已形成。它传入欧洲约在13世纪之后，具体流传路线还难以探寻，其中关于蒙古军队西征是否促成了此类故事在西方的传播成为一个引人注目的假设。

它在世界范围内的传播演变，呈现出颇为复杂的态势，具体说来，其特征有三：

在古印度它是一则世俗故事，后进入佛本生经成为宗教故事，不仅

---

① 常任侠选注：《佛经文学故事选》（改题为《四姓害子》），上海古籍出版社1985年版。

② 常任侠选注：《佛经文学故事选》（改题为《四姓害子》），上海古籍出版社1985年版。

③ 郭良鋆、黄宝生译：《佛本生故事选》，人民文学出版社1985年版，第153~162页。

将故事中的有关角色附会成为佛祖的化身，在探求人生命运之谜时，还以肯定命运之神的权威显示出它的宗教色彩。后世各国的口述文本又进入世俗文化流程，以来自社会下层的穷孩子为主人公，表现他们企求摆脱贫困、转变命运的积极愿望，可是仍然保留着"求神""问佛"的宗教故事框架。它是一则幻想故事，却又是对人们朝拜圣地，祈求神灵，关注未来命运的现实宗教活动之象征性反映。它还能把不同宗教所崇拜的偶像引进故事，使之具有适应不同宗教信仰的活力。宗教生活本是民众日常生活的一个重要侧面。民间文学染有宗教色彩原是不足为怪的事。本类型就是兼容宗教性与世俗性而在世界范围内得以广泛传播的。其宗教性的逐渐淡化与世俗性的不断增强又表现出人类文明演进的大趋势。

　　本故事最初为口头传承之作，后进入佛本生经成为书面经典，并以汉译佛经形式传入中国产生广泛影响。随后又进入口头文学流程。明代吴承恩著小说《西游记》，第 49 回写唐僧一行往西域取经过通天河，那只白鼋将他们师徒驮过大河之后，曾托问自己何时可脱去本壳，修炼成人身？请佛祖给予回答。这是中国"求好运"故事的首次书面记载，它明显从口述材料中信手拈来。《西游记》的流行，极大地刺激了此类故事的深入人心。随后它又被人们编成《时运宝卷》《西天参佛宝卷》《活佛宝卷》等，作口头宣讲的底本，见于《中国宝卷总目》的清代和民国时期的文本就有 25 种之多。宝卷经口头文学家的辗转述说，再生出许多新的地方异文。由于口头与书面传承方式的交错并举，促使它在各地获得广泛传播并在艺术上日趋精美。

　　本故事的众多异文，表现出丰富的民族与地域文化色彩。它的情节结构具有程式化的特点，故事中的角色以及提出的问题却因地而异。古印度故事以佛祖为主人公，由婆罗门预言他们不平凡的前程；欧洲故事有浓厚的基督教色彩，由神父或天使预言主人公的未来命运；中国故事中，信仰佛教的地方，穷小伙子去问如来佛或南海观音，也有下地狱找阎罗王论理的；道教流行地区，主人公去找太白金星或真武大帝寻求好运。至于所提问题，中国故事中的鲤鱼或龙，托问为什么修炼多年不能升天；俄国故事中的鲸鱼，托问为什么它躺在海边动弹不得；印度故事里则是一条鳄鱼托问怎样才能治好它的胃痛病;干旱地区的人们托问怎样才能找到水;麻风病流行地区的人们委托他找寻治病的秘方;终年摆渡不胜其苦的渡船夫,托他找寻接班人,如此等等。世界广阔地区不同的风土人情、习俗信仰,在这个故事框架中都有丰富生动的表现,使接受者倍觉亲切。可是故事的主题和基本构思在世界范围内却又惊人地相一致,显出它的普遍性。

本故事以"三问""三答"为主干情节,按"三迭式"的传统结构来展开叙说。幻想与现实、诗情与哲理巧妙融合,在意外巧合的情节发展中透出人情事理,产生引人入胜的魅力,不愧为口头语言艺术的精品。

总之,"求好运"是一个汇合着不同时代、不同民族的丰富智慧和情感,又以高度概括的象征方式,集中表现了人类在历史长河中由屈从命运到逐步主宰自己命运的心路历程的故事。在世界民间故事海洋中,它的各种形式的单篇异文,并不特别耀人眼目;可是把它作为一个覆盖地球上多数居民的故事圈来考察,就显露出史诗般的宏伟特征,值得我们十分珍惜了。

兄弟纠葛的悲喜剧
——"长鼻子"故事解析

中国关于兄弟纠葛的故事数量众多,流行广远。经过长时期的传承演变,构成两个主要类型流行至今。一个是"狗耕田",另一个是"长鼻子"。它们很早就受到研究者的重视,被列入中国民间故事常见类型之中。

一

"长鼻子"故事的梗概为:弟弟受哥嫂欺负,却意外地进入深山野地,从神奇动物那里获得宝物而致富;哥哥为贪心所驱使依样画葫芦,却遭到这些动物的惩罚,被它们拉长鼻子成了丑八怪,或者撕扯开来填了肚子。其中"长鼻子"是最新奇而又意味深长的一个情节单元,也是本类型最显著的标志。在口头流传时,故事家常用"长鼻子""长鼻子哥哥"或"王小的鼻子用车拉"等等来作为它吸引听众的篇名。20世纪30年代艾伯华编撰《中国民间故事类型》时,收录本类型故事28篇;到20世纪70年代丁乃通完成《中国民间故事类型索引》一书,增加到59篇。进入20世纪八九十年代,中国编纂民间文学集成,它作为许多地方的常见故事类型被采录上来,新的书面文本数量激增,如《中国民间故事集成·辽宁卷》中,不仅载有《小铜锣》及其异文2篇,还把它作为辽宁的常见类型列入《附录》,提供了53篇地方异文的出处。在笔者撰写本文时,所接触到的这一类型的新文本已达百篇。上述文本流传在我国从西北到东南的汉、藏、蒙古、朝鲜、达斡尔、满、黎、土家、撒拉、裕固、苗、瑶、彝、佤、怒、白、傈僳、纳西、哈尼等众多兄弟民族之中，成为中国民间口头叙事的经典之作。

二

长鼻子故事的核心母题是那件神奇宝物的获得。由获得宝物的方式之不同，显出形态上的差异，构成不同亚型。

主人公由种庄稼赶鸟进山而得宝，这一型式流行最广，如吉林的《种高粱得宝碗》①，陕西的《赵富与赵宝》②，四川的《长鼻子哥哥》③，浙江的《孔雀锣》④，甘肃的《害人终害己》⑤，还有鄂西土家族的《金壶和银壶》⑥，浙江畲族的《凹鼻哥》⑦，云南佤族的《贪心的哥哥》⑧ 等篇。它最早出现在唐代著名作家段成式所撰《酉阳杂俎》续集卷一《支诺皋上》《旁㐌》篇中，后又被宋人编入《太平广记》卷481而广为人知。旁㐌是新罗国第一贵族金哥的远祖，兄弟二人，弟甚有家财，而兄旁㐌却一贫如洗。旁㐌找到一块荒地，向弟弟讨取蚕种、谷种，以便养蚕种稻，维持生计。可是弟弟竟然将蒸过的蚕种和谷种给他，蓄意坑害。

---

① 《种高粱得宝碗》，《中国民间故事集成·吉林卷》，中国文联出版公司1992年版，第481页。

② 《赵富与赵宝》，《中国民间故事集成·陕西卷》，中国ISBN中心1996年版，第475页。

③ 《长鼻子哥哥》，《中国民间故事集成·四川卷》，中国ISBN中心1996年版，第489页。

④ 《孔雀锣》，《中国民间故事集成·浙江卷》，中国ISBN中心1997年版，第629页。

⑤ 《害人终害己》，《山丹民间故事选》，敦煌文艺出版社1993年版，第143~152页。

⑥ 《金壶和银壶》，《女儿寨传说》，长江文艺出版社1985年版，第210~213页。

⑦ 《凹鼻哥》，《中华民族故事大系》第8卷，上海文艺出版社1996年版，第282页。

⑧ 《贪心的哥哥》，《佤族民间故事选》，上海文艺出版社1989年版，第179~180页。

想不到奇迹出现，在蒸过的蚕种中长出一条体大如牛的蚕王，弟弟杀死蚕王之后，周围的蚕都飞到他家来做茧，使蚕茧丰收，堆积如山。从蒸熟的谷种中也长出一棵特大的稻穗。一天这稻穗被大鸟折衔飞去，旁㐲追逐进山，在一个山洞里，等到夜半月明时，见"群小儿赤衣共戏"，取出一个金锥子，击石，即呈现所需食物。吃饱喝足之后，他们随手将金锥子插在石缝中散去。旁㐲将这个宝物带回，"所欲随击而办"，原来是件如意宝，于是成了全国巨富。弟弟眼红，也学他样子种出一棵稻穗，赶鸟进山，被那群赤衣小儿当作偷盗金锥者抓住，用一种奇特方式予以惩罚："乃拔其鼻，鼻如象而归。国人怪而聚观之，惭愧而卒。"本篇前面的"蚕王"具有完整的情节结构，它作为独立故事在后世也得到了传承①。它的主体在后面，蒸过的谷种长出一棵独苗、一个稻穗，接着由此生发出鸟儿折衔进山，主人公赶鸟进入一个神奇世界，得以获取宝物转变自己命运的叙说，幻想与现实的融合十分巧妙自然；最后以拉长鼻子来惩罚反面主人公，将那伙"小神仙"的儿童情趣表现得淋漓尽致。总之，"丰富的劳动生活情趣，同神奇美妙的幻想交织在一起，叙述风格活泼诙谐，显示出民间口头文学的特殊魅力"②。

段成式在本篇开头告诉我们，这是一则新罗国的故事，主人公旁㐲就是新罗贵族金哥的远祖，朝鲜古称新罗，可见这是一个朝鲜故事。然而它在一千多年前传入中国之后，就"蜕化为国有"，后世民间口头盛传的长鼻子故事，显而易见是由此篇脱胎而出。试看四川雅安的《长鼻子哥哥》的梗概：

> 两兄弟分家，大哥大嫂将用开水煮过的谷种分给老二。老二将谷种撒下，有一株苗苗成活，结出一个稻穗，后来又被麻雀叼起飞走了。老二追赶麻雀，天黑歇在一个庙里。到半夜，庙里进来八个神仙，他们拿出一面鼓来，一敲，桌子上就摆出酒菜，吃喝起来。吃了一会儿，老二按庙里道士的吩咐，突然学起鸡叫来。神仙听到

---

① 刘守华：《中国民间故事史》，湖北教育出版社1999年版，第383页。
② 刘守华：《中国民间故事史》，湖北教育出版社1999年版，第198～199页。

鸡叫，慌忙离开，留下那面鼓。老二把鼓拿回去，敲打一下，想要什么就有什么，从此发财致富。老大打听到这事的经过以后，也种出一株稻子，然后跟着叼起稻穗的麻雀追到那座庙里。夜里进来八个神仙，寻找偷鼓的人，找到老大，一人把他的鼻子揪一下，变成了八尺长鼻子。老二捡来的那面鼓可以治长鼻子，敲一敲，鼻子就缩一缩。老大拿着鼓不停地敲，鼻子缩了进去。从此，他就成了难看的塌鼻子。

四川道教流行，道士和八仙成为故事中的角色，取代了《旁㐌》中神奇的"赤衣小儿"。还有吉林的《种高粱得宝碗》，围绕种高粱来生发幻想情节，老二顺着又粗又高的高粱秆儿往上爬，想不到上面竟然有房子，还有老虎和猴子用"宝碗"在那儿大吃大喝。这些局部的变异使故事贴近不同地区的风土人情，口头讲述起来更为亲切生动。然而故事的整体结构和一些重要细节仍然一脉相承地保留了下来。

在众多异文中，也有离开《旁㐌》的情节结构模式，在主人公陷入困境的情况下，以另一种意外方式来得宝致富，转变命运的。如汉族的《长鼻子》[①]和藏族的《大南瓜》[②]，讲弟弟被哥嫂赶出门后，在荒坡里种南瓜，夜里怕人偷瓜，他就把大南瓜切开一个洞，睡在里头。猴精把"南瓜王"抬进山洞，拿出宝葫芦来要酒要肉大吃大喝。弟弟从南瓜里钻出来拿走宝葫芦，从此过上了好日子。老大学样种南瓜，也从猴精那里偷来一个宝葫芦，却不会使用，敲打宝葫芦时鼻子"哼"了一声，结果变成了长鼻子。还有另一种有趣说法：猴精正在山坡上搬运"南瓜王"时，老大却在南瓜里叫喊起来，猴精吓得一撒手，大南瓜和老大便滚到山下摔得粉碎了。口头文学家由农民种南瓜，猴子偷瓜，巧妙自然地生发出猴洞取宝的幻想，叙说中饱含山野生活情趣，使它成为两兄弟故事中深受民众喜爱的异文之一。

上面的"种穗稻""南瓜王"都是由农民种植谷物瓜果而生发的优美

[①]《长鼻子》，《白菜仙子》，云南少年儿童出版社1971年版，第115页。
[②]《大南瓜》，《新娘鸟》，重庆出版社1984年版，第59~61页。

幻想。如果主人公被兄嫂赶出家门，在荒山野岭流浪，在破败的庙里栖身，那么，他就有机会偷听到动物精灵或巡游仙人们关于山野秘密的对话，然后找寻宝物来转变自己的不幸遭遇了。吉林的《小铜锣》①和辽宁的《小铜锣》（含异文 2 篇）②，就代表了这一类型。从"偷听话"得来的宝锣，其神奇功用和其他故事中的宝物仍然是一致的。结果也是由于误敲而伸长和缩短鼻子，使贪心自私的老大成了奇丑无比的角色。这个"偷听话"母题具有相对独立性，它可以楔入有关两兄弟纠葛的"长鼻子"故事中，在更多情况下，成为关于两个旅伴纠葛的"二人行"故事的核心母题。

三

由于"长鼻子"故事源于古新罗国关于贵族金哥远祖旁㐌的传说，因此朝鲜族著名故事家金德顺讲述的《长鼻子哥哥》，受到学人特别的关注。

这个故事讲：古时在榛子岭下住着弟兄两家。父母都在世，按朝鲜族的习惯，本该由老大奉养父母，可是老大娶了媳妇忘了父母，霸占家产后，狠心将父母和弟弟赶了出去，他们只得在山脚下过着苦日子。一天弟弟进山捡榛子吃，偶然进到一个"道盖比"（精怪）住的窝棚里去，拾到它们用过的小铁棒和小铁罐，只要用铁棒敲一下铁罐，就会出米、出肉、出钱，原来这是一件宝物。弟弟从此就不愁吃不愁穿了。贪心的老大向弟弟打听到这件事的经过，急忙进山也去寻找这神奇的宝物。

以下是金德顺对老大样失败带回一个"长鼻子"的生动描述：

老大赶忙转到窝棚前边，往里一瞅，还真有一个铁罐儿和铁棒，和弟弟得到的一模一样。这一下，乐得他差点儿"喀嚓嚓"地跳起

---

① 《小铜锣》，《中国民间故事集成·吉林卷》，中国文联出版公司 1992 年版，第 474 页。

② 《小铜锣》，《中国民间故事集成·辽宁卷》，中国 ISBN 中心 1992 年版，第 498 页。

舞来。还没等到家,半路上他就试了起来。

他"当"地敲了一下,喊"出钱!"铁罐儿不出钱;他"当"地敲了一下,喊"出米!"铁罐儿也不出米;他"当"地再狠劲儿敲了一下,喊"出肉!"铁罐儿里照样啥也没有。

老大忽然想起道盖比说的话,"当"地朝铁罐儿敲了一下,口喊"长一尺!"话音儿还没落,老大的鼻子"噌"地长了一尺长。他又喊"长两尺!"鼻子"噌"地又长了两尺。他喊"长三尺!"这一下可止不住了,这鼻子越长越长,"噌噌噌",足足长了二里地长。

老大的老婆在家等她的丈夫拿回宝罐儿来。可是左等不回来,右等也不回来,就上榛子岭去迎他男人。走上岭一看,可把她给吓坏了,她丈夫那圆不圆、扁不扁的鼻子足有二里地长,扛又扛不起,拽又拽不动,只好求老二来帮忙。

后来老二套了一架单辕牛车,好歹算把长鼻子哥哥拉回了家。村里人一看老大这长鼻子,都说他这是虐待父母应得的下场。①

金德顺(1900—1988)生于朝鲜庆尚北道,20世纪30年代逃荒到中国东北安家落户,以会讲故事远近闻名。20世纪80年代初期由裴永镇将她的故事记录翻译成汉文出版,其内容之丰富和语言形式之优美受到民间文艺学家的高度评价。这篇《长鼻子哥哥》从朝鲜本土带来,同古代旁㐌故事有着更为密切的联系,同时也更为鲜明地反映出朝鲜族风土人情的特色。弟弟偶然得来的宝物使他过上了好日子,哥哥学样却落下一个难看的长鼻子,这个"故事核"历经千年仍然保留了下来,可是在这现代异文中,不仅有哥哥独霸家产的情节,还将弟弟孝养父母同哥哥虐待父母相对比,蕴含着"孝文化"的深厚内涵。作为"故事篓子"的金德顺老大娘,在传统的故事框架之内,特别注意细致刻画有关角色的语言、动作、神态,使之活灵活现。在传承故事的过程中发挥个人的创造性,给民间文学增添了新的艺术光彩。

---

① 《朝鲜族民间故事讲述家金德顺故事集》,上海文艺出版社1983年版,第133~136页。

四

联系唐代《旁㐌》文本，可以明显看出，"长鼻子"本是两兄弟故事中的一个情节单元，在饱含幽默诙谐情趣的叙说中，表现出对饱受欺凌的弟弟的同情和对自私贪心的哥哥的嘲讽。现今口头流传的故事中，也有将两兄弟角色变换成地主与长工、佃户的，如山东的《长鼻子》①，陕西的《追老雕》②和广西瑶族的《敲敲鼻子油火头》③，这显然是近代社会背景上产生的变异。它们的主题由表现家庭纠葛，转变成表现阶级对立，它是农民与地主的冲突日益普遍化的社会现实的反映，应作为一种新的特殊形态来看待。

国内外学界有关本类型的研究成果尚不多见。艾伯华的《中国民间故事类型》一书，所列 27 型"猴洞"，28 型"动物对话"，即为本类型中的两个亚型④。

丁乃通的《中国民间故事类型索引》，按 ＡＴ 分类法，将"二人行"故事列为 613 型，另将"长鼻子"列为 613A 型"不忠的兄弟和百呼百应的宝贝"⑤。

作为表现两兄弟纠葛主要故事类型之一的"长鼻子"，形态独特，源远流长，深具魅力。

故事以主人公意外进入神秘世界获得某种宝物的帮助，从而转变命运作为核心母题。宝物是众多民间故事的常见之物，在本类型中宝物完

---

① 《长鼻子》，《聊斋汉子》，中国民间文艺出版社 1982 年版，第 111 页。
② 《追老雕》，《中国民间故事集成·陕西卷》，中国 ISBN 中心 1996 年版，第 481 页。
③ 《敲敲鼻子油火头》，《瑶山里的传说》，中国民间文艺出版社 1984 年版，第 110～120 页。
④ ［德］艾伯华：《中国民间故事类型》（中文版），王燕生等译，商务印书馆 1999 年版，第 42～47 页。
⑤ ［美］丁乃通：《中国民间故事类型索引》（中文版），郑建成等译，中国民间文艺出版社 1986 年版，第 212 页。

全在主人公处于困境的情况下偶然得来。神秘世界中的仙人或者动物精灵，并非有意赐予宝物，主人公也没有着意去寻求宝物，而是偶然闯入某种神秘世界，得到了可以任意满足人们欲望的宝锤、宝锣、宝葫芦等而因祸得福。这些物质化的宝物既能给勤劳善良的弟弟带来幸福，也能惩罚邪恶的兄嫂，具有"一箭双雕"的作用。惩罚的方式颇为滑稽：将他变成长鼻子或塌鼻子，使其羞愧难当。老大受惩罚同样也是由于他受贪心驱使偶然失误所致。由一连串的意外巧合来构成曲折跌宕的故事情节，使故事悬念丛生，新奇有趣。同情受欺凌的弟弟而憎恨邪恶的兄嫂，本是故事的主旨，故事家却含而不露，将这种鲜明爱憎寄寓在构想奇妙的故事叙说中间，使人们听来更具吸引力。

此外，主人公的命运虽在幻想的神秘世界里才得到转变，而故事家对这一神秘世界的构想以及向神秘世界过渡的叙说却巧妙自然，富于山野生活情趣，表现出编织故事的丰富智慧。

许多传承久远的幻想故事常以某种古老的习俗信仰为背景，本类型的构成却不属这种情况，它的艺术虚构性更强，从唐代记录的《旁㐌》开始，就闪耀着有意造作故事的艺术思维的光彩。在后世口头传承中日趋精美，堪称口头文学中优美的艺术童话。

分家分得一条狗
——"狗耕田"故事解析

"狗耕田"是讲述旧时代兄弟纠葛的另一个常见故事类型,它从两兄弟分家讲起,以弟弟分得的狗能耕田创造奇迹为核心母题,展开生动有趣的叙说。丁乃通编撰《中国民间故事类型索引》时,已收录此型故事文本近60例①。20世纪80年代以来又有大量口头异文被采录上来,《中国民间故事集成·四川卷》附录中列出的"狗耕田"地方异文就有79篇。全国合计积累的异文已有两三百篇,它们分布于南北方从事农耕的许多民族地区,深受广大民众喜爱。

一

"狗耕田"故事按情节的繁简,可以大致区分为三个亚型。

1. 单纯的"狗耕田"型。

梗概为:兄弟分家,老实巴交的弟弟受欺负,只分得一条狗;狗能耕田,从这儿经过的外地人不相信有这稀罕事,弟弟同他们打赌取胜,因而致富;哥哥借狗耕田,狗不听使唤,哥哥将狗打死,后来狗坟上长出的具有灵性的植物在给弟弟带来好处的同时,不断给贪心的老大以无

---

① [美]丁乃通:《中国民间故事类型索引》,郑建成等译,中国民间文艺出版社1986年版,第158页。

情惩罚。代表性文本有《诚实得福》①《石榴》②《狗耕田》③《两弟兄分家》④ 等。

故事中最新奇有趣的情节是狗能犁田以及由此而来的打赌致富。弟弟平时就喜爱家里的那条狗,当狗成为他在分家时得到的唯一家产时,人们很自然地希望这狗给小主人创造奇迹。在故事的古朴形态中,狗是作为"神奇的助手"出现的,它会拉犁耕田是不言而喻的事,但从现在人们口头记录的故事看,那条狗却是由聪明的弟弟用食物引诱来拉犁奔跑。这一"合理解释"显示出在现代文明冲击下人们观念的进步。

关于同外来客人打赌的情节,在众多异文中有同官吏打赌的,弟弟获胜赢得银钱,哥哥打赌失败(那狗不听哥哥使唤)挨了一顿棍棒,看来这是较为古朴的一种构想。不过多数现代异文中都以商贩来扮演这个角色,有的是布贩子以绸缎来打赌,还有的以一船货物来打赌(故事场景在江河沿岸),或者以一担干咸鱼来打赌(故事场景在吃不到鲜鱼的山乡),等等。小商小贩走村串户,足迹遍及穷乡僻壤,故事中给我们保留了这幅旧时代的风俗画。人们不是依赖神仙,而是巧妙地把这些商贩引进故事,渴望用外来财富改变主人公贫困不幸的命运。故事情节虽出于大胆虚构,从它的变异中却已经显示出了中国乡村开放的态势和乡民观念的进步。

2."卖香屁"型。

如《香屁变成臭屁》⑤,讲弟弟被哥哥赶出家门之后,在山野间流浪,在无可奈何的情况下只好以桂树叶桂树皮充饥,想不到这以后连他所放的屁,都带桂花香味了。他便到街上叫喊"卖香屁"。县官把他请进

---

① 《诚实得福》,黄华编:《民间故事》第二集,上海正气书局1947年版。
② 《石榴》,《民间文学》1956年第1期。
③ 《狗耕田》,《中国民间故事集成·四川卷》,中国ISBN中心1998年版,第495页。
④ 《两弟兄分家》,《中国民间故事集成·重庆市巴县卷》1989年编印。
⑤ 《香屁变成臭屁》,黄华编:《民间故事》第四集,上海正气书局1948年版。

县衙门，用香屁去熏衣箱，果然有效，他获得一大笔赏钱，因而致富。贪心哥哥也去学样，他在山里吃的是死蛇和烂蛤蟆，被县官请去，拉出来一摊臭屎，结果被责打四十大板赶走。不过像这样以"卖香屁"为中心独立成篇的故事数量很少，大都是在"狗耕田"之后，接续叙说：狗不听哥哥使唤，哥哥将狗打死，狗坟上长出黄豆、苞谷或其他野生植物，弟弟吃后就卖起香屁来。它是从神奇的狗帮助主人这一构想生发而来的奇妙情节。代表性篇目还有《弟弟和哥哥》（四川）①、《老大和老二》（广西水族）②、《老黄狗犁地》（河南）③、《狗耕田》（湖北）④ 等。

艾伯华的《中国民间故事类型》把"狗耕田"和"卖香屁"作为两个类型分别列出。丁乃通编撰《中国民间故事类型索引》，也将它们看作两个类型，他按AT分类法编码，"狗耕田"列为503E型，"卖香屁"列为503M型。究其实际内容而言，是不宜作为两个并列类型来看待的。又AT分类法中的503型"小神仙的礼物"，讲的是爱捉弄人的小神仙，在给予善良贫困者以金钱的同时，也给贪得无厌者以无用的煤块进行惩罚。它同中国的兄弟分家故事显然有别。这是我们在使用《索引》时须加注意的。

3. 复合混杂型。

故事中除含有兄弟分家弟弟用狗耕田之外，还有种南瓜得猴宝，或在山野流浪中偷听神奇动物对话而交好运等情节。这些情节单元可以穿插在许多别的类型中，并非兄弟分家故事所专有。西南地区的许多少数民族中流传的兄弟分家故事，常采取这样的混杂形态，如侗族的《兄弟

---

① 《弟弟和哥哥》，《中国民间文学集成·德阳市市中区资料集》1988年1月编印。

② 《老大和老二》，曹廷伟：《广西民间故事辞典》，广西教育出版社1993年版，第172～173页。

③ 《老黄狗犁地》，《河南民间故事集》，中国民间文艺出版社1985年版，第528～533页。

④ 《狗耕田》，刘德培口述故事集《新笑府》，上海文艺出版社1989年版，第404～407页。

分家》①，瑶族的《两兄弟》②，苗族的《两兄弟》和《程察程波》③等篇。由于将其他情节单元串接到"狗耕田"故事中来，扩大了弟弟的活动空间，增强了故事的曲折性，讲述起来就更有吸引力了。从现今人们口头采录的"狗耕田"故事，许多篇都呈现出这种由简趋繁的特点。

值得特别提起的是，祖国台湾高山族的口头文学中，也有"狗耕田"故事流传。在福建采录的《哥哥与弟弟》④，以兄弟分家，狗耕田为开端，最后弟弟吃了香韭菜，竟然到皇宫里去给皇帝放香屁，情节十分别致。

由金荣华教授在台东县卑南族两位女故事家口头采录的狗耕田故事就更为珍贵了⑤。它们的形态属于我们上面所讲的比较单纯的第一型，结构为：兄弟分家，弟弟用狗耕田，同商人打赌取胜；哥哥将狗打死，狗坟上长出竹子，弟弟去摇落下银钱，哥哥去摇落下满身臭屎；哥哥将竹子砍倒，弟弟用竹子编成鱼篓，下河就能捉住很多鱼，哥哥借鱼篓去捉鱼，从鱼篓里倒出来的却是毒蛇。故事写定时完全按录音带整理成文，现从《会耕田的狗》中照录一段，以见这位台东老奶奶口述故事的风貌：

> 弟弟把狗牵回家后，对着田地，不知道该怎么办。牛被哥拿走了，怎么耕田呢？他看了那狗一眼，突然想到，何不把狗当作牛来耕田试试。于是他给狗做了一副小犁，又买了一点牛肉，切成一小块一小块，然后把狗带到田里，让它背上小犁，开始耕田。他要狗向前走时，就抛一小块牛肉在狗的前面，狗一闻到牛肉香味便向前跑去，犁也跟着走了。到了田边要换方向，也是用这方法。这样来

---

① 《狗耕田》，《民间文学》1956年第1期。
② 《两兄弟》，《中华民族故事大系》第5卷，上海文艺出版社1996年版，第204～209页。
③ 《两兄弟》《程察程波》，《中华民族故事大系》第2卷，上海文艺出版社1996年版，第761～773页。
④ 《哥哥与弟弟》，《中华民族故事大系》第8卷，上海文艺出版社1996年版，第600～604页。
⑤ 《会耕田的狗》，85岁阿妮孃于1966年讲述，丈夫为汉族闽南人。另一篇《狗耕田》，为67岁的洪玉兰于1987年讲述。均见金荣华：《台东卑南族口传文学选》，中国文化大学中国文学研究所1989年版。

来去去,终于把那块田耕完了。在休息时,有位商人挑着一担货物经过那里,看见蹲在犁旁的狗和耕完的田,很好奇地问:"你那块田是这只狗耕的吗?"弟弟回答说:"是的。"商人不信,笑着说:"这条狗真能耕田吗?你骗人。"弟弟说:"是真的啊!"商人说:"那么耕给我看一看。"弟弟问:"要是它能耕田的话,你怎么办?"商人说:"要是它真能耕田,我就把所挑的这担货物送给你。但是如果它不能耕田的话,我要把它带走。"弟弟说:"好,就这么办。"说完就把狗牵到田里,给它架上犁,吆喝一声:"走!"同时很快抛出一块牛肉,狗随即拖着犁向前走去。商人没有注意弟弟抛出牛肉,只看到狗拖着犁耕田,觉得很稀奇,但还不太信,要弟弟让狗再耕一次。弟弟又用抛牛肉的方法,使狗耕了一圈地。商人终于认输了,把他挑的一担货都给了弟弟。

从讲述人的丈夫为汉族闽南人来看,她口头上的狗耕田故事显然是汉族故事的移植。用牛肉喂狗使它拉犁,狗的神奇色彩淡化,在两岸的同类型故事中都有这样烙上现代文明印记的变异。

从海峡两岸许多民间故事的类同,可以看出它们共同的中华文化根基。

二

"狗耕田"故事是从兄弟分家、年幼弟弟受欺负只分得一条狗所引起的。关于兄弟分家这种制度、习俗的起源和演变,有关资料告诉我们:

> 家财的分割,至少从两汉时就实行兄弟均分(或称诸子均分)。唐代,均分法制化,《户令》:"应分田宅及财物者,兄弟均分。"明清律又明确规定:不问妻妾婢生,嫡庶子男,止以子数均分。家财如何分,在实际生活中是很复杂的,一家之内往往争得不可开交,闹到衙门去打官司。争夺财产的纠葛,在古代诉讼案件中占的比重最大,充分表明"财产乃其(家族)交争祸根"。[①]

---

① 王玉波:《中国古代的家》,商务印书馆国际有限公司 1995 年版,第 100~106 页。

不论"长鼻子"或"狗耕田"故事中的兄弟纠葛，实际都起因于父母去世后两兄弟对家产的争夺。兄嫂自私而又霸道，怕弟弟长大后要同他们均分遗产，便以"人大分家，树大分枝"为借口，只分给弟弟很少一点财产，或干脆把他赶出家门，"分家分得一条狗"，只不过是一种带有象征性的夸张叙述罢了。人们同情年幼而又憨厚老实的弟弟，便在故事中让那条狗创造奇迹使主人公交好运；为了鞭挞邪恶的兄嫂，又相应地让他在故事中吃尽苦头，现出丑态。"狗耕田"这类故事的产生，以及它在中国各族民众中的广泛流传，正是以上述社会制度和习俗的长期延续为背景的。在娱乐性的讲述活动中，故事发挥着对青少年的道德伦理教育作用。它不只是传播着兄弟要平等地均分家产的社会规范，而且将同情善良，鞭挞邪恶的思想深刻地烙印在孩子们的心头。

我们还要看到，"由于各地风俗不同，有的地方以幼子为主要继承人；有的地方则以长子为主要继承人；较多的是长子主持祀祖，所以较次子分得略多。直到近代，仅山东一地，这几种分法都同时存在"①。在兄弟分家故事中，大都是哥哥仗势欺负弟弟，也有一些地方流行的故事，是弟弟支配家产而欺负哥哥的，如鄂西著名故事家刘德培讲述的《狗耕田》。唐人段成式《酉阳杂俎》中所载《旁㐌》篇，早有先例。故事中的这些特例，只能从相关的制度习俗中求得合理解释。

正因为兄弟分家是本故事的社会文化基础，它也就支配着故事形态的演变。日本著名学者伊藤清司在对中、日、韩三国的"狗耕田"故事作跨国比较时，就特别注意到兄弟对财产的继承关系。他认为："众所周知，民间故事是传播该故事的自然和社会的反映，是人民群众对现实中虽不存在，但渴望能够实现的良好愿望的反映。上述这类因均分遗产而不断发生的、人们强烈关心的问题，被糅进由狗带来奇迹的'狗耕田'故事的开头部分，形成了善良、宽厚的弟弟在继承父母遗产问题上受到不公正待遇，由于狗的帮助而获得财富的内容。在中国，行善助弱的故事代表了众多善良群众的愿望，受到欢迎，长期在各地流传而不衰。"

---

① 王玉波：《中国古代的家》，商务印书馆国际有限公司1995年版，第104页。

他还告诉我们,朝鲜也有"狗耕田"故事。朝鲜古时也实行过兄弟均分遗产的制度,后来情况有所变化,继承财产比例与嫡长子承担祭祀祖先的义务有密切关系,承担祭祀祖先义务的嫡长子获得的遗产比例逐渐增大。于是在故事中出现这样的奇特情节:父亲死后,承担扫墓义务的哥哥不尽其职,而弟弟却诚心扫墓,极尽孝道,有一天便从墓后跑出一只神奇的狗,帮助弟弟获得幸福。

　　至于在日本,中世以后就改变为由嫡长子单独继承遗产,次男以下一般在长子手下劳动,或者为其他地主当长工,或者去城市出卖劳动力,没有兄弟均分遗产的概念。因此日本故事中带来奇迹的狗,都是由善良的老者或从海神处领来,或从顺流而下的容器中偶然发现,故事中的纠葛不是兄弟相争,而是发生在相互为邻的善恶两位老者之间①。

　　联系中、日、韩三国不同的历史文化背景,对兄弟分家故事作跨文化比较,是一个很有趣的研究课题。

三

　　"狗耕田"以尚未成年的弟弟为主角,面向儿童讲述,富于文学意味和儿童情趣。在已发表的众多异文中,由河南一位80岁的女故事家廖荣有讲述,经张楚北记录写定的《老黄狗犁地》,因充分保持了她的口头语言艺术特色,代表了这一类型故事的独特艺术风格。

　　故事中的兄弟俩老大名字叫大能,老二名字叫二傻。分家时,大能给二傻半亩屙屎不长蛆的薄地,又从牛身上逮个皂角籽儿大的牛虱给他。二傻带着牛虱去瞧姑姑,被那只大公鸡一口叨吃了,姑姑赔他一只大公鸡;接着他带着大公鸡去瞧舅妈,公鸡又被老黄狗咬死了,舅妈把老黄狗赔给他。后来二傻用老黄狗耕地,同卖布的商贩打赌,赢了一担白布;

---

① [日]伊藤清司:《中国、日本民间文学比较研究——在华学术报告集》,辽宁大学科研处1983年编印,第48~51页。日本关于"神奇的狗"的有趣叙说,请阅《让鲜花盛开的老爷爷》,见[日]关敬吾编:《日本民间故事选》(中文版),金道权译,中国民间文艺出版社1982年版,第291~295页。

大能借狗犁地，同卖扁担的商贩打赌，黄狗不听使唤，使他挨了一百扁担。他气不过把老黄狗打死埋在地头上了。

以上是故事前半截的梗概，下面是后半截关于主人公"卖香屁"的更为生动有趣的叙说，现照录原文如下：

  二傻买点纸到地头儿烧烧，趴地下哭了一场。起来时，见埋狗的地方长出一棵杏树，满树黄杏像蒜瓣子一样稠。他抱住杏树一摇，掉下来的都是金疙瘩，拾拾用布衫兜着回去了。

  大能知道了二傻给狗烧纸得了金子的事，也买了纸，到埋狗的地方点着，哭了一场。他起来抱住杏树摇摇，砖头瓦块往下掉，碰了一头大血包。大能很生气，把杏树砍了。

  二傻把杏树扛回来，刮了一个棒槌。他把洗过的被单放到青石板上捶捶，一捶，一朵花，一捶，一朵花。

  大能看见了，说："老弟，棒槌借给我用用！"

  二傻说："中啊。"

  大能把洗过的衣裳放到青石板上，捶一下，一个大窟窿，捶一下，一个大窟窿。大能气坏了，掂着棒槌填锅地道里烧了。

  二傻听说他哥把棒槌烧了，忙到锅地道里去扒。一扒，扒出来个黄豆，填到嘴里吃了，吃罢，"通"放个屁，满屋子香。

  二傻跑到街上，喊道："香香屁，屁香香，谁家请我熏衣裳！"

  一家财主太太听见了，让丫鬟把二傻请到家里给她熏衣裳。二傻把衣裳熏得喷喷香，财主太太赏他几串铜钱。

  大能知道了这件事，炒了半升黄豆，吃了下去。吃罢渴得心慌，又喝了一瓢凉水。他也到街上喊道："香香屁，屁香香，谁家请我熏衣裳！"

  那家财主太太听见了，也把他请到家里熏衣裳。

  大能放个屁，很臭，接着"哗"地拉起稀屎来。财主太太的衣裳全被弄脏了，好恼，让人刮个枣木橛子，说："把那个臭洞洞给堵住！"

  大能弯着腰回到家里，他妻子说："财主送你多少钱，把腰都压弯啦？"

大能摇着头，把屁股撅到他的妻子面前。他妻子一看屁股上塞个枣木橛子，慌忙去拔，"噗"的一声，流了一地臭屎汤。

从"狗耕田"故事的这一典型文本可以看出，和"长鼻子"故事有所不同，它并没有让主人公远离家园，进入另一个神秘世界去获得财宝；而是在平时居住的空间范围之内，就那些日常生活事件展开大胆的幻想虚构，生发出使人惊叹感奋的奇迹，如坟头上的杏树变成摇钱树，吃下几颗黄豆可以放出香屁来熏衣裳等等。又在鲜明对比中推进情节，将热烈的爱憎情感融合在滑稽诙谐的叙说之中，使孩子们听起来感到无比亲切，趣味洋溢。

它的情节构成并不复杂，讲述者巧妙地采取一环紧扣一环的重叠连锁式结构，并随口穿插若干韵语（"喊一声，快如风；打一鞭，转三圈"，"香香屁，屁屁香，谁家请我熏衣裳"等），使散文体叙事中带有诗歌的节奏韵律，显得感情充沛，诗意盎然。

总之，不论"长鼻子"也好，"狗耕田"也好，它们不仅是在中国各族民众口头上具有广泛影响的故事，更是深受孩子们喜爱，由口头文学家艺术匠心锤炼而成的民间童话精品。

本类型在研究者中间尚未引起充分注意。天鹰的《中国民间故事初探》和刘守华的《中国民间童话概说》①曾简略论及。《中国民间故事初探》认为"两兄弟故事"和以《蛇郎》为代表的"两姊妹故事"，可以说是"一个树干上的两个分枝，一个枝上的两朵奇花"，其思想内容都是将男人和女人中的两种性格、两种品格进行对比，叙事艺术手法也都是在层层对比中推进情节发展。这一中肯评述有助于我们深入理解相关故事类型的思想艺术价值。

---

① 天鹰（姜彬）：《中国民间故事初探》，上海文艺出版社1981年版，第203~208页；刘守华：《中国民间童话概说》，四川民族出版社1985年版，第97~100页。

因祸得福的旅伴
——"两老友"故事解析

中国民间故事中,"蛇郎"是关于两姐妹的故事,"狗耕田""长鼻子"是关于两弟兄的故事,本篇所讲述的"两老友",则是关于两位朋友的故事。它们都是在我国各族民众口头广泛传诵,并具有世界影响的故事类型。

一

这一类型讲的是两个朋友结伴出门做生意,在旅途中好心人被坏心人所谋害,反而因祸得福,坏心人后来跟着学样却自食恶果,终遭惩罚的故事。丁乃通《中国民间故事类型索引》将它列为 613 型"两个旅行者",引录故事文本 50 余例,笔者在 20 世纪 80 年代以来新采录的故事资料中又找到 30 余例。最具代表性的可举出如下篇目:汉族的《人长人短》(甘肃)[①]、《好心大哥和坏心大哥》(吉林)[②]、《钱财和仁义》(四川)[③]、《两伙计》(湖北)[④],白族的《两老友》,普米族的《本分人和狡

[①] 《人长人短》,《焉支山的传说——山丹民间故事选》,敦煌文艺出版社 1993 年版,第 117~120 页。

[②] 《好心大哥和坏心大哥》,《中国民间故事集成·吉林卷》,中国文联出版公司 1993 年版,第 489~491 页。

[③] 《钱财和仁义》,《中国民间故事集成·重庆市巴县卷》下册,1989 年编印。

[④] 《两伙计》,《巧媳妇》,长江文艺出版社 1982 年版,第 221~225 页。

猾人》①，怒族的《好人与坏人》②，苗族的《善报与恶报》③，壮族的《张三和李四》④，水族的《阿东和阿西》⑤，毛南族的《爱实与爱勾》⑥，仫佬族的《两老庚》⑦，藏族的《克斯甲和劳让》⑧，蒙古族的《额布根敖拉》⑨，乌孜别克族的《野兽们的秘密》⑩，畲族的《老实人和他的朋友》⑪。这一故事在西南地区最为流行，仅在编印成册的白族故事集中，就可以找到七八篇异文；同时在西北、东北、中南和东南地区，也有它的足迹，成为中国民间故事常见类型之一。

下面让我们看看流行于甘肃省山丹县东乐乡，由46岁村民高正东口述《人长人短》这篇故事的梗概：

从前有个叫"人长"的小伙子挑个货郎担子走村串户，在途中结识了一个叫"人短"的伙伴，两人结拜为兄弟。在一个荒野地方，人短下毒手弄瞎了人长的双眼，抢走了他的货郎担。人长来到一座庙里歇脚。山里狼虫虎豹在这儿聚会。狼大哥说附近李员外家一块

---

① 《两老友》《本分人和狡猾人》，《云南各族民间故事选》，人民文学出版社1962年版，第95、380页。

② 《好人与坏人》，《云南少数民族文学资料》（第2辑）1981年编印。

③ 《善报与恶报》，凌纯声、芮逸夫：《湘西苗族调查报告》，商务印书馆1947年版。

④ 《张三和李四》，《广西民间故事资料》（第1辑）1980年编印，第184～187页。

⑤ 《阿东和阿西》，《水族民间故事》，贵州人民出版社1984年版，第247～249页。

⑥ 《爱实与爱勾》，袁凤辰等编：《毛南族、京族民间故事选》，上海文艺出版社1987年版，第219～221页。

⑦ 《两老庚》，包玉堂等编：《仫佬族民间故事选》，上海文艺出版社1988年版，第301～305页。

⑧ 《克斯甲和劳让》，肖崇素：《奴隶与龙女》，中国少年儿童出版社1957年版。

⑨ 《额布根敖拉》（意为老头儿山），《民间文学》1956年6月号。

⑩ 《野兽们的秘密》，魏泉鸣翻译整理《乌孜别克族寓言故事集》，甘肃人民出版社1979年版，第68～75页。

⑪ 《老实人和他的朋友》，蒋风等编：《畲族民间故事选》，上海文艺出版社1993年版，第218～223页。

地里埋有三斗三升金子，在那儿盖一间房子就会家业兴旺；虎二哥说张员外的女儿一百天后就会死去，是它吸干了这漂亮女子的血脉；豹三哥说王员外那个庄子缺水，只要把庄前一墩大马莲头挖掉，再下挖九尺就会出水，那儿还有一瓶神药水可使瞎子重见光明。到第二天，人长在和尚指引下来到那几个庄子，设法打死老虎救活了张员外的女儿并娶她为妻；他告诉王员外打出井水，又找到药水治好了自己的瞎眼；最后来到李员外家，在那块埋金地盖房子居住，从此发家致富。再说人短不久也变穷了，流浪到人长那里，要人长把他送到那间庙里，也想偷听秘密。结果被歇在那儿的狼大哥、豹三哥"把他收拾掉了"。

这是西北汉族地区流行的故事，走村串户的货郎，和尚居留的寺庙，由几姓员外所代表的村庄，构成它的时空背景特征。

再看云南普米族马兵波等人讲述的《本分人和狡猾人》，它以猎人为角色、山区狩猎生活为背景来展开叙说，另有一番情趣：

一个本分人和一个狡猾人一起上山猎取野兽，捉得一只獐子。獐子身上有麝香，狡猾人想独占獐子，便借晚上在岩洞内睡觉的机会，将自己的朋友挤下悬崖深谷。但本分人没有摔死，刚好跌在一棵大树的丫杈上坐着，偷听到树下石洞里狼、豹子和虎子三只野兽向虎王报告它们打听到的人间秘密。本分人得知这些秘密后，首先来到土司家，把那口井打扫干净，烧香祭龙，土司太太的病立刻好了；接着他来到一处缺水的地方，告诉人们凿开一块岩石找到泉水；然后从一棵倒下的枯树里取出一件宝贝。本分人带着宝物和人们赏赐的金银高高兴兴回到家中。狡猾人见了，立刻找到那个岩洞想再次偷听到野兽的谈话，"老虎发怒了，要找偷听话的人。它走到洞口，抬头一看，见那棵大树的丫杈里坐着一个人，便跳了起来一口咬去，那个狡猾人一心想发财，不想却做了老虎的一顿美味"。

两个故事角色不同，场景各异。但情节结构完全一致——由正反性格鲜明对立的两个朋友做主角；好心人被谋害之后，因偷听到一伙野兽关于人间秘密的谈话，帮人做了几件好事，而使自己的命运逆转；被害者并未施行报复，坏心人为贪欲所驱使前去学样却自取灭亡。善恶各有所报的道德观念，同情善良憎恨邪恶的强烈义愤，在幻想与现实巧妙融合并结构得极为精致的故事情节里得到了有力的展现，赋予本故事以深厚的道德伦理内涵和吸引人的巨大艺术魅力。

二

这个被列为 AT613 型以"两个旅行者"命名的故事，不仅受到中国各族民众的喜爱，还因具有广泛世界影响受到西方学人的关注。斯蒂·汤普森在《世界民间故事分类学》中，引述有关研究成果道：

"两个旅行者"（类型 613）这个故事已有悠久的历史并传播到广大地区，故事主要情节有多方面的发展。故事第一部分的要点是说同伴之一被弄瞎了眼。……瞎子终日游荡，夜间栖身树上以免干扰而保安全，深夜里他窃听到神灵或动物的集会，听到很多有价值的秘闻。利用他听到的秘密，他首先挽回了自己的视觉，然后治愈了公主（有时治愈了一位国王），又启开枯井，使枯树结果，发掘宝藏，或完成其他任务，为此他得到厚报。他的可恶的同伴听到他的幸运并得知他得到幸福的方法，想以同样的方法欺骗精灵或动物们，但枉费心机，反而被撕成碎片，恶有恶报，正义得以伸张。

这个故事形成文学形式不少于 1500 年之久，见诸于汉文佛教文献、印度教和耆那教著作和希伯来文献中的，均在公元 9 世纪前，有的还更早。它出现于中世纪文献如《一千零一夜》《卡塔斯文集》及巴希勒和小说化故事《最好的故事》中。……故事似在很久以前就流入欧亚民间传说中，作为一个口头故事，它在整个欧亚两洲享

有最大的普及性。①

"两个旅行者"的汉译佛经文本我们还没有找到。它在印度传承久远，有多种口述近代文本流行于世，近年译成中文的印度故事集中就有一篇，题为《善有善报》。它的故事梗概和汤普森所引述的基本一致。主角是兄弟俩，他们的纠葛由关于做好人还是做坏人的一场争论引起。家境贫困的弟弟心地善良，主张"我们自己再困难也应该尽力帮助别人，好心总会得到好报"。而有钱的哥哥却认为好心得不到好报，心狠地表示："不管人家怎么穷，也决不能把自己的财富施舍出去。"他俩打赌，征询周围人们的意见，几个人都说现今世道不好，走邪路才能发家致富。结果弟弟的家财输得精光。后来拿着米袋子向哥哥乞讨口粮，哥哥提出用20斤米换一只眼睛，残忍地剜去弟弟的双眼，弟弟只好出外流浪乞讨。这个开头颇为别致，含有浓厚的佛教文化色彩。

以下转入"偷听话"的叙说。弟弟在树林子里一棵大树上偷听到四个妖怪的谈话，其中有一个是主持聚会的妖怪头，报告人间秘密的实际上只有三个妖怪。三件秘密是：用这棵大树下的露水抹眼睛可以使瞎子重见光明；掀开山下一块石板可找到泉水；将大树上青藤的汁液喝下可使国王的哑巴女儿重新开口说话。

弟弟按照妖怪所讲的法子，首先治好了自己的眼睛，随后又帮人们找到泉水，治好了公主的哑病。带着国王丰厚的赏赐回家，好人终于得到了好报。哥哥打听到弟弟发财的经过后，也来到森林中那棵树下，正好四个妖怪再次聚会，便把他当成上次偷听话的人抓住掐死了②。

将上述同类型的中国、印度故事相比较，我们对中国各族口头叙事中这个著名故事构成演变的情况，就可以认识得比较清楚了。

---

① ［美］斯蒂·汤普森：《世界民间故事分类学》，郑海等译，上海文艺出版社1991年版，第99～100页。关于本故事的代表性研究成果，还有R. Th. 克里斯蒂的《两旅客或盲人的故事》等。

② 季羡林主编：《印度民间故事集》第一集，中国民间文艺出版社1984年版，第64～68页。据译者称，书中故事主要从新德里拉杰巴尔父子出版社1980年出版的一套印度各邦民间故事选集中译出。

本类型的悠久历史及其印度起源已被国际学人用充分的材料加以证实，我们有理由认定中国此型故事也源于印度。从它们的形态来比较，不仅两国故事都是围绕"偷听话"这一核心母题，使具有对立思想性格的一对伙伴命运逆转，借以表达善恶各有所报的主题；而且连动物精灵聚会时所吐露出来的几件人间秘密以及相关的细节也都那么契合一致。可以明显看出，它们是同出一源，由一个古老故事脱胎而出。

另就中国613型故事的历史来考察，本文所列举的均为现代口述文本。最早的记录也不过是笔者在《中国民间故事史》中所提到的《徐兄李弟》，该故事出自署名慵讷居士的《咫闻录》一书，于清末道光癸卯（1843）年间刊行，系作者据童年记忆写成。可以看出它已是清代的流行故事①。而在更早的中国古代故事资料中，则尚未发现它的踪迹。这样，就只能从印度故事中去寻求它的原型了。

三

从比较中我们也可以看出中国故事鲜明的民族风格，这是外来故事传入中国后，在口头传承中贴近民族与地域风土人情长期演变的结果。

1. 中国故事的角色在传承中定位成一对结伴经商的朋友。印度故事通常以两弟兄做主角，以争论做好人还是做坏人来开头，保留着佛家说教的印记。关于故事原初形式中的旅伴是不是两弟兄，曾引起研究者的争议。《贤愚经》中的"善事太子入海采宝"故事，就是将"善事"与"恶事"两位王子在旅途中是否热心施舍的行为相对比构成富有戏剧性的情节。印度故事中的两弟兄模式似有深厚根基。中国两弟兄故事也有楔入"偷听话"母题的，不过绝大多数613型故事，都是以两个朋友为主角，它们最为流行的篇名也是"两老友""两老庚""两伙计""老实人和他的朋友"等。因生年相同而结拜成"老庚"，由于情同手足而结拜成义兄弟，这些中国特有的习俗在故事中留下了鲜明烙印。

---

① 刘守华：《中国民间故事史》，湖北教育出版社1999年版，第466~470页。

中国故事中的两个旅行者不仅是与较亲近的朋友，而且是以结伴经商为目的而出门远行，良心坏的在旅途中起了谋财害命的邪恶念头，成为故事的开端。如白族的《两老友》开头："从前，有两个老友，一个良心最好，一个良心最黑，两个人一路到远方去做生意。良心好的吆着八匹油光水滑的大肥骡子；良心黑的吆着两匹皮包骨的瘦骡子。良心黑的看中了老友的八匹骡子，总想找机会谋害老友。"中国各族民众都十分看重结交朋友，许多流行谚语道出了人们对友情的珍惜和结交中的警戒，如"只要情谊深，凉水点得灯"，"河水有清有浊，朋友有真有假"（汉族）；"交结好友增长见识，交结坏友惹是生非"（壮族）；"忠诚是爱情的桥梁，欺骗是友谊的仇敌"（蒙古族）；"在家靠四壁，出外靠友人"（壮族）；"交朋结友莫贪捞，背信弃义莫与交"（彝族），等等。在近现代商品经济逐步趋向活跃的历史背景上，合伙做生意，结伴出外经商，既是一种常见的社会风情，也最能考验出朋友的真假和品格的邪正。印度关于"两个旅行者"命运的古老叙说，传入中国后经故事家们的加工改造，就定位成关于结伴经商的两个朋友的曲折经历了。由此也就使故事更贴近社会现实，给善恶各有所报的传统的主题增添了新的光彩。

2. "偷听话"是本故事中的一个核心母题，中国故事赋予这一母题以更为优美生动的民族文化特色。源于古印度故事的"偷听话"母题，由栖息山林的豺狼虎豹等吐露人间秘密，无疑出自想象。这些动物具有超人和超自然的神奇能耐，它们能使水源干枯，能将说话的女孩子变成哑巴，因而也知道怎样才能解脱这些灾祸的奥秘，这显然是人类早期动物崇拜原始观念的遗留①。然而在这类看似荒唐的构想中又包含着人类文明进步的因子。从森林中寻求治疗疾病的药物，从山石中掘出清泉，这样的探索与发现，时至今日仍在继续。因而将它作为叙事母题引进口头文学，不仅能满足人们对揭破自然奥秘的强烈好奇心，还能激发他们探索未知世界的积极进取精神。另外，从叙事艺术来看，"偷听话"母题

---

① ［英］爱德华·泰勒：《原始文化》，上海文艺出版社1992年版，第672～680页。

的设置,可构造出一个富有光彩的神秘世界,让正反面角色偶然闯入这个世界,使他们的命运获得在平凡的现实世界中所不可能有的突然转变,从而给现实社会的听众以惊喜和震撼。正是"偷听话"母题的这一深厚内涵和迷人之处,使它在世界广大地区包括中国各族口头叙事文学中不胫而走,构成为一个著名的"故事核"。

中国故事在吸取这一母题时,按不同民族地域、风土人情之实际,用幻想与现实相融合的手法,精心创造出一个又一个美丽神奇的艺术境界。

被害人通常是在山神庙或土地庙寻求栖身之处,那伙狼虫虎豹因受山神或土地爷的管辖(甚至由山神或土地神安排觅食),才来这儿聚会;被害人偷听到动物们的谈话既是偶然巧合,同时也受着山神或土地爷的庇护、指点;他们不仅谋求自身脱险,还以偷听来的秘密热心为他人做好事。山神、土地爷在故事中扮演着帮助、启迪主人公的"智慧老人"的角色。中国许多民族因信奉道教,在荒僻山野中,也往往建有简陋的山神庙、土地庙。按道教神谱,山野间的豺狼虎豹,须接受山神、土地爷的管辖;这类在神界中地位最低下的神祇,却是普通民众最亲近的朋友。因而他们很自然地成了民间故事中富有中国特色的幻想形象。

在动物们偶然泄漏的几件秘密中,都少不了治怪病的神奇药方。白族故事讲,皇宫里的娘娘生了奶花,用山神庙屋顶上生长的那棵灵芝草就能治好;藏族故事讲,土司的女儿生了怪病,五年卧床不起,从高高竖立的旗杆上的那个木斗里取下生长的茯苓,吃下去病就好了,小伙子因此成了土司家的女婿;乌孜别克族故事中也有给公主治病的情节,却是用森林里一棵榆树上的叶子煎水喝。这些虽出自幻想,却又生动地反映出中国民间医药学十分普及的特点。这些情节与细节的变异,给中国故事增添了使人们倍感亲切的民族文化色彩。

中国各族民众中间,都有一些出色的口头文学家,他们的讲述也给故事增添了艺术光彩。如出自白族女故事家瑞青老妈妈之口的《两老友》。现引录其中一小节:

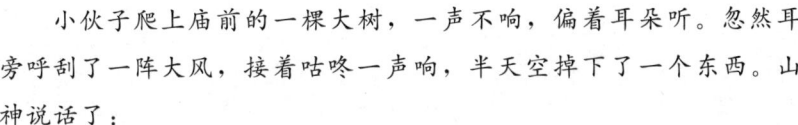

小伙子爬上庙前的一棵大树，一声不响，偏着耳朵听。忽然耳旁呼刮了一阵大风，接着咕咚一声响，半天空掉下了一个东西。山神说话了：

"豺狼，你从哪里来？"

豺狼说：

"我从对面不远的坡坡上来！"

山神说：

"那里可有什么稀奇？"

豺狼说：

"有，有！那里住着穷苦的母女，她们成天受苦挨饿，可是不晓得自己院心里那棵石榴树的根根下面埋着一缸金子，一缸银子。"

山神说：

"想办法让她母女把金银挖出来多好呀！"

豺狼说：

"可惜我是一个豺狼，不会变，我要能变成一个小伙子，就去上她姑娘的门啰。听说那个受苦的老妈妈正替她姑娘选女婿呢！"

山神说：

"不要说了，快睡觉去，小心你的话走漏风声！"

豺狼不讲话了，蜷在地上，呼呼大睡起来。

在这一场景中，爬在山神庙前树上"偏着耳朵"偷听兽类说话的小伙了，"咕咚一声"从半空中掉落下来的豺狼，姿态都栩栩如生；而且那只豺狼在报告人间秘密时，由于自己不能变成小伙子去当上门女婿流露出深深的惋惜之情；对神秘世界的大胆想象同丰富的人情味融合在一起，透出无限情趣。

总之，中国的613型故事"两老友"，不仅以其朴实的道德伦理观念震撼人心，更以它构造精美的艺术境界脍炙人口。它既饱含民族文化、人类文化的深厚意蕴，同时又经许多"不识字的作家"个人艺术智慧的锤炼而光彩焕发，成为民间叙事的又一经典之作。

"全知全能"的幸运儿
——"梦先生"故事解析

民间故事中许多引人入胜的叙说都是围绕小人物命运的转变来展开的。有的驰骋美丽的幻想，构造神奇境界，让主人公借助某种神秘力量获得财宝与幸福婚姻，摆脱贫困与不幸；也有的故事完全在现实背景上，通过艺术虚构，让主人公在偶然巧合境遇中时来运转，获得意外成功。"梦先生"属于后一类，它不仅在中国而且在其他许多国家的口头文学中具有广泛影响，成为一个公认的世界民间故事类型。

一

本故事中的小人物，因宣称自己会做梦或者会卜卦而具有"全知全能"的本领，他荒唐的自我吹嘘，由于偶然巧合竟一再应验，于是被人们作为"活神仙"看待而名利双收，摆脱了贫困和遭人歧视的处境。丁乃通按 AT 分类法，在《中国民间故事类型索引》中，把它列为1641"全能博士"型，引录各地异文50余例[①]。由于这类故事在中国最流行的名称是"梦先生"，我们便以它作为类型名称。20世纪80年代以来，各地在民间文学普查中，又采录到大量富有地域与民族特色的异文。它

---

① ［美］丁乃通：《中国民间故事类型索引》，郑建成等译，中国民间文艺出版社1986年版，第444页。

在西藏和四川藏族口头文学中似乎流行最广，有《猪头卦师》[1]、《懒汉》[2]、《扯索卦的懒汉》[3] 等地方异文，它们均从《尸语故事》中《猪头点验大师》[4] 演变而来。其他地区的异文则有新疆的《算卦先生》（维吾尔族）[5]、宁夏的《"梦先生"的故事》（回族）[6]，四川的《黄蛤蟆》[7]，湖北的《黄蛤蟆》[8]，福建的《懒汉占卜》[9]，山西的《梦先生》[10]，陕西的《黄蛤蟆》和《梦先生》[11]，吉林的《姚发算卦》[12]，辽宁的《梦神仙》（满族）[13] 等篇。这里列举的是最具代表性的文本，实际上它的足迹已遍及全国。

在上述文本中，特别值得我们注意的是见于《尸语故事》的《猪头

---

[1] 《猪头卦师》，《中华民族故事大系》第2卷，上海文艺出版社1995年版，第137～143页。

[2] 《懒汉》，《泽玛姬》，人民文学出版社1963年版，第133～140页。

[3] 《扯索卦的懒汉》，肖崇素：《奴隶与龙女》，中国少年儿童出版社1957年版，第116～124页。

[4] 《猪头点验大师》，李朝群译《尸语故事》，西藏人民出版社1983年版，第106～113页。在王尧编译的《尸语故事》的另一版本《说不完的故事》中，称为《好运道的卦师》，青海民族出版社1962年版，第72～79页。

[5] 《算卦先生》，《中华民族故事大系》第2卷，上海文艺出版社1995年版，第533～537页。

[6] 《"梦先生"的故事》，《中华民族故事大系》第1卷，上海文艺出版社1995年版，第971～976页。

[7] 《黄蛤蟆》，《中国民间故事集成·四川卷》上册，中国ISBN中心1998年版，第621～623页。

[8] 《黄蛤蟆》，《巧媳妇》，长江文艺出版社1982年版，第268～272页。

[9] 《懒汉占卜》，《中国民间故事集成·福建卷》，中国ISBN中心1998年版，第749～751页。

[10] 《梦先生》，《真假巡按》（尹泽口述故事集），山西古籍出版社1998年版，第144～147页。

[11] 《黄蛤蟆》《梦先生》，《中国民间故事集成·陕西卷》，中国ISBN中心1996年版，第661～664页。

[12] 《姚发算卦》，《中国民间故事集成·吉林卷》，中国文联出版公司1992年版，第920～922页。

[13] 《梦神仙》，《满族三老人故事集》，春风文艺出版社1984年版，第184～187页。

卦师》及其口头异文。藏文《尸语故事》，大约在11世纪时就开始流传，并形成了13章或21章的规模。它脱胎于一部印度古代民间故事集《僵尸鬼故事》，但主要是沿用它大故事里套小故事的连环穿插式结构，将许多小故事有机地串联在一起，以增强其曲折和趣味①。在《尸语故事》的几种刻印本和手抄本中，都有《猪头卦师》这一篇，名称和内容大同而小异，有的称为《猪头卦师》，有的叫做《懒汉奇遇》。载于李朝群所译《尸语故事》一书中的文本则题为《猪头点验大师》，主人公是一个什么也不愿去做的懒汉，贤惠的妻子总是鼓励他出外干活。有一天出门打猎，由于粗心大意，把马匹和猎犬都丢了，偶然间看到公主脖子上挂的"灵魂玉"丢失在地上被牛粪盖起，接着又有人把牛粪贴在墙上；当国王寻找"灵魂玉"时，他装模作样地用猪头卜卦，一下子就从牛粪饼里找到了"灵魂玉"，于是成了远近闻名的"猪头点验大师"。随后罗刹国国王图谋侵占西藏，派遣罗刹女前来西藏做皇后，害死了一个又一个国王，猪头卦师偶然间偷听到罗刹夫妻的谈话，便借口做法会送鬼，让罗刹鬼现出凶恶丑陋原形，随后"将滚烫的油浇在它俩的头上，一会儿的工夫，它俩就烧焦了"。最后懒汉获得国王赏赐，高高兴兴回到妻子身边。讲述人插话道："这人不但走好运，还有一个好老婆。"故事中和罗刹鬼作斗争的情节，明显是从印度故事中移植而来，带有浓重的神秘幻想与原始信仰色彩，保留着《尸语故事》早期文本的印记。故事中又有着民族风情（如将牛粪饼贴在墙上晒干作燃料）与民族心理的鲜明表现，可以看出是融合藏族人民智慧与情感的口头语言艺术创造成果。

除《猪头点验大师》这一篇之外，其他几篇同类型故事都在人们口头传承的过程中发生了较大变异：关于主人公从牛粪里寻到宝石因而名声远扬的精彩叙说都保留了下来。另外插入的两个情节单元，一是歪打正着地治好了王后或公主的怪病，二是让主人公使用谐音双关语，意外地抓住了盗窃官印的贼人。如肖崇素在四川采录的《扯索卦的懒汉》，故事讲述人告诉我们：土司的官印忽然在一个夜间丢失了，便请彭错卜卦

---

① 刘守华：《中国民间故事史》，湖北教育出版社1999年版，第626～630页。

寻找。土司派出的三个差人中,一个叫"麻别",意思是"自作";一个叫"让别",意思是"自受";一个叫"则那别",意思是"大路上的石板"。

走到一处,大家坐下歇息。他一个人躺在一块石板上,不由地向天叹了一口气说:"完了,完了,要没脑袋了。我自作自受,睡不成大路上的石板了。"他一连不住嘴地在那里叹气。

三个人听了,大吃一惊。原来,印就是他们三人偷的。……听他不断喊着"麻别"(自作)"让别"(自受),"则那别"(大路上的石板)的名字,又说"完了,要没脑袋了",三个人吓昏了,以为他完全晓得他们做过的事。立刻一齐来给他跪下,不断磕头,向他请求说:"印是我们偷了,我们错了,土司知道是要杀头的,你救救我们吧!"

主人公就这样又意外地创造了一次"比活佛还灵"的奇迹而渡过难关。

藏族《猪头卦师》的思想倾向性较为复杂。人们对主人公既懒惰又胡乱吹嘘自己,以卦术行骗的行为当然是给予嘲讽和否定的,《扯索卦的懒汉》这一篇最后就讲到骗局被揭穿,"土司非常愤怒,立刻喊人剥下他的衣服,用棍子把他赶了出去"。可是在一定程度上,故事讲述人又对这处于贫困境地的懒汉寄予同情,为他在意外巧合中交好运而感到庆幸。

《尸语故事》的藏文本曾被移植改编为蒙文本,还被译成满义。蒙文《猪头卦师》的故事和满文《猪头萨满的故事》,经有关学者认定,均从藏文本脱胎而来[①]。

清人吴昌炽《客窗闲话》续集卷六的《荆茅》,大约是这个故事在汉族文献中的最早记述。主人公是一个明代嘉靖年间的穷书生,在求雨和寻找皇宫玉玺两件事上巧获成功而获得"荆仙"称号,故事将嘉靖皇帝、

---

① 季永海:《〈尸语故事〉在满族中的流传》,《民族文学研究》1993年第4期,第15～23页;陈岗龙、色音:《蒙藏〈尸语故事〉比较研究》,《民族文学研究》1994年第1期,第55～60页。

严嵩、海瑞均罗列其中，富于传说特征，具有重要研究价值。

二

汉族口头流行的 1641 型故事，以《梦先生》为代表，主人公吹嘘自己"做梦能预卜先知"，偶然巧合中得到应验，便交上好运。下面以山西朔县著名故事家尹泽讲述的《梦先生》为例，主人公叫"四蛤蟆"，因没有什么本领，原先被亲邻瞧不起，有一天在山里闲游时看见一匹马，便随手把它拴住了。正好老岳父到处寻找这匹马，听说女婿做梦灵验，把他请去，大吃大喝一顿之后睡了一觉，说梦见马在山里，岳父照他的话派人去寻，果真如此。从此"梦先生"的名声就传扬开了。接着发生了更惊险有趣的事：

县官无故丢了一颗印，是叫衙门汉要了，又请来梦先生，赁了一幢院子，好吃好喝款待哩。他吃饱了，睡在那里梦不见，为难地说："不是张三，就是李四！"

这两个衙门汉，可巧一个叫张三，一个叫李四，早听说梦先生的大名，偷听哩。一听梦先生说，两个进来，一往下跪，讨饶说："先生，是俺俩偷了，饶了哇。"

"放在哪里？"

"老爷庙供桌底下哩。"

相跟上去了，一寻在哩。张三、李四怕人再偷走，看了一黑夜，第二天，县官问："梦见了没？"

"梦见了，在老爷庙供桌底下哩。"

去了，真的。取回来，越发出名了。

朝里丢了宝珠，下了榜文，谁要能寻见，许亲皇姑，他就扯了榜。主公问："你能寻见宝珠？"

"能，我会梦。"

给他寻了个安静处，他梦哩。梦，梦，天明了，没梦见，肚子也饿了，一往起爬，进来个官人，问："梦见了没？"

他饿了，说："先拿饭来！"

可巧这人叫范来，一往下跪说："不用说了，宝珠是我偷了。"

"在哪里?"

"在楼上第三沟瓦,瓦底下压着哩。"

"你引上我去看看。"

引上去了,取下来叫他看过,又放上,说:"那可不能动!"

"我不动。"

第二天,主公宣他上殿问:"梦见了没?"

"梦见了,在楼上第三沟瓦,瓦底下压着哩。"一寻,寻见了,主公传出圣旨:"许皇姑!"

皇姑不愿意招他,在匣匣里装了四只蛤蟆,用七层黄表纸裱住,说:"你猜我这里头是啥,猜住了咱们就是夫妻,猜不住,我上殿奏本,斩你!"

他怕了,双手一拍匣匣说:"四蛤蟆,我今天就死在这个黄匣匣!"

皇姑说:"呀!有才能,许了亲哇!"

两人要成夫妻,他有了女人,怕犯欺君之罪,洞房花烛夜,吓得偷跑了。

尹泽老人对于在旧时代和他处境相同的故事里的主人公寄予深深的同情。他使用的口语既朴实又富有光彩,叙述事件过程时砍头去尾极为简明,却抓住人物对话,用心刻画他们的神态与心理,使之栩栩如生。作为喜剧性故事的独特趣味,在这里得到充分的体现。

将藏族的《猪头卦师》和汉族的《梦先生》相比较,"神奇预言因巧合而应验"的核心母题,以及情节由乡村向官府乃至京城逐步扩展的叙述模式都惊人地相似,它们之间显然有着内在关联。由于处在同一民族大家庭之内,伴随经济文化联系而来的藏汉民族之间口头文学的交流十分频繁,用直接交流影响来解释这种一致性是完全可以成立的。

《猪头卦师》和《梦先生》作为两个不同类型,各有其民族与地域文化特征。前者的主人公为牧民,故事依托打猎,喝酥油茶,晒牛粪饼,孩子脖子上挂"灵魂玉",卦师用猪头祭神卜卦等生活文化场景展开;后者则以农民为主人公,以农耕生活为背景(用蛤蟆给人物命名就是一个突出表现),抓住日常生活中的做梦来构造故事,两者的生活与艺术情趣各自有别。占梦这种迷信,在中国由来已久,占梦以灵魂可以离开人的肉体,在鬼神导引下外游这种古老观念为思想基础,"梦之所以能进行占卜,就是因为梦是'天神'之所'告',因而梦象包含着神意,梦象即是吉凶之象"①。

占梦术于近现代虽已衰落,在民间却仍有深远影响。汉族《梦先生》故事中并没有出现真正的占梦活动,但它以占梦这种古老迷信习俗为背景来编织故事,便显出了它独特的文化意蕴。

三

美国故事学家汤普森在《民间故事分类学》中告诉我们,1641型是一个在欧亚大陆都十分流行的故事,已知的异文超过400篇。欧洲故事梗概是:一个具有怪名字的农民(他的名字叫"克拉布——蟹",或"克里克特——蟋蟀",或"拉特——老鼠"),他买了一套博士服穿在身上,冒充"全能博士"。皇帝同意考核一下这位智者的能力,命他去查缉盗贼。克拉布首先要求得到一席盛筵,在第一个侍者端菜进入餐厅时,他对妻子品评说,"那是第一个"(双关语,第一个菜或第一个贼)。第二、第三个侍者进来时,他说"第二个""第三个"。这些侍者做贼心虚,都以为他们已被侦查,立刻坦白交代了自己的偷窃行为。对他本领的第二个考验是,叫他说出覆盖着的盘子里装的是什么菜,这里,他以为自己被考倒了,绝望地喊道:"可怜的克拉布!"可巧盘中正是满满一盘蟹。给他的第三个考验是找一匹丢失的马,正好以前他隐藏了这匹马,所以不难找到。

汤普森对这个故事给予评论道:

整个"全能博士"故事在印度最古的文学故事集中可以找到,

---

① 刘文英:《中国古代的梦书》,中华书局1990年版,第3页。

并常见于文艺复兴时期欧洲的笑话书中。有时孤立的事件以独立故事出现，特别是找到事先就被那家伙藏好的某种东西，覆盖着的菜盘的插曲，由巧合的双关语如"那是第一个"所带来的偶然的侦破。这个富于机智的故事在东方文学和文艺复兴文学中的重要性，及其在民间故事中的普及性，使之对于开展比较研究十分有益。①

西方学者已经认定，它是一个源于东方的著名故事。东西方故事的情节结构具有惊人的一致性，其中最吸引人的几个情节单元是：为考验主人公全知能力而要他去寻找的某种东西，恰巧是他无意中早已看到的；由于许多词语具有双关意义（如"蛤蟆"既是一种动物，又可以用作人名），主人公随口道出的话语，甚至是绝望中的呼喊，竟然歪打正着地使心虚胆怯的盗贼俯首就擒。人类运用语言的奥妙，使这类情节饱含趣味。故事在平凡的日常生活背景上展开，完全由于一些偶然巧合因素，使情节逆转奇迹出现，造成主人公命运的大起大落。这些偶然巧合因素以不同方式出现在给岳父寻找走失的牲口，给县官寻找被盗的官印和同公主缔结婚姻上，故事家巧妙地将不同时空背景上发生的纠葛串联在一起，又逐层推进趋向高潮。本是一些凡人小事，口头文学家却以饱含智慧幽默的语言把它编织成了一个富于艺术魅力的故事。

就其文化内涵而言，它是一个逗人笑乐之后又耐人寻味的故事。它被人们称为"懒汉奇遇"，既含有对不务正业，东游西荡，靠哄骗他人讨生活的游手好闲之徒的嘲讽，然而在人民大众无权主宰自己命运的旧时代，讲述这类关于小人物因巧遇而发迹的故事，又表现出对处于社会底层的人们的深切同情；另外，值得特别提起的是，故事是围绕卜卦、算命（做梦也是一种占卜行为）之类的迷信活动来展开叙说的，这类活动历经两三千年，时至今日仍遍及许多国家的街头巷尾。粗略地听讲这类

---

① ［美］斯蒂·汤普森：《民间故事分类学》（中文版），郑海等译，上海文艺出版社1991年版，第173页。

故事，似乎它是在肯定打卦做梦如何"灵验"，仔细听来却是在揭穿这类活动的虚妄欺骗性。所谓"灵验"不过是主人公无意巧遇，甚至是在他无可奈何情况下阴差阳错获得成功。"活神仙"的神秘外衣被突然揭穿而引来听众的哄然笑声，故事便发挥出寓教于乐的积极作用。它受到广大地区人们的喜爱而传诵不衰，正是由于它有着适应人类文明进步的文化内涵，并同精巧的叙事艺术有机融合的结果。

故事类型解析

"嘴会转"与"铁算盘"
——"长工和地主"故事解析

  中国封建地主经济一直延续到20世纪40年代，给予社会生活的方方面面以深刻影响。地主同农民，特别是同长工、佃户之间的阶级对立，成为旧中国社会的基本矛盾之一。在民间口头文学中，表现长工同地主抗争的故事也就应运而生，普遍流传，几乎达到家喻户晓的地步。从20世纪二三十年代开始，便有学人采录这类故事，如1925年北京《京报》副刊《国语周刊》第9期发表的《火龙单》（程一剑采录）。20世纪40年代在晋绥地区出版的民间故事集中有《地主与长工》专集。1955年至1966年出版的《民间文学》杂志，设置专栏，不断刊出"长工和地主故事"，发表了50多篇作品，产生了广泛的社会影响。20世纪八九十年代编纂出版的《中国民间故事集成》，在各省市分卷选编的生活故事中，这类故事同样占有重要位置，它们具有不容忽视的社会历史与叙事美学价值。

一

  "长工和地主"实际上是一个故事系列。它们均以"斗智"作为核心母题来构成，也可以作为一个大的类型看待。

  艾伯华在编撰《中国民间故事类型》时，由于他比较看重幻想故事，因而没有把这类社会现实性很强的故事纳入自己的学术视野。国际通行的AT分类法，也没有它的合适位置。丁乃通沿用AT分类法编撰《中国民间故事类型索引》时，只好借用它的"愚蠢妖魔的故事"中的某些编码来安置中国的机智长工和愚蠢地主相斗的故事，或把它归入"男人的笑话"之中。金荣华于近年发表的《中国民间故事和 AT 分类》一文，对此作了很好的说明：

> 丁乃通先生在将中国故事依 AT 分类区分大类时遇到的难题是：有些在中国文化背景下产生的故事不容易在 AT 分类中归类。例如，在西方故事中，有关吃人巨魔的故事流传很广，类型也很多，因此它在 AT 分类中被区分为一大类，区号从 1000 到 1199。这种吃人巨魔在西方童话中的角色总是力大而愚蠢，要害人吃人反被人所愚弄。这样的巨魔在中国故事里很少见，而中国故事中大量的佃农长工和财主恶霸斗争的故事则罕见于别处，AT 分类中也没有它的专属区域。但是从故事结构看，许多佃农长工和财主恶霸的故事，就是西方人与巨魔斗智的故事。
>
> 丁氏对这情形的处理方法是，把一部分佃农长工和地主恶霸斗争的故事归入"愚蠢的巨魔"，一部分归入"男人的笑话"类。①

这样的编列，自然无法显出这类故事的特色与价值。金荣华在编撰《中国民间故事集成类型索引》（一）时，便根据中国故事特点对丁氏索引加以合理改造，将生活故事 1000—1199 的编码命名为"恶地主恶霸与笨魔的故事"，将各地流行的长工地主故事归纳为以下五个类型：

1000　地主出难题，长工有妙计

1000A　地主有规定，长工照着行

1000B　地主刻薄，长工报复

1000C　长工条件低，暗中藏玄机

1000D　财主谐音欺长工

此外，他还在 1525—1874 型"男人的笑话和趣事"中，列有两个类型，它们也是讲长工和地主斗智的，这两个类型是：

---

① 贾芝主编：《新中国民间文学五十年》，大众文艺出版社 2004 年版，第 307 页（文集编者加）。

1535　　死里逃生连环骗

1539　　骗人的传家宝

笔者在这里参照金荣华先生的研究成果,将"长工和地主"作为一个大类型,再从上述7个编码中,抽取归并出3个最流行的亚型,即"破难题""巧做活"和"连环骗"。以下就见于《中国民间故事集成》中的代表性文本给以评述。

二

"破难题"型。代表性文本有江苏的《王二当长工》①,浙江的《兄弟做长工》和《聪明的长年》(畲族)②,北京的《机灵的长工》③,宁夏的《三兄弟巧治老财主》④,四川的《搬月亮》和《收拾莫老二》(苗族)⑤ 等。

现以《机灵的长工》为例,故事采取兄弟俩做长工的结构形式。老大出外做工,到年底该结账了,那个黑心地主却安排三种活路来为难他,他一件也对付不了,辛苦一年的工钱只好让地主全部克扣下来,没挣到一分钱空手回家。第二年弟弟也到那家去做工。

干了一年,该结账了,地主又把那一招拿出来了,地主说:"你把堂屋这地给我搬出去晒晒。"弟弟说:"行。"抄了把镐头就上了房,噼里扑通,把房顶刨个大窟窿。地主急得大喊:"你怎么刨房

---

① 《王二当长工》,《中国民间故事集成·江苏卷》,中国ISBN中心1998年版,第634页。

② 《兄弟做长工》《聪明的长年》,《中国民间故事集成·浙江卷》,中国ISBN中心1997年版,第697~699页。

③ 《机灵的长工》,《中国民间故事集成·北京卷》,中国ISBN中心1998年版,第774页。

④ 《三兄弟巧治老财主》,《中国民间故事集成·宁夏卷》,中国ISBN中心1999年版,第413~414页。

⑤ 《搬月亮》《收拾莫老二》,《中国民间故事集成·四川卷》,中国ISBN中心1998年版,第672、1401页。

呀?"弟弟说:"不刨房,你能搬出去晒吗?"地主只好认可:"好好好,算你赢了,算你赢了。"接着,又出第二题:"你把那大罐想法给我装到小罐里。"弟弟说:"好办。"抡起镐,"啪!"把大罐砸碎了,完了拿笤帚簸箕撮巴撮巴就倒到小罐里了。地主不乐意地说:"你怎么把罐子给砸啦?"弟弟说:"不砸碎了你能装进去?"地主只好说:"第二道算你赢了。该第三道题啦,你说我这脑袋有多沉呀?"弟弟连想也不想地说:"二斤半。"地主摇头说:"不对,我脑袋二斤半可多。"小伙子摸了把刀比量着说:"我说二斤半就是二斤半,不信咱砍下来约约。"地主吓得扭头就跑,小伙子在后头就追。最后地主连连告饶:"得,得,得,算你赢了,算你赢了,我给你工钱。"小伙子说:"光给我工钱不行,还有我哥哥去年的工钱呐,你要是不给,咱们就约。"地主只好满口答应:"给,给,给。"(约,yāo,称重量。)

其他几篇异文形态十分接近,只是地主所出的难题和长工的应付方法略有变化,还有用谷糠搓绳(要地主先起头),把牛牵上大树乘凉(将梯子架在树旁鞭牛爬梯),把大石滚扛上树(让地主先将石滚抱起搁上肩头),把天上的月亮摘下来(刨开屋顶),把大田搬回家(拆开大门和院墙),在屋顶上种庄稼(先锄平屋顶上的瓦沟)等等。地主挖空心思出难题,以便难倒长工好克扣工钱,暴露出剥削阶级的狠毒面目;故事中人们把这号角色通常叫做"铁算盘"或"铁公鸡"。聪明的弟弟却采取以难制难或荒谬推理的方法,使对方不得不低头认输。破解难题的情节单元按三迭式结构逐层推进,又同兄弟俩做长工的曲折和对比叙述相结合,人物形象栩栩如生,富有民间生活与艺术情趣,深受中国各族民众的喜爱。

"巧做活"型。金荣华《类型索引》中的"地主有规定,长工照着行";"地主刻薄,长工报复"和"长工条件低,暗中藏玄机"三类作品均可列入。从表面看来这些故事里的长工都是一五一十照着地主定好的规矩做活,甚至他们还傻里傻气地主动提出一些很低的条件来投合地主奸吝刻薄的心态。上工后却以对这些条件的另一种合理解释来整治东家,获得大快人心的胜利。这类作品有四川的《高森》《三弟兄》《文长年和武长年》和《娃子冬生》（羌族）、《张小牛和铁算盘》（土家族）①，陕西的《落汤鸡》②，宁夏的《张明智斗"高越坏"》③，江苏的《王二当长工》④等。如地主规定长工"软扁担不能挑，弯路不要走"，本来是要让长工干重活累活（软扁担挑东西意味着担子轻，走弯路下田会耽误时间），长工却借此拒绝给主人推车：搁在肩上的车绊子不就是"软扁担"吗？也不推磨了，推磨不就是"走弯路"吗？地主规定长工干活要干到"两头不见太阳"，长工就早上下田干一会儿，太阳一出来就回来休息，直到太阳下山后再下田去，可黑夜里却什么也干不成；他们还规定长工陪东家外出，只能"老爷走前头，长工走后头"，有一天夜里赶路，长工便提着马灯走在后面，让地主在前面高一脚低一脚地摸黑乱闯，吃尽苦头，如此等等。以苛刻的条件来雇佣长工，本是旧中国农村极普遍的事实，上述故事即由此生发而来，借虚构的有趣情节让长工以巧智压倒财东，让"铁算盘"的如意算盘——落空。这类"巧做活"型故事，从生产劳动中提炼出长工对地主施行报复的情节，就叙事艺术而言，可以看作是对上一个"破难题"亚型的补充。

二

"连环骗"型。故事以能说会道，外号叫做"嘴会转"之类的长工为主人公，讲述他怎样以自己的"家传宝物"来哄骗贪心而又愚蠢的财主，给以尖锐有力的揭露嘲讽。这一亚型的艺术构思更为精巧，也更富有艺术生命力。1925 年《京报·国语周刊》上刊载的《火龙单》就是一篇出

---

① 《高森》等 5 篇，《中国民间故事集成·四川卷》，中国 ISBN 中心 1998 年版，第 579、655、1194、1276 页。

② 《落汤鸡》，《中国民间故事集成·陕西卷》，中国 ISBN 中心 1996 年版，第 570 页。

③ 《张明智斗"高越坏"》，《中国民间故事集成·宁夏卷》，中国 ISBN 中心 1999 年版，第 415～416 页。

④ 《王二当长工》，《中国民间故事集成·江苏卷》，中国 ISBN 中心 1998 年版，第 634 页。

色之作，现照录全文如下：

　　长工穿着破烂的夹袄，在马棚中扫除积粪。外面的雪纷纷地下着，风呼呼地吹着，长工因为用力工作，不但不觉其冷，汗反而雨似地流下。

　　东家穿着轻暖的羔裘，围着旺旺的炉火，倒觉有点寒冷。

　　"呀！伙计！我穿着皮袄，还觉得冷飕飕的。怎么你穿一件破夹袄，还热得浑身出汗呢？"

　　"掌柜！你别小看人哪！"长工有点发傲地说："俺老辈子也过过好日子。哼！这就叫'火龙单'，是俺祖上传留下来的，穿着永不会觉得冷。——可有一件，穿着的时候，是要去做营生的。"

　　"哦！"东家似乎有一点羡慕，"咱们换过来穿着试试看。"

　　长工迟疑了一阵："换过来穿？别人一定不成，好在是掌柜的，好！我们就换着穿穿看。"

　　冷呀！东家穿了长工的破夹袄，心里这样想，是了，穿着要做营生的，好吧！……东家鸦片烟瘾上来了，马上就到集上吸烟去了。

　　冷呀！东家有点挺不住了，找一处藏风的地方躲一躲。

　　风搅着雪，终日下个不止，他的尸首也就叫雪花埋上了。

　　雪化了，尸首露出来了。他的妻子一面抚着尸，一面哭着：

　　羔儿皮袄你不爱穿，

　　一心爱穿"火龙单"。

　　烧了一身紫疙瘩，

　　为什么不往水里钻？

　　这是一篇由单一情节单元构成的故事。记录写定时作了适当的文学描写，口语化特征有所削弱，但仍较好地保持了原作的意趣。在对话中推进情节发展，刻画鲜活的人物形象。结尾东家妻子哭丈夫的那段顺口溜格外精彩，饱含讽刺幽默，具有画龙点睛之妙。

现代采录的同型故事大多采取三迭式结构，由几件"传家宝"构成连环式骗局。马烽于20世纪40年代搜集整理的《金马驹和火龙衣》①，是最具代表性的一篇。见于《中国民间故事集成》中的异文，有陕西的《王花儿》和《还阳棒》②，北京的《宝驴和火龙衫》③，宁夏回族自治区的《金牛巧治刁老财》④，江苏的《火龙袍》⑤等。

其中《在水里向岸上招手》，由四川西昌地区的彝族农民罗洪五惹讲述，经冯元蔚于1959年记录成文，是故事情节最为生动完整的一篇。梗概为：

有一个穷汉子，身上穿件破披毡，下雪时节还在外头奔波。他来到一户吝啬的黑彝（贵族）门前借宿遭拒绝，只好待在屋檐下背着磨子跑动暖和身子，大声喊："好热！好热！"黑彝觉得奇怪，他说自己穿的是一件家传的宝衣，黑彝用一升金、一升银将这件宝衣换到手里。

谁知宝衣穿在身上却冻得发抖，黑彝知道上了当，便找到穷汉家里去交涉，又换回穷汉正在使用的那口"不用烧火就可以把饭煮熟的神锅"。

神锅在他手里毫无用处，他气得砸烂神锅，再次找到穷汉家，换来一头能够"屙金屙银的仙马"。

---

① 《金马驹和火龙衣》，原载马烽编：《地主和长工》，华北新华书店1947年版。后经贾芝、孙剑冰编入《中国民间故事选》第一集（作家出版社1958年版）获得广泛传播，《中国民间故事集成·福建卷》所载的《金马驹与火龙衣》，第63~67页，讲述者是一位37岁的乡村教师陈其明，经仔细对照，它就是对马烽文本的转述，并非具有地方色彩的口头异文。这是一个有关民间故事现代传承特点的有趣实例。

② 《王花儿》《还阳棒》，《中国民间故事集成·陕西卷》，中国ISBN中心1996年版，第568、654页。

③ 《宝驴和火龙衫》，《中国民间故事集成·北京卷》，中国ISBN中心1998年版，第780页。

④ 《金牛巧治刁老财》，《中国民间故事集成·宁夏卷》，中国ISBN中心1999年版，第418~420页。

⑤ 《火龙袍》，《中国民间故事集成·江苏卷》，中国ISBN中心1998年版，第632页。

从仙马屙出的粪便中掏不出金银，黑彝又去穷汉家。这时穷汉的妻子说："你三番五次来我家，把我家所有的宝贝都换走了，这样狠心，我也不想活了！"接着拿起一把尖刀，戳在自己的假喉管上（把猪血装在猪尿包里挂在脖子上），倒在地上不动。黑彝见死了人，惊慌起来。穷汉说："我这尖刀是一把神刀，还有一根神棍，凡是用神刀杀死的人，只要神棍一打，死人就会活转来。"他当场试了一下，妻子果然从地下站了起来。

黑彝把神刀、神棍换到手，回家试用，一刀把妻子刺死了，然后用神棍敲打，却再也活不过来，黑彝父子怒气冲冲地去找穷汉算账，把他抓住蒙头捆在树上。

黑彝家一个患眼病的人赶着一群猪从树下走过，穷汉说自己正拴在树上治眼病；那人听了想治好眼病，便连忙让穷汉把自己蒙头拴在树上。后来黑彝父子走过来，误将这个人当成穷汉扔到河里。

可是当他们回家时，却意外地碰见穷汉赶着一群猪在面前走过，于是出现了下面这更加有趣的情景：

（黑彝父子）两人吃惊地问："你是鬼还是人？"

穷人说："你们两个才是鬼。"

黑彝说："你为什么还在这里呢？"

穷人说："你把我丢在河里，龙王说我来得正好，就给了我一群猪，他还叫我等一会去拿金银财宝哩！"

父子两人听了，想得心里发痒，巴不得全家人动手，把河里的金银财宝都拿回来。忙问："怎么下河去？"

穷人说："我带你们去。"

黑彝把全家人都喊到河边来，一个个都忙着要下河去拿金银。这时，穷人说："大家别急，先找一个下去试试，如果有，就向岸上招手，那时，后面的人才跟着下去，免得走空路。"

黑彝听他这么说，觉得穷人变好了，也没有整自己的意思，便抢着第一个跳下河去。因为他不会泅水，河水又深，到了水里心里发慌了，不停地蹬脚摆手。岸上的人看见了，以为他在招手，真有拿不完的金银财宝，于是一家人都跳下河去了。由于他们都不会泅水，只好向岸上招手求救。这时，岸上来了许多看热闹的人，一些贪财的也纷纷跳下河去了。

从此以后，"在水里向岸上招手"这句话，便在彝族日常生活中流行起来。①

它将有关用"传家宝"哄骗财主的几个流行情节单元巧妙地复合串接在一起，由"宝衣"到"神锅""仙马"，再到"神刀"和"神棍"，最后到"龙宫取宝"，故事叙述既环环相扣，又层层推进，直到财迷心窍者跳进河里才结束这场滑稽闹剧。主人公整治财主的哄骗手法之所以能够接连得逞，一方面是由于被叫作"吹破天""嘴会转"的这类人物有着丰富的智慧和雄辩的口才，同时更由于那些财主的贪婪和愚蠢，主人公投其所好，他们自作自受，尽管接连上当仍不能自拔，故事叙述便在趣味洋溢中给予这些反面人物以辛辣嘲讽。

"连环骗"这个亚型的内容与形式还有一个独特之处值得特别提起：故事中的几种"传家宝"和关于"龙宫"的想象，本是民间幻想故事中体现人们美好意愿的母题或情节单元，由此构造出的优美故事在各族民众口头传诵不息；可是在上述长工故事中，它们却成为制造骗局的材料，相信"宝衣""神棍""龙宫取宝"的人成了智力低劣滑稽可笑的角色。这表明人们在社会生活中，对种种神奇幻想事物的真诚而幼稚的信仰日趋淡薄，口头文学家便以另一种心态来运用这些幻想材料编织新的故事，在反映更富于现实性的主题的同时，还在艺术上透示出一种饱含喜剧性的讽刺幽默情趣。这样，此类故事的流行就具有了显示口头叙事文学推陈出新的特别意义，不同于普通的情节变异，值得我们另眼相看了。

"连环骗"故事中的"宝衣""游龙宫"等情节单元，在口头文学中具有广泛影响，据台湾青年学者彭衍纶所做研究，它被借用到全国二三

---

① 《在水里向岸上招手》，《中国民间故事集成·四川卷》，中国ISBN中心1998年版，第903～907页。

十个民族的机智人物故事之中，从汉族的《谎张三故事》，到苗族的《反江山故事》、蒙古族的《巴拉根仓故事》、纳西族的《阿一旦故事》，直到台湾地区的《白贼七故事》①。这一事实更加证实了此类作品特有的社会与审美价值。

三

中国口头文学中的长工和地主故事数量极多，型式和风格也活泼多样，以上三个亚型是经过民众集体艺术智慧的锤炼，显得更为精致生动而最具代表性的。

它们在旧时代的广泛传播，曾给处于社会底层的劳动者以积极鼓舞和启示。一位河北唐山的老人赵信就对采录这类故事的人讲："在旧社会，我们这些扛活的，最爱讲韩老大和五娘子整治地主的故事。我们讲这些故事，不是只为了开开心。我们有时也想，人家敢跟财主斗，咱们为啥就不能整治整治东家？所以我们也就算计开地主了。"②

这个系列的故事在 20 世纪五六十年代以其社会政治价值受到特别的重视，有一篇专论指出："它以强烈的爱憎、形象的语言揭示了封建社会农民和地主的矛盾，从各个不同的侧面塑造了长工和地主的鲜明的形象，并以此在传统民间故事中独树一帜，至今仍然具有教育作用和艺术价值。"③

限于当时的社会政治背景，对这类作品的评述难以中肯和深入，文章认为："故事中对长工和地主的斗争的描写也不够积极和深刻。每篇故事虽然都以长工的胜利而结束，但是由于没有动摇和铲除封建的生产关

---

① 彭衍纶：《台湾民间故事〈白贼七的趣话〉及其相关问题研究》（政治大学中国文学系硕士论文），1997年，第 154～193 页。
② 《笑的艺术》，《中国机智人物故事论文集》，广西民族出版社 1985 年版，第 208 页。
③ 冯贵民：《长工和地主故事的教育作用和艺术价值》，《民间文学论文集》，浙江人民出版社 1982 年版，第 196～204 页。

系以及封建的政治制度，因此这种胜利都是暂时的而不是彻底的，都是部分的而不是根本的。"我们来阅读和研究这些故事时，"必须看到这种局限性"。严格说来，任何作品都不可能没有它的某种局限性。但从"深刻描写"农民对地主阶级斗争的"彻底胜利"这一标准出发来指责长工和地主故事存在"局限性"和"消极性"，显然脱离了作为民间口头文学体裁之一的这些故事本身的特征。

长工和地主故事属于写实性的生活故事，故事里的情节和细节均从长工日常生产生活中提炼得来，而又经过大胆的夸张和虚构，渗透着农民讲述者强烈的爱憎情感。身受压迫欺凌的长工，在日常生活场景中以自己的丰富智慧来压倒刻薄狠毒的地主老财，有效维护自己的人身权利，痛快淋漓地发泄出对压迫剥削者的愤恨。这些斗争的胜利只能是象征性的，不可能导致农民的"彻底解放"，但故事却以主人公机智勇敢、积极乐观的精神激励着旧中国的农民在艰难困苦中走了过来，投身在中国共产党领导下的人民革命洪流中迎来了自己的翻身解放。

在旧中国的民间文艺生态中，还有一类同样普遍流传、深受民众喜爱的作品，就是"长工歌"，其代表作是《十二月长工调》，现录陕西的一首以资比较：

　　正月好唱正月中，背起包袱去上工；家里没有三石谷，只得给人当长工。

　　二月好唱二月中，提起我家一场空；青黄不接实难熬，大人小孩肚子空。

　　三月好唱三月中，丢下父母不得侍奉；妻去帮人转锅灶，浑身糊口度性命。

　　四月好唱四月中，田里庄稼青蓬蓬；白天做活不上算，黑夜做活不算工。

　　五月好唱五月中，杀猪过节闹的凶；肥肉瘦肉掌柜的吃，骨头棒棒待长工。

　　六月好唱六月中，六月天气热烘烘；掌柜的打的青洋伞，日头晒死我长工。

> 七月好唱七月中，蚊虫夜夜叫嗡嗡；掌柜的睡的纱罗帐，蚊虫咬的我长工。
>
> 八月好唱八月中，谷黄豆黑满田中；割、打、担、排不间歇，做饭没水骂长工。
>
> 九月好唱九月中，坡上黄豆炸蓬蓬；白天摘了三四担，夜晚推磨我长工。
>
> 十月好唱十月中，拿起镰刀到林中；悬崖砍柴一天整，掌柜的还说我不中用。
>
> 冬月好唱冬月中，又下雪来又刮风；掌柜的烤的白炭火，活活冻死我长工。
>
> 腊月好唱腊月中，掌柜的算账叫长工；算盘一拍欠倒账，还要明年早上工。①

这样的"长工调"几乎在旧中国的每个地方都有自己的异文，它采取按十二个月的农时节令来叙事抒情的传统格调，长工的辛苦劳作和财东的苛刻待遇构成强烈对比，细致刻画日常生活中的艰难困苦同委婉抒发自己深沉悲愤情感有机融合，成为感人肺腑的悲歌。它有助于我们理解上述故事类型中长工报复地主的故事内涵，但显现出来的却是两种不同的意趣：歌谣着重于倾诉悲苦情怀，故事则着重于叙说巧智克敌、快慰人心的抗争。民间口头文学中还有表现农民对封建统治者英勇壮烈斗争事迹的作品，那就是有关农民起义英雄人物的传说。这几类作品各有自己的特色与价值，在民间文艺生态中互相补充，彼此映衬，均为民众所津津乐道。

"长工和地主故事"所由产生的年代早已逝去，但这些故事所叙说的长工的苦难生活及其愤怒抗争，对于今天和后世人们，仍有其可贵的社会文化史价值。至于围绕正反面角色"斗智"所构成的那些精彩的故事情节，以及蕴含其中的我国各族人民的丰富艺术智慧与乐观幽默情趣，更将是一宗不朽的艺术财富。

---

① 《陕西歌谣》，人民文学出版社1960年版，第7~10页。

百年再议"老獭稚"[1]

近一两年的民间文学研究,粗看起来似乎有些冷清,可是仔细考察一下,不甘寂寞热心耕耘者还是大有人在。仅以民间故事研究而言,据我们编纂民间文艺学年鉴所作的统计,在 2001 年这一年当中,研究中国各族民间故事的学术论文,就达到 100 余篇,还有《朝汉民间故事比较研究》(金东勋主编,辽宁民族出版社)、《中国民间故事类型研究》(刘守华主编,华中师范大学出版社)等内容厚实的大部头论著相继问世。其中有不少吸引读者兴趣的课题,本文所论"老獭稚"传说就是一例。

所谓老獭稚传说,简而言之,即关于一个贫家女子和水獭精私通所生的孩子,因抢占龙脉葬父骨而贵为帝王的传奇故事。早在 20 世纪初叶,朝鲜的今西龙和日本的稻叶君山、鸟居龙藏以及松本信广等就撰文对这一传说做过介绍与评论;钟敬文先生于 30 年代前往邻国日本研习民俗学时,特地花气力撰写了《老獭稚型传说的发生地——三个分布于朝鲜、越南及中国的同型传说的发生地域试论》[2] 的长篇论文,通过比较三国此类传说的结构形态及其历史文化内涵,最后"把它们共同的起源断说在中国",当时对中日学界曾产生过震撼性的影响,在某些方面也引起一些争议。想不到事隔 80 年,这篇焕发奇光异彩的口头叙事之作再度受到学人的关注。不仅在《朝汉民间故事比较研究》一书中,载有由金

---

[1] 原载《民族文学研究》2003 年第 3 期,第 59～63 页。
[2] 钟敬文:《钟敬文民间文学论文集(下)》,上海文艺出版社 1985 年版,第 128～148 页。

东勋先生撰写的长篇论文《"夜来者型"故事的源流》专门论析这一跨国作品，还有日本斧原孝守的新作《老獭稚传说考》，也由中国学者译成汉文在《民族文学研究》杂志 2002 年第 3 期上刊载。上述成果对钟先生早期所作的主要结论并未提出实质性异议，而是就这一传说的许多方面作了更加深入的探讨。笔者早在 20 世纪 90 年代撰写《中国民间故事史》时，也在书中专列一节《老獭稚与民众的天子梦》予以评述①。最近集中时间追溯，又有一些新的发现，感到这一经典性的口头叙事之作，还留下不少疑团有待学人进一步剖析。特撰此文，作为对几位研究者已有论述的补充。

一

20 世纪初叶，进入中日学人视野中的老獭稚传说还只有十来个文本，松本信广和钟敬文两人在文章中就它的情节结构简要概括为如下型式：

1. 獭和人类的女性婚合而生的儿子，善于泅水。
2. 因外人的请求，发现了水中的灵物。
3. 安葬先人遗骨的时候，把自己父亲的骸骨放入。
4. 因此，他便成为天下之主。

经过八十多年的风风雨雨，这类故事不仅仍存活于民间，而且在中华大地的民间文学普查中采录到许多鲜活文本。斧原孝守论文中就列出了新近采录的同型传说十余例。但他的见闻毕竟有限，仅笔者在写作本文之前从个人收藏资料中随手翻检，就得到同型传说近 20 例。其中最具代表性的作品可以列出以下篇目：《宋太祖出生传说》，流传于江苏②；《赵家天子杨家将》，流传于浙江③；《赵家天子

---

① 刘守华：《中国民间故事史》，湖北教育出版社 1999 年版，第 536～540 页。
② 《宋太祖出生传说》，《娃娃石》，开明书店 1930 年版。
③ 《赵家天子杨家将》，《中国民间故事集成·浙江卷》，中国 ISBN 中心 1997 年版，第 110～111 页。"附记"中对其他异文另有说明。

杨家将》，流传于上海①；《大宋江山为嘛柴家先坐》，流传于河北②；《赵巴子》，流传于辽宁③；《杨家咋成了"挂角臣"》，流传于宁夏④；《鳖精变个鞋簸箩》，流传于湖北⑤。这些均以宋太祖赵匡胤为水獭精或鳖精之子，并将杨家将也附会成故事中的一个角色，因而"赵家天子杨家将"成了本篇故事最为常见的篇名和最稳定的结构模式。

也有用明太祖朱元璋来替代赵匡胤的，如《朱老实占龙脉》，流传于陕西⑥；《朱洪武得风水宝地》，流传于湖北⑦。东北图们江流域流传的《老哈赤》，则用清太祖努尔哈赤取代了赵、朱两位帝王⑧。还有将赵王附会成"灶王"的，如广西仫佬族的《灶王歌》⑨。或者那位男主人公虽然做了皇帝，却并无具体姓名，如流传于湖北京山县的《脚鱼精葬龙口》⑩。这一传说在中国大陆被采录到的几十篇异文内容繁简程度不一，其中以《赵家天子杨家将》这一类型流行最广，情节结构最为完整。正如有关学人早已揭示的，它并非一个单纯型故事，而是由几个母题（情

---

① 《赵家天子杨家将》，《中国民间文学集成·上海卷虹口区故事分卷》，1988年编印，第64~67页。

② 《大宋江山为嘛柴家先坐》，《中国民间文学集成·行唐县第四卷杏庵民间故事》，1991年编印，第30~31页。

③ 《赵巴子》，《中国民间故事集成·辽宁卷》，中国ISBN中心1994年版，第36~38页。

④ 《杨家咋成了"挂角臣"》，《中国民间故事集成·宁夏卷》，中国ISBN中心1999年版，第46~48页。

⑤ 《鳖精变个鞋簸箩》，《伍家沟村民间故事集》，中国民间文艺出版社1989年版，第363~365页。

⑥ 《朱老实占龙脉》，《中国民间故事集成·陕西卷》，中国ISBN中心1994年版，第115~117页。

⑦ 《朱洪武得风水宝地》，《远安民间故事》，1991年编印，第66~68页。

⑧ 金东勋主编：《朝汉民间故事比较研究》，辽宁民族出版社2001年版，第131页。

⑨ 龙殿宝等编著：《仫佬族文学史》，广西教育出版社1993年版，第941~946页。

⑩ 《脚鱼精葬龙口》，王克森主编：《京山民间故事集》，中国民间文艺出版社1990年版。

节单元）串接而成的复合型故事。所包含的主要母题，一是少女与水中精灵（水獭、鳖等）的婚恋，二是女家父母对精灵的寻踪打杀，三是葬父骨于龙脉而成为天子。

故事叙述的高潮是水獭精或鳖精之子因善泅水，常入水嬉戏，发现水下"龙脉"所在，在风水先生的指点下，特地将父亲骸骨安放于"龙口"或"鱼口"，于是成了开国皇帝——如赵匡胤、朱元璋等。以下是《中国民间故事集成·浙江卷》所载《赵家天子杨家将》的结尾部分：

  赵儿到了九龙潭，看见那条最大的龙正张开血盆大口向他迎面游来。他马上往龙头那儿一蹲，从坛子里取出骨头抛进龙口，直到坛里的骨头全部吃光。这时，赵儿猛想起肩上的骨包，忙把里头的骨头送到这龙的嘴边，谁知这龙大嘴一抿，不吃了。赵儿没办法，便把杨员外给的骨头挂在大龙的龙角上。接着，九条龙都沉入水底不见了。

  赵儿回到岸上，先到杨员外家把见到龙嘴的子丑寅卯统统讲了一遍。杨员外叹口气说："这是天意，没有办法啊！坐天下的是赵家，我们杨家只配帮他打天下了。"

  赵儿回到船上，把事情的经过方方圆圆又对娘讲了个仔细，娘一听，欢天喜地说道："我的儿啊，你的前途无量呀！天机不可泄露，娘也不便多言。"

  这以后，她便把自己的儿子起名为匡胤，后来真的坐了大宋天下。

在这故事里，本来是懂风水的杨员外托赵家小子将自己祖先的骨头安放于龙嘴中以求先占"龙脉"，使杨家子孙发迹。后来赵儿在慌乱中办事出错，将杨家骨头挂在龙角上（或有意调换），便造成中国历史上长达几百年的"赵家天子杨家将"了。

二

  人所共知，在中国传统文化事象中有一项十分独特而神秘的"堪舆术"，俗称"风水"。钟敬文先生于 30 年代研究老獭稚传说时，开宗明义就指出："老獭稚传说中所表现的'风水思想'，是中华民族的最有特征的民俗信仰之一种。"这篇口头叙事之作至今最受人们关注的也仍是它所包含的风水思想。什么是风水？据相关学者解说："风水的核心内容是人们对居住环境进行选择和处理的一种学问，其范围包含住宅、宫室、寺观、陵墓、村落、城市诸方面，其中涉及陵墓的称为'阴宅'，涉及其他方面的称为'阳宅'。"世人对改善居住环境的追求古今一体，本来并无神秘之处，可是"为了适应人们普遍存在的避凶就吉的心态，风水师们又编织了越来越庞杂的谎言笼罩在它的上面，使本来具有朴素科学原理的东西变成了扑朔迷离神秘莫测的骗局"①。

老獭稚传说中那个赵家或朱家小子因葬父骨于龙口而贵为天子的结尾，就是关于风水思想的艺术化叙说。由于经过了故事家们的夸张渲染和虚构，所以还须略加剖析。

关于祖辈坟山风水好即可福荫后代的理念，早在汉代就有了。《汉书》载有袁安葬父故事，称儒生袁安为父求葬地时路遇三书生，书生指一地说，葬此地当世为上公，袁安从其言，后果然累世繁盛②。之后，托名于晋代郭璞的《葬书》流行于世，关于阴宅风水的理论及方术更加完备而遍及全国。但龙脉所系的天子地，是就山水的地理走向而言，其实并不神秘。我手头有一部乡土纪实文学读物，其中就讲到湖北大冶市茗山乡在清康熙年间出过一位户部尚书余国柱（1625—1697），因皇室深信风水之说，怕风水好的龙穴出天子夺江山，在任命余国柱的前后，曾派员对他家乡风水作过实地测察。他自己陈述家居"鲜鱼地"，实际上却出自"二龙戏珠"的龙脉所在，原来"有条发自大茗山的支脉，蜿蜒东行一段之后，再分两支，并行向东，形如龙势。末端恰好都是小山梁，活像两个龙头。隔畈又是光秃、正圆的张家山，如球如珠。风水先生称此地为'二龙戏珠'之地，声言住户七代之内要出王侯"。余国柱本人也

---

① 潘谷西：《风水探源·序》，东南大学出版社 1990 年版。
② 何晓昕编著：《风水探源》，东南大学出版社 1990 年版，第 30 页。

知晓此事，却怕张扬出去惹来灾祸，便想以家乡的另一块"鲟鱼地"来搪塞了事。后来有人向康熙密奏此事，康熙派员暗访，得知这儿正是"出天子之宝地"，便暗中下令将余削职为民，以绝后患了①。

这只是一段民间纪事。实则许多史籍中都可以找到此类记述。如明代王室就十分迷信风水，"盛行阴宅风水，风水师受宠"；明末，朝廷曾派专人去陕西掘过李自成的祖坟，后官员申报，"自成祖茔确系龙穴"，今"闯墓已伐，可以制贼死命"②。后世人面对此荒唐行径，只能激起啼笑皆非之感。

总之，就风水领域的实际状况而言，不论坟山的吉凶优劣，都是就其地理形势而言。可是我们读到的老獭稚传说的各种异文，那个孩子在水下所遭遇的却都是一条活龙（有的变形为石龙、石洞或巨鱼、神马之类），他便只得以直接抛掷入口来安葬先人遗骸了。显而易见，这是口头语言艺术家所采取的一种富于象征性的艺术虚构手法。

那么，这个故事的历史文化内涵及其价值是什么呢？

中国是一个在许多封建王朝的不断更替中保持着统一格局与文明进程的伟大国家。有些朝代更替对民众心理冲击不大，而赵匡胤、朱元璋之类人物的改朝换代却被民众津津乐道，长久不衰。原因何在？从历史记载和故事叙述来看，这同他们原本出身卑贱而跃居皇位有关。在古代封建社会，皇帝作为最高统治者，不但拥有至高无上的权力，还被"君权神授"的神圣光环所笼罩。皇帝本人及其家庭，均被抬高到不同凡俗的地位。而家境贫寒，加上是由水下精怪和少女私通所生的淘气小子，后来居然做了皇帝，普通老百姓听了这样的故事，怎不惊愕激动！龙口葬父骨的神秘风水说对此的解释，虽可自圆其说却玄妙难测，但这几个皇帝的卑微出身是人所共知的，因而这类传说故事的流行便有着打破世袭皇权，鼓励世俗小子坐天下的积极社会作用。史籍记载：项羽见秦始皇巡游会稽，即口出狂言，"彼可取而代之"；汉末黄巾起义，以"苍天

---

① 余炳贤：《茗山风情》，大冶市茗山乡1996年编印，第105~107页。
② 王玉德等：《中国神秘文化》，湖南出版社1983年版，第680页。

已死，黄天当立，岁在甲子，天下大吉"为号召；清代安徽捻军起义时引吭高歌，"打天下，争天下，穷爷们天不怕来地不怕！"这些和上述故事所蕴含的精神可以说是一脉相承。

老獭稚传说中主人公因得祖先葬地风水的福荫而当上了皇帝，在神秘幻想情节深处蕴含着俗民的"天子梦"。由于它所讲述的是几位在中国历史上声名显赫的帝王的业绩，因而在社会上广为传播，以致根深蒂固，家喻户晓了。

三

斧原孝守和金东勋两位先生的论文将老獭稚传说置于几个相邻东亚国家的历史文化背景上进行比较论析，不少精辟见地使笔者深受启迪。这里也就几个有关问题提出商榷或补充。

（1）金东勋先生的论文以《"夜来者型"故事的源流》为篇名，所论主体实为老獭稚传说。他从本故事常采取复合形态出发，以獭精或其他水中精怪夜来与少女同居为基本型；以这个夜来者与人争天子地获得成功为扩张型；最后还加上一个获得天子剑而成就帝王之业的结尾为复合型。作者把它们统统划归"夜来者型"故事。这几个类型，既可以独立存在，也可以串接复合。因此，文章所列举的朝鲜半岛43篇，日本列岛140篇，中国大陆26篇，越南、蒙古各1篇，实际上其构成形态并不一致。笔者以为所谓老獭稚传说，其核心母题应是獭精之子巧葬父骨而为天子。这虽不是历史，却被人们附会到某些历史人物、历史事件之上而具有传说体裁的明显特征。它们的前半截属异类婚故事型，后半截属风水传说型。只有前半截的单纯的"夜来者型"故事和包含着后半截的风水传说，其特质与历史文化内涵迥然有别，不宜彼此混同。在考察作品的形态演变时，将相关资料聚集起来予以说明是有意义的。但作为一件完整作品进行比较论析，似乎不宜笼统地将它们归并成为一个类型。至于究竟是把它作为故事化的传说，还是作为传说化的故事来研究，那倒无关宏旨。

(2) 金东勋先生在文章中指出:"将这个故事置于游牧文化和农耕文化并存与相互交替的过程中,就可以发现它是先产生于黄河以北的游牧文化区,而后随着向南方农耕文化区的传播,自然形成东亚地区的泛民族故事的。"这主要是就故事中的男性角色而言,"代表游牧文化的北方系列夜来者故事的主人公多半是水族类,代表农耕文化的南方系列夜来者故事的主人公主要是地上动物或植物精,两地不同灵物反映着北水南陆的文化差异"。作者联系地域文化特征来考察故事的源流,见解有其新颖独到之处。但就笔者见闻而言,论据尚感不足。因水獭这种动物,不论在黄河流域还是长江流域都是水族中的活跃分子,以"其性淫毒"著称于世。早在魏晋时期,除见于《异苑》的《张道香》篇中有獭精幻化为男子迷惑女性外,也有见于《搜神记》的《苍獭》篇,载吴郡湖中獭精化为多情美女,于阴雨中追逐青年男子。至于后世人们口头流传的老獭稚传说,南北方常见异文均以水獭或龟鳖等水下动物为角色,这是因"龙脉"在水下,只有水族之子才能将父骨投掷龙口。从本类型的多种古今异文形态变异中,看不出先有"北水南陆"之界限,后来才融合一致的印痕。

斧原孝守先生论及老獭稚传说的构成时,还提到它与兽祖神话的关联问题。他不赞同有的日本学者关于汉族是"与兽祖神话无缘的民族"的说法,结语中认定:"在汉族中也流传有兽祖神话型王朝始祖传说的事实是不容怀疑的。老獭稚传说能够传承至今,是因为它与风水传说相结合,并以古代的意识形态被保存下来的缘故。换句话说,老獭稚传说是用表层文化的风水原理,来说明祖上流有异类之血的兽祖神话原理。由于这两种原理的相互影响,才使得老獭稚传说能够流传至今。"笔者同样也并不赞同关于汉族与兽祖神话无缘的论断,这里我还想引述俄罗斯汉学家李福清的一段话作为佐证:"从古代的和封建时代前期的文献看来,古代的神话人物,中国人的和在某种程度上东亚其他民族的始祖最初都为兽形。"[①] 但就老獭稚传说而言,我以为它和兽祖神话的联系并不明

---

① 李福清:《中国神话故事论集》,中国民间文艺出版社 1988 年版,第 17 页。

显，在很大程度上是由一则异类婚故事延伸复合而成。考察此类作品的文化演进脉络即可看出，中国魏晋时期的志怪类笔记小说中，就有了许多关于人与兽类精灵相恋或婚配的叙说。早期故事中，很少涉及子女。直至明清时期，同歌咏私生子悲惨命运的私情民歌相呼应，传说故事中也有了关于异类婚私生子因身手不凡而富贵显达的动人叙说，显示出一种社会文明的进步。加上明代盛行风水术，于是老獭稚之类的传说故事便盛传于中国南北乡野了。人们在传承久远的异类婚故事中，"吸取风水故事中关于天子地的情节单元，让獭精之子葬父骨于龙口或龙穴，最后做了一代帝王。这就不但给那些为社会所歧视的私生子，也给他们的父母争得了在世间扬眉吐气的结局"。此类故事不但以口头叙说方式流行中国南北，还被文人改编成《獭镜缘》，以戏曲形式在康熙时期广为传播。笔者在《中国民间故事史》中就此已有详尽论述，并对其历史文化价值进行了评论：

  把赵匡胤或朱元璋这样赫赫有名的开国皇帝说成是獭精或鳖精与人间女子结私情留下的后代，自然显得十分可笑。是揶揄嘲笑他们出身低贱，还是表达下层民众心头潜在的"彼可取而代之"的叛逆心态呢？似乎两者都有。以为祖先葬了天子地子孙就可以当天子，这无疑是一种荒唐的迷信心理，但地位卑贱的老百姓纷纷做起"天子梦"来，却不能不说是世道人心方面的一个大转变，蕴含着重要的文化价值。①

这里还想提一下，近期出版的一部中国文化史新著《文化与叛乱》，讲到形成明清时期由各地会党发动的武装叛乱的文化土壤中，就包括了风水及其他巫术、迷信等，当时"皇权主义充塞于大大小小头领们的脑子中，以致清代会党发动的多次起事尚未形成气候，许多'王侯将相'便成了刀下鬼"②。由此也可以联想起老獭稚之类的风水传说在特定历史时期的社会影响。如果说风水思想只是笼罩于这一传说的表层文化的话，

---

① 刘守华：《中国民间故事史》，湖北教育出版社1999年版，第536～540页。
② 刘平：《文化与叛乱》，商务印书馆2002年版，第276页。

那么在它的深层所蕴含的则是民众的帝王思想以及对追求性爱的青年男女及其非婚生子女的深厚人道主义同情。

（3）研究本故事的几位学者都着重将中国大陆，以及在日本、朝鲜、越南等东亚地区发现的文本作了仔细比较。金东勋文章在结语中写道："这个故事通过水陆交通在中国本土乃至东亚各国得以传播，东至浙江、朝鲜和日本，南至越南，东北至中朝边境，西北至蒙古直至中亚。在传播过程中又受游牧民族和农耕民族的两种不同文化价值观的影响而产生了许多变异。"作者在肯定本传说源于中国、叙事形态基本一致的情况下，也注意到它们的差异性。其中最明显的一点是，中国本土传说均以主人公获得天子地风水即告结束，然后交代他后来做了某某皇帝。然而有关朝鲜甄萱及越南丁部领的同类型传说，却又在天子地的母题之外，增添了一个天子剑的母题，直到主人公意外得到一柄天子剑之后，才获得真正权威而成就帝王之业。文章认为："取得天子剑的母题只见于流传在中朝边境和中越交界的夜来者型故事里，反映出这些地区的历代部族或民族出于对异族统治势力下的军事防范和政治戒心。"① 这一论断是切合实际的。至于中国本土的同类型传说，则通常穿插进杨家与赵家为争天子地风水而产生的一段纠葛，以"赵家天子杨家将"的结局收场。这种情况的产生，一方面是由于广大民众对杨家将故事十分熟悉，便不禁信口添枝加叶，以增添故事的趣味；另一方面也包含着君臣地位乃天命所定的理念，切合了儒家的纲常伦理，因而使这类故事能为封建主义正统文化所容纳。口头文学家并不满足于叙说这样的故事，也有鼓吹依靠自己的神弓魔箭来推倒现有皇帝取而代之的，这就是我前些年曾经评说过的另一故事类型《早发的神箭》②。其中的英雄主人公形象，有着历代农民起义英雄们奋勇冲击封建统治的壮烈身影，读来更激动人心。这样将老獭稚传说进行多侧面比较，我们对中国民间文学内容与样式的丰富

---

① 金东勋主编：《朝汉民间故事比较研究》，辽宁民族出版社2001年版，第137页。

② 刘守华：《比较故事学》，上海文艺出版社1995年版，第274页。

多样性将会获得更加鲜明生动的感受。

  我们从有关评论中得知，最早的一篇老獭稚传说是朝鲜学人于1908年采录得来公之于世，然后于20世纪初叶受到学界关注的。百年后重新提起它进行评议，其意义实非"温故而知新"一语所能表达！

叛逆的异类
——"秃尾巴龙子"故事解读①

一、广泛流传的"秃尾巴龙子"

在中国民间故事的丰饶宝库中,有一件广泛流行且为学人所关注的作品,即关于神奇的秃尾巴龙子的故事。黑龙江的《秃尾巴老李》②、湖南的《桩巴龙》③ 是最具代表性的篇目。20 年前我选取 60 个中国著名故事类型进行解析,主编《中国民间故事类型研究》一书时,其中就有这个"龙子望娘"型,以《化身成龙的孝子》为篇名,约请浙江的顾希佳先生撰写。他在文章中告诉我们:

此类故事遍布于黑龙江、吉林、辽宁、河北、山东、陕西、湖北、江苏、浙江、四川、广东、云南等地,据笔者的不完全统计,至少有 300 篇异文。各地的异文总是依附于一定的地方风物,具有强烈的地方特色。随着历史的推进,又不断加入新的内容,或是拼接上别的故事类型或母题,使得故事更为纷繁多姿,经久不衰,愈演愈烈,终于成为一个十分引人注目的故事群④。

山东省民间文艺家协会曾于 1989 年举办关于秃尾巴老李传说的学术

---

① 原载《贵州民族大学学报》2017 年第 1 期。
② 贾芝、孙剑冰:《中国民间故事选》,作家出版社 1958 年版,第 87~90 页。
③ 巫瑞书:《荆湘民间文学与楚文化》,岳麓书社 1996 年版,第 80~82 页。
④ 刘守华主编:《中国民间故事类型研究》,华中师范大学出版社 2002 年版,第 484 页。

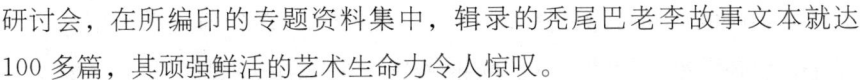

研讨会,在所编印的专题资料集中,辑录的秃尾巴老李故事文本就达100多篇,其顽强鲜活的艺术生命力令人惊叹。

顾希佳在文章中综合引述了从20世纪20年代直至80年代诸多学人对此故事的研究成果,如就龙子的神奇诞生划分为感应怀孕型、拾卵抚养型、吞珠变龙型等类型,由此看出此故事之盛传民间实为"神话的余波"。他也注意到了我早在1999年问世的《中国民间故事史》中对《秃尾巴老李》的别致解析,只是语焉不详。现就近几年对几个故事的追踪研究所得,特撰此文予以说明。

《中国民间故事史》中的讲述如下:

龙子之所以挨刀断尾,是被人视作妖孽,遭人嫌弃的结果。这一变异同人们对女人生龙子这一传统情节的排斥心理有关,反映了社会文明的进步在民众心理上的投影;可是它还有更深的象征意义:由于挨了这一刀,龙子就变成一条为家庭、社会所不容的"孽龙",不能不远离家乡。由此还形成了它具有叛逆意义的暴烈性情。但它孝敬母亲以及爱恋家乡的情感却始终如一。人们在此基础上进行巧妙构思,便编织出了关于这条孽龙的种种有趣故事。

总之,断尾孽龙形象的创造,是龙母故事引人注目的新发展。它虽具有上述多重内涵,然而联系明清以来中国社会历史变迁的大背景来看,这个为家庭、社会所不容而不得不以暴烈手段闯荡江湖求得生存的孽龙形象,我以为把它作为封建社会走向衰落时所出现的社会叛逆者的象征似乎更为合理。许多卷入农民战争的草莽英雄,就是它的现实原型。他们掀起的暴风骤雨使人震骇,他们被迫逃亡,眷恋故土,时刻不忘生母养育之恩的境遇和品性又令人亲近同情。孽龙成为中国民间叙事文学中一个既古老怪异而又极具现实性和人情味的独特艺术形象[1]。

关于秃尾巴龙子的一系列口头叙说,通常列入地方传说之中,实则属于神奇幻想故事。这里探求它的现实原型,似乎从学理上尚欠妥帖。我这种别出心裁的解读,是偶然间阅读蒋经国传记读物,从孝严、孝慈

---

[1] 刘守华:《中国民间故事史》,湖北教育出版社1999年版,第170页。

两位私生子的坎坷命运所激发的联想。在一本《蒋氏五兄弟》的人物传记中，讲述蒋经国于20世纪30年代在江西赣南任职时，私恋才女章亚若而生产一对双胞胎，却得不到蒋介石的认可，以致连章亚若也死于非命，只能草草安葬于广西桂林荒郊。这对苦难孪生兄弟也只能随母姓章（蒋经国去世多年后他们才认祖归宗），在蒋经国私交的庇护下逃往台湾地区由外婆抚育，历经悲苦矢志成才。1993年9月，时任东吴大学校长的章孝慈应邀前来北京参加法学研讨会，会后即前往桂林凤凰岭章亚若墓前祭扫母墓。以下就是9月4日于墓前诵读的祭词：

……
人等视我，身分殊奇。
我俩自视，常人无异。
人言生死，天命有常，
我怜我母，难忍情伤；
善果报应，证之行藏，
我悲我母，九回断肠。
灵而有鉴，幽梦还乡，
我思我母，山高水长。①

笔者初次读到这篇字字血泪的祭词，即深受激荡而热泪盈眶。其中所蕴含的因出生殊奇而使家族、社会视为异类而遭受的歧视伤痛以及对生母刻骨铭心的怀念，都展现得淋漓尽致，通达四海人心。而这种情感韵味，也正是秃尾巴龙子故事于神奇叙说中所蕴含而使人伤痛。故事主人公是因被他人视为异类而深怀悲苦愤恨，却对生母和家乡一往情深。在阅读旧中国闯荡江湖的草莽英雄的各类纪实或虚构文学作品中，人们常常为这类人物奇异不凡的身世和深邃的情感世界所吸引，秃尾巴龙子故事就其文化品类而言，也可以大体上归入其中。只是作为民间口头文学园地中的一朵山野奇花，更为神奇和朴野，别有动人的韵味就是了。

---

① 窦应泰：《蒋氏五兄弟》，东方出版社2004年版，第263页。

二、"秃尾巴龙子"的深邃内涵

民间故事传说中的英雄奇异诞生有多种型式。我主编的《中国民间故事类型研究》中,从《青蛙儿》《求好运》和《秃尾巴龙子》等几个类型的研究都可以纳入其中。就其解析方法而论,文章多从民俗学、人类学方法入手,如就秃尾巴龙子故事,学人首先就关注到它与图腾崇拜、神话意象的文化关联,并搜求出一系列古籍资料予以申说。我是赞同这一构想的。可是我在故事学研究中又常常感叹这一方法的运用有其未能完全贴近故事活态传承语境及疏离中国文学表意象征传统之处,有待进一步探索。我在《求好运》故事30年的追踪研究中,将此故事同中国人民以坚定自信、同舟共济的精神、改变民族命运的理念与实践联系起来进行解读,似乎在研究思路上迈进了一大步。因而《一个蕴含史诗魅力的中国民间故事》一书于北京大学出版社推出后颇受学界好评。现今我来解读秃尾巴龙子故事,也是基于同一构想,意图联系中国近现代激烈而动荡的社会现实,来体味揣度其中所蕴含的文化信息。我常引用《意大利童话》编著者伊·卡尔维诺的一段话:"民间故事是最通俗的一种艺术形式,同时它也是一个国家和民族的灵魂。"民众在茶余饭后随口诵读而出的那些零散的单篇故事,人们并不在意也较少关注其价值,可是像《求好运》《青蛙儿》《秃尾巴龙子》等在广大时空背景上众口传诵,其顽强生命力悠长不衰的故事,它一定同民族文化根基和中华大众的普同心态有着根深蒂固的关联,就如同"抽刀断水水更流"一样,这就有待我们联系民族文化传统和现实生活实际来体味探寻其真谛了。

刘锡诚先生作为我的同龄人和交往半个世纪的挚友,在为拙作新撰写的序文中,十分敏锐细心地注意到我研究民间故事的"诗学",他写道:

> 价值判断和诗学评价,在刘守华的民间文学,特别是民间故事研究中,是一个固有的学术个性和持久不变的特点……而这一特色在《求好运》故事的论说中尤为突出,这恰恰又是西方学者们的

"类型"建构和剖析中所缺乏的。

20世纪80年代以来,我钟情于民间故事的此类研究,在美籍华人学者丁乃通先生的亲切指导下,运用芬兰历史地理学派的类型研究方法,探求民间故事的生活史,并关注民间故事在当代的发展①,在尝试中取得的成绩受到同仁好评。现在十分感谢他从"故事诗学"这一角度所作的启迪和鼓励。又以俄罗斯梅列金斯基的《神话诗学》一书作为宝贵借鉴。我年逾八旬,已无精力就"故事诗学"作深入开拓,对《求好运》和《秃尾巴龙子》故事的解读,算是一个初步尝试。我的断想是:故事研究不能只满足于民俗学、人类学和历史地理学派的类型以及母题解析这一套,还应联系中国文学传统、中国社会历史变迁和艺术美学等诸方面来开掘其艺术魅力和社会价值。2016年6月中国民间文艺家协会举行第九次全国代表大会时,时任中宣部部长刘奇葆在致辞中着力称道中国"民间文艺是传统文化遗产中最基本、最生动、最丰富的组成部分,印刻着中华民族独特的文化记忆和审美风范,值得我们礼敬和继承"。刘锡诚先生新近问世的《20世纪中国民间文学学术史》,以一百多万字的巨大篇幅,将百年来众多学人潜心研究中国民间文学的丰饶成果汇成一部辉煌巨著,同上述论断相互印证,我以"映日荷花别样红"为题撰写书评,正是对涵盖民间故事在内的中国民间文学整体的一番礼赞。我倡导民间文学的诗学研究,就是为了使这份宝贵文化遗产焕发出更辉煌的艺术光彩,从中汲取更丰富的精神滋养。

---

① 刘守华:《关于改写民间故事的讨论》,《贵州民族大学学报》2016年第1期,第62~69页。

"求好运"故事再解析①

以编撰《意大利童话》而蜚声世界文坛的意大利作家伊·卡尔维诺在该书中文版题词中写道:"民间故事是最通俗的艺术形式,同时它也是一个国家或民族的灵魂。我热爱中国民间故事,对它们一向百读不厌。"笔者投身于民间故事研究已达半个世纪,1979年曾以《一组民间童话的比较研究》引起学界热烈反响。在深入探索中得知,这个以"求好运"或"问活佛"为篇名的民间童话或幻想故事,从20世纪初开始就受到多国学者的关注。日本的故事研究会于近年就这个故事选编了一本国际性的评论研究文集,其中也译介了拙作一篇。在中国强劲实施的非物质文化遗产保护宏大工程中,含民间故事在内的民间口头文学再次受到社会的热烈关注。本文特就这个故事的深邃内涵和巨大魅力做进一步评述,并就存疑的有关问题展开研讨。

一个巨大故事圈

这是一个怎样的故事?让我们从四川成都的《范丹问佛》讲起,它讲从前有一个叫范丹的叫花子,穷得连一升米也存不住,他便出门去问西天佛祖,自己能不能时来运转。旅途中,一家员外托他问,为啥女儿成了哑巴;路边小庙里面土地菩萨问,为什么自己多年不能升官;过大

---

① 本文是《一个蕴含史诗魅力的中国民间故事》的全文,《光明日报》国学版所刊为其摘编稿,故本篇改题为《"求好运"故事再解析》。原载《华中人文论丛》2021年第1期。笔者追踪461型故事30余年,刊出多篇论文,这篇"再解析"是内容表述最完整的结项之作,故此次编入新版文集。

河时，大乌龟托问，为啥自己修炼多年不能升天成龙。他走到西天见到佛祖，那里的规矩是问三不问四，他急他人所难，热心快肠地帮别人问清了三件事往回走。来到河边，告诉大龟，他不能升天是因为头上有24颗夜明珠压着，乌龟把夜明珠取下送给范丹，立刻升天了；范丹又告诉土地菩萨，他因左脚踏金，右脚踏银，所以不能升官，土地菩萨把金银送给他，随后当上了城隍爷；范丹又来到员外家，女儿见了他立刻开口告知父亲，"客人回来了！"范丹将佛祖的话转告员外，哑巴女儿见了亲丈夫自然会开口说话，于是员外让范丹做了上门女婿。范丹本为东汉人，桓帝时辞官不就，安于贫困，后被丐帮尊为"范丹老祖"，民间口头文学中常以范丹和石崇作为极贫极富的两个"箭垛人物"来编织故事。本篇中的范丹并非历史人物。而是乡野中极为贫困的小伙子的象征形象。因这个故事深为民众所喜爱而广泛流行，便衍生出众多情节大同小异的异文。在《中国民间故事集成四川卷》中，就把它作为"常见故事类型"列出，并载有流传于许多县市的异文篇目28个。我所在的湖北省，所采录的"求好运"故事，从1954年起到20世纪末为止，已写定刊出的文本达25篇，篇目如下：

《美丽的姑娘》，《展望》1954年第32期。

《西天行》，《湖北民间故事传说集》荆州专辑，1981年。

《单行拜仙》，《湖北民间故事传说集》十堰市专辑，1981年。

《孤儿问贫》，《湖北民间故事传说集》十堰市专辑，1981年。

《寻宝》，《湖北民间故事传说集》十堰市专辑，1981年。

《做好事不问前程》，《湖北民间故事传说集》郧阳专辑，1982年。

《好心肠的后生》，《湖北民间故事传说集》黄冈专辑，1981年。

《清官卖妻》，《阳新民间故事集》，1988年。

《唾沫姻缘》，《老河口市民间故事集》，1989年。

《放牛娃朝南海》，《谷城民间传说故事》，1983年。

《"八合米"满升的故事》，《民间文学之友》，1985年。

《黄忠问佛》，《长阳民间故事》第二集，1981年。

《西天求富》,《细柳城》,1983年。

《曹山问佛》,《应山民间文学集》,1987年。

《卫祥儿》,《巧媳妇》,长江文艺出版社,1982年。

《癞子成亲》,《湖北枝江民间故事》,1987年。

《单行好事,莫问前程》,《鹤峰县民间故事集成资料本》,1989年。

《端行好事,不问前程》,《竹溪县民间故事集成资料本》,1988年。

《曹山拜佛》,《孝感地区民间故事集成》,1989年。

《方便人》,《新笑府——刘德培故事集》,上海文艺出版社,1989年。

《奎娃问佛》,《利川市民族民间故事集》,1989年。

《叫花子朝南海》,《崇阳民间故事集》,1988年。

《王生问佛》,《恩施市民间故事集》,1988年。

《石青寻宝》,《京山民间故事集》,中国民间文艺出版社,1990年。

《百锦衣》,《神农架民间故事集》,1988年。

在上述篇目中,1999年问世的《中国民间故事集成湖北卷》选录郧阳的《做好事不问前程》和江汉平原的《"八合米"满升的故事》两篇。我直接参与了其中几篇同型故事的采录写定。

本篇故事很早就受到国际学人的重视,在检索世界民间故事的"AT分类法"中,以《格林童话》所载《有三根金头发的鬼》为代表。中国首篇《问活佛》故事,刊于1921年7月出版的《妇女杂志》第7卷第1期的民间文学专号。钟敬文先生于1931年研究撰写的《中国民谭型式》中,在45个常见故事类型中就有"问活佛"这一型式,丁乃通于1976年出版的《中国民间故事类型索引》,按国际通行的AT分类法将它编定为461型,收录20世纪60年代之前记录成文的篇目已达50例。经我进一步搜求20世纪80年代跨入历史新时期以来各地在编纂民间文学集成过程中所得鲜活资料,总量已达210余篇,它们的大体分布情况为陕西11，甘肃2，宁夏4，青海5，新疆1，河北4，天津1，山西3，河南17，湖北25，湖南10，广东5，广西7，海南1，四川35，贵州8，云南9，西藏2，内蒙古9，辽宁23，吉林5，黑龙江3，山东6，浙江4，上海2，安徽1，江西1，福建7，其他4。① 它们流行于汉、满、蒙、藏、回、土、撒拉、维吾尔、朝鲜、苗、壮、傣、黎、彝、白、畲、傈僳、布依、毛南、土家、仡佬、鄂伦春等20多个民族之中，超越高山大河的阻隔和语言、宗教信仰的界限，几乎分布在整个中国大陆，完全称得上是一个覆盖了神州大地的巨大故事圈。它在各族民间口头文学中的实际影响，完全可以和《牛郎织女》《孟姜女》《白蛇传》《梁祝姻缘》这著名的四大传说相媲美。

艺术魅力探寻

作为一个跨越广大时间的故事类型，它在中国各地和各民族中间口头传承时，又演化出大同小异显得丰富多彩的地方异文，这200多篇异文大体可归纳为三个亚型。

一是"问神求福"型。主人公为了改变自己贫穷困苦的命运，不辞辛劳出门远行，向太阳神、佛祖或道教中的仙人探问自己未来的命运，因沿途代人问事获得好报，使自己命运逆转。故钟敬文称此故事为"问活佛型"，丁乃通命名为"西天问佛，问三不问四"，金荣华则改称为"代人问事获好报"。代表性篇目有《树洞问天》（浙江）、《王小二问福》（陕西）、《太阳的回答》（甘肃回族）、《范丹问佛》（河南）、《放牛娃朝南海》（湖北）、《木呷问神》（四川彝族）等。

二是"寻宝聘妻"型。如《中国民间故事集成四川卷》中的《寻宝聘妻》：王小二爱上了柳员外家的小姐，他去提亲，柳员外要三件聘礼：

---

① "求好运"型故事的中国篇目索引，详见于刘守华著《比较故事学论考》，黑龙江人民出版社2003年版，在已出版的《中国民间故事集成》省卷本中，有几个省除选录一两篇代表作之外，还在《附记》中告知县卷资料本中的异文数量并在"常见故事类型分布图"中一一标明其流传区域，弥足珍贵。

三斗三升瓜子金，二十四颗夜明珠和一张白狐狸皮。员外挖空心思索要三件宝，本来是让王小二死了这心思，可王小二偏要出门去找到这三件宝来实现自己的梦想。在寻宝旅途中，土地爷、大乌龟和白狐狸托他代问三件事，他都热心应承下来。见到佛祖以后热心帮他人问事却把自己的事搁下。想不到土地爷、大乌龟和白狐狸给他的酬报正是那娶妻所要的三件聘礼，主人公终于如愿以偿。在这系列故事中，"寻宝"和"问事"相融合，"代人问事求好运"仍是其核心母题，情节构造十分美妙。代表性篇目有《石青寻宝》（湖北）、《三件聘礼》（湖南苗族）、《娶亲三件礼》（云南傈僳族）、《鳖仔成亲》（福建畲族）等。

　　三是"幸运儿"型。它的后半截是"问事"和"寻宝"，前半截却讲述了这个穷孩子出生后屡遭邪恶势力迫害而意外脱险的传奇经历。它也可以独立成篇，被学人编排为 AT930 型。两者串接就成为故事情节更为婉曲的复合型了。《格林童话》中《有三根金头发的鬼》是其代表。中国西南地区几个兄弟民族中都有这个亚型流传，如彝族的《淌来儿》，傣族的《寻找金牙象的故事》，傈僳族的《寻找太阳头发的小孩》，藏族的《男孩和国王》等。

　　除以上亚型外，还有将出门"求好运"和其他幻想故事题相串接，如将主人公变换成"青蛙少年"，用"百鸟衣"方式来结束大团圆的故事叙说等，从而使故事的童话意趣更为浓郁。

　　我在1979年发表的《一组民间童话的比较研究》中，联系《格林童话》，把它作为一则民间童话的经典之作来解读。经过30多年的追踪探寻，对这个已发育为中国巨大故事圈的奇妙故事来说，深深觉得需要以更超拔的眼光来赏析这件口头语言艺术精品，在编撰《中国故事类型研究》一书时我曾写过这样一段话来给予评说：

　　"求好运"是一个汇合着不同时代，不同民族的丰富智慧和情感，又以高度概括的象征方式，集中表现人类在历史长河中由屈从命运到逐步主宰自己命运的心路历程的故事。在世界民间故事海洋中，它的各种样式的单篇异文，并不特别耀人眼目；可是把它作为一个覆盖地球上多数居民的故事圈来考察，就显露出史诗般的宏伟特征，值得我们十分珍惜了。

中国民间故事类型研究

这段话在包含着 60 个中国故事常见类型解析的厚本子里，自然不会受到人们的特别关注。而在我，却是反复揣摩所得；近日系统阅读清理有关这个故事的 200 多篇异文，更强烈地感到它确实具有"史诗般的宏伟特征"，应抓住"史诗魅力"来认真赏析它的文化内涵与艺术魅力。

1. 中国近现代流行的"求好运"故事的突出特征是表现了主人公积极进取，奋力向命运抗争的精神。故事的主人公均为处于社会最底层的穷苦小伙子，他们不但自己贫困，还屡代受穷，因此绰号就叫"穷八代""穷九代"或"穷十代"，受尽困苦与欺凌，故事名称就叫"八辈穷""十代穷""穷汉问佛""十穷去西天""小旦儿穷八辈""叫花子朝南海"等，湖北、河南故事中还特地穿插了一个老鼠偷米的开头，说小伙子每天讨米回来本想积攒一点，可装在量米的升子里却总是被老鼠偷吃。他抓住老鼠，老鼠告知他："命中注定八合米，走遍天下不满升。"这是命中注定，它来偷米是土地爷所差遣。小伙子不服气，于是下决心出门去寻求好运。结尾是"八合米原来不是命中注定，走遍天下是可以满升的"。朝鲜族金德顺老大妈所讲的《找福》，开头也是阿妈妮每天总是对儿子说："你这个没福的孩子啊，生来就是受苦的命！"儿子长到十六岁时对这话厌烦起来："我就不信福分是命里注定的，我一定要找到福，找不到福就不回来见阿妈妮。"那些寻宝聘妻故事，也是由于穷小伙子提亲时，员外家以索要几样宝物作聘礼来刁难穷小伙子，他不死心："我偏偏要到西天去走一趟，拿三根金头发来给他看看！"不论故事情节是问事还是以寻宝为中心线索，其终极意愿莫不是为了寻求幸福，改变自己贫困不幸的命运。处于社会底层的穷小伙子，不畏艰难险阻，跋涉远行，以求改变自己贫困不幸命运的强烈意愿，洋溢在故事叙说中。所以我在多年研究中认定，以"求好运"作为它的类型名称最为恰切。

本故事的中心虽然是"求福""问贫"，而叙说的事件却是帮他人问事解难。按"问三不问四"的规矩，每个故事都提出了人世间的三个难题并获得完满解答，这问与答虽是由童话艺术的诗意幻想所构成，却饱含耐人寻味的社会历史意蕴。

最为普遍的答问是：河里的大乌龟为啥修炼千年不能化龙飞天？回

答是头上压着三颗宝珠；门前的苹果树为何只开花不结果？回答是树底下埋藏着金银；土地爷为何在神仙世界不能升官？回答是因他左脚踏金、右脚踏银。这些问答含有摒弃贪欲的宗教哲理意味，托问者将金银珠宝施舍得以功德圆满，穷小伙子也由此脱贫得福。

另一个最普遍的难题是那位美丽少女为啥成了哑巴姑娘？回答是她见了自己心爱的人就会开口讲话。穷小伙子返程时女孩子见了不禁开口笑迎，于是他俩结成了一对美满夫妻。这个遍及所有"求好运"故事的母题，并不只是表层含义——因乡间贫困儿童生长发育不良而多哑女，其实它意在赞许女孩子的自主择婿，叙说中含蓄着积极的人文精神。

还有一些答问解难源自人类生产经验的科学概括，如甘肃回族的《太阳的回答》，少年帮乡亲问事，羊毛长得太长了羊群走路难怎么办？太阳奶奶回答是每年用剪刀剪两次羊毛，剪下的羊毛有多项用途；又问，人拉木犁耕地吃力怎么办？太阳奶奶回答是在木犁头上套上铁铧再加上牛拉就省力了，从此在人间兴起剪羊毛和用铁铧犁头耕地的技术。这里已不只是童话叙说，而是对人类劳动生产技艺在实践中逐步迈进的历史记述了。

总之，在中国各族民众盛传的"求好运"故事中，不仅洋溢着人们渴望改变贫困命运的强烈意愿，还有寻求对人们生产生活中迫切难题的解答来实现求福的梦想。所询问的对象从太阳奶奶、如来活佛到其他仙人，这不用说同民间的宗教信仰有关；但作为主体叙说的问事解难情节，其实质并非从宗教义理中来解脱人世苦难，而是从这些宗教偶像身上寻求破解具有现实象征性的种种人世难题。他们在故事中所扮演的，其实都是"智慧老人"的角色，主人公在他们的启示下，找到了治病的奇方和开发自然财宝的奥秘（让枯井出水，水中鱼鳖吐珍珠等），并以此来帮助他人，获得好报。这样，主人公的"求好运"，就不是简单地寻求命运之神的庇护，而有了更积极的意义。

作为农业大国的中国，"重土安贫"的传统观念长期被广大农民所因袭。可以说直到20世纪80年代迈入改革开放的历史新时期，我国才掀起上亿农民进城务工以改变自己在乡村世代受穷命运的新浪潮。联想到民间早已盛传的"求好运"故事,从其间所蕴蓄的不畏艰辛出远门寻求好运的强烈意愿,不就是这些新时期农民在神州大地奋力求福的精神内核么?

2."求好运"故事的另一个突出主旨是"代人问事获好报",不论是出门求好运,还是寻宝物娶媳妇,主人公在旅途中都是热心接受他人的委托,毫不犹豫地把别人托付的事放在前头,结果在别人的酬报中自己也交上了好运。这类故事多篇以"但行好事,莫问前程""做好事不问前程""与人方便,自己方便""方便人"为题,并以"单行"或"端行"作为象征性的人名,都是为了突出故事的主旨。穷小子出门到远方去寻求幸福或好运道,他不是靠损人利己而是在乐于助人赢得他人酬报中使自己也受惠得福,作品中鲜明地贯串着同舟共济、和谐得福的崇高思想。我在研究这个故事的过程中,鄂西农民陈朝文曾热心提供了一个当地流行的石印宣讲善书本子《方便美报》给我,主角虽然由穷小伙子改换成了富家落难公子,其主体情节仍是在自己逃难旅途中热心帮助家有哑巴女孩和怪异鸡犬,以及修炼千年不能腾飞升天的老龙,向佛祖问事,将答案告知当事人,得宝物酬报而成为"进宝状元",终于时来运转。文本中写道:"岂不闻与人方便,就是与自己方便,行好终须好,作恶有恶报。"具有浓厚伦理教化特色的宣讲"宝卷"或"善书"的活动,明清以来在中国城乡曾盛极一时,《金瓶梅》中就有生动叙说。民间一直持续不断,湖北的"汉川善书"近年还列入了国家级的非物质文化遗产保护名录之中。"求好运"故事改编成《方便美报》善书体裁,以另一种更富有道德教化色彩的体裁向大众普及,更增强了它的社会文化价值。

不屈从于世代受穷的命运,坚韧执著地走向广阔天地去寻求好运道;"与人方便,自己方便",在先人后己热心帮助他人的过程中使自己获得幸福。这个在中国各族民间口头传承久远,充沛滋润大众心田的"求好运"故事,难道不值得我们置于中华民族伟大复兴的"精神行囊"之中而倍加珍视吗?

中国故事与同型世界故事

和中国"求好运"故事的情节结构相类同的作品，从19世纪初叶问世的《格林童话》开始，记录成文的各国异文已达500余篇（不含中国），仅在芬兰就采录到177篇。从1916年芬兰学者阿尔奈发表《有钱人和他的女婿》这篇论文开始，美国的斯蒂·汤普森、德国的蒂勒和艾伯华、日本的关敬吾、中国台北的金荣华等，都对它做过研究评述。我从1979年起，追踪考察这个故事，已刊出6篇文章。它被故事学家作为"命运谭"，列为AT461型，已成为一个世界性的巨大故事圈和口头文学经典之作。从关于本故事专题论文集中选出的《问题之旅相关先行研究和今后的课题》这篇重要论文，就给我们概述了20世纪中各国学者对这个著名故事的考察所得。但其中很少涉及同型中国故事，本文除依据笔者30年来搜求所得200多则中国异文评述其魅力与价值之外，在这里也就中国"求好运"在这个宏大世界故事圈中的重要位置再次进行探讨。

首先，笔者不能不提到敬爱的美籍华人学者丁乃通先生（1915—1989）1984年5月在我就这个故事的不断追踪向他求教时，他从遥远的美国西伊利诺伊大学写来的这封信：

> 我本人对此题的初步概念是：中国的说法不可能全是脱胎于印度的，因为中国的461型，开始是主角为了向小姐求婚，才非得觅宝不可。这种开端是欧洲的典型，在印度是没有的。中国的461型宗教意味较浓，可是它的特征"问三不问四"，在印度似乎也没有。你假若要比较中印两国的说法，当然是好的，可是了解中国的传统，在我看来并不需要把印度的说法作为前提。此故事圈在印度的说法，似乎只有21个，但在中国流传的，拙作《中国民间故事类型索引》上已列出40多个，加上你发现的，已有100个左右。再过几年，你一定会有更多的收获，足够写一篇有价值的研究论文了。假如我是你的话，一定会先把中国的说法整理成一组，用历史地理法探测传播地区及方向，起源民族及地域，原始形式及意义，尤其要查找古

书里有没有这样的故事。先把中国的来龙去脉弄清楚了，再研究别国的传统也不迟。

丁乃通教授长期在美国大学任教却钟情于中国传统文化，特别是民间故事，曾单枪匹马以十年心血编撰出一部巨型的《中国民间故事类型索引》于1976年在芬兰出版，成了国际学人检索中国民间故事的通用工具书。20世纪80年代初以高涨的爱国热情，在民间叙事研究领域，架构中国和欧美学界的友谊之桥，又多次来中国大陆访问讲学，我就是在他的直接教诲下投身于比较故事学研究取得相关成果的。他鼓励我坚持不懈地把461型故事研究透彻，启示我既要通晓它的世界传播情况，更须着力于中国传统的探求，我一直铭记于心。

地球村中时空相距遥远的处所常常流行内容大同小异的民间故事，成为吸引众多学人费心破解的一个文化之谜。比较文化学家认为它们大体由三种原因促成，一是平行类同，不谋而合；二是同出一源，同源分流；三是传播交流，互相影响。芬兰历史地理学派从文化交流的历史地理线索上来探求故事流动的奥秘，深受学界赞赏。有关西方学者认定，一些简单的情节单元，常有不约而同的现象不足为怪，但是，由几个情节单元组成为比较复杂的情节，如果在不同地区有相同的情形，则就不得不信其为同一故事在不同地区的流传所造成的了①。将中国"求好运"故事中的几个母题及母题链构成序列同他国同型故事相比较，精巧之处是那么相似，只能用同出一源来解释较为合理。由于印度佛教传入中国并影响中国民间文化已有两千年之久的悠长历史，源自印度的同型故事传入中国并生根开花就是一种合理推论了。台北中国文化大学的金荣华教授和我就由此思路追索，找到了可作为本故事原型看待的两部古代汉译佛经文本。一是出自《六度集经》中的《童子本生》，讲一个命中注定要交好运的穷孩子，屡遭富人迫害，仍在颠沛流离中获得意外美好结局。它是佛本生故事的一种，那个幸运儿就是佛陀之化身。由三国时期吴地

---

① 金荣华：《禅宗公案与民间故事》，中国口传文学学会（中国台北）2005年版，第135页。

高僧康僧会汉译，时间约在公元3世纪。此篇也由巴利文《本生经》译成傣文传入云南地区，成为著名的傣族阿銮（暖）故事的文本之一，篇名是《阿銮吉达贡玛》。二是出自《贤愚经》中的《檀腻羁品》，讲的本是一个贤明国王智判奇案的故事，也是佛本生故事之一，那个农民旅途中代他人问事获得明智判决，从而在他人酬报中转祸致福。它是公元8世纪时唐代僧人昙学等8人在新疆于阗佛寺中听西域高僧讲经说法时，将听课笔记译成汉文所成。那些在中国各地世代口头传承的"求好运"故事，单个文本之原初形态已难以追索，例如云南傈僳族的《寻找太阳头发的小孩》，整体结构乃至某些细节。和《格林童话》中的《有三根金头发的鬼》有着惊人类同之处，我找到故事的搜集整理者祝发清、尚仲豪，他们那时是云南省少数民族语文指导工作委员会的工作人员，于1983年12月1日从昆明来信回答此故事的构成流传情况时说：

  《寻找太阳头发的小孩》流传于我省怒江傈僳族自治州碧江县一带。讲述人和大光，是个初中毕业生，现在中央民族学院附中读书。据他说，这个故事是他小时候听爷爷讲的，爷爷是个勤劳善良的农民，种了一辈子地，没有出过远门，更没有到过缅甸。他的家乡是碧江县第五区，位于怒江东岸，是个傈僳族聚居区，没有其他民族杂居，过去经济、文化比较落后，现在交通也不方便。碧江县虽然是个边境县，但其境外也多是傈僳族。而五区位于江东，离缅甸更远。从这个地理位置来看，这个故事从缅甸或印度传入的可能性不大。即使从境外传入，也还是本民族的故事流传。

  我们搜集这个故事是用傈僳文记录的，然后再翻译为汉文。和大光讲述的故事情节比较完整，我们据以整理成现在这个故事，人物、情节均没有变动，基本上保持了原来的面貌。我们在搜集整理这个故事时，没有听说或看见过彝族的《淌来儿》，也没有看到过《格林童话》中的《有三根金头发的鬼》。这三个故事的基本情节是这样的相似，的确是一个很值得研究的问题。

  傈僳族民间文学中有许多太阳的故事，男女青年谈情说爱的情歌中也唱太阳。他们把太阳视为崇高、圣洁的化身，把太阳金芒幻想为金头发是合情合理的。渡船夫的形象，在傈僳族民间文学中也有很多。因为傈僳族就聚居或散居于我省的怒江、澜沧江、金沙江两岸，自古以来靠绳索和木船作为交通工具，因而民族故事中产生渡船夫的形象也是不难理解的。

他们就云南偏远地区傈僳族口传"求好运"故事传承语境之说明，十分珍贵难得。看来我们想从个案传播方面来追溯它们的源流很难找到真切答案。只能将中华文化史中深入广泛的中外文化交流和灿烂辉煌的文化创造两者结合起来做深入探究。下面让我们从故事形态的比较中进一步赏析中国"求好运"故事的感人魅力，既注意到它在世界故事圈中的某些类同性，更应着力探求其中华文化根基。

AT461型故事的主旨是对命运的探求。日本著名学者关敬吾将它命名为"命运谭"是很确切的。俄罗斯19世纪著名作家车尔尼雪夫斯基曾讲："古希腊人有过一种生动而纯真的命运的概念，直到现在许多东方民族中还存在着；它在希罗多德斯的故事、希腊神话、印度史诗和《天方夜谭》等等中占有统治地位。在希腊人看来，命运就是一个憎恨人类的女人。"这个凶恶的命运女人最爱伤害聪明、善良、幸福者，常常"幸灾乐祸地证明我们在她面前是多么无力，并且嘲笑我们想同她斗争，逃避她的努力是多么微弱而无用"①。故在印欧语系的民间文学与作家文学中，常以人类命运探求为中心主题。461型故事的多国异文，以大同小异情节所叙说的中心就是社会邪恶势力想改变主人公在命运之神庇护下应交的好运而未能得逞。就同情弱者抗争邪恶的思想倾向而论，自然是富有积极意义为广大民众所赞许的，可是对命运女神的顺从却有着明显的思想局限性。中国的"求好运"故事，都没有凶暴与人为敌的命运之神出现，主人公全是出身穷困的小人物，而且常常是外号"穷八代""穷九代""穷十代"，屡代受尽贫穷而满怀愤恨不平，执意要改变穷命谋求幸福的年轻人。故事中主人公以执著努力去改变贫穷命运的精神表现将

---

① ［俄］车尔尼雪夫斯基：《生活与美学》，周扬译，人民文学出版社1959年版，第25页。

十分鲜明突出,请看贵州《十穷去西天》的开头:"我家为什么这样穷呀?穷了十代了,还是身无分文,米无半缸,老天爷太不公平了!我一定要到西天去问问天神,为哪样我这样苦?"许多篇故事中都以决定改变屡代受穷命运的强烈心愿来撼动人心,这就与他国故事迥然相异了。从童话主人公身上,我们难道不能看出其间有着现今不惜饱含艰辛离乡背井出外务工以求改变贫困命运的上亿农民的身影吗?

中国故事的另一突出特征,是在主人公问事求福情节上,特地设置了"问一不问二,问三不问四"的禁忌,恰好旅途中已有三人托他问事,这样就有了"问自己的事,就不能问别人的事"的两难选择,从而突出了主人公"先人后己",宁可舍弃为自己求福的意愿,也要成全他人的托问,从而彰显出了"做好事不问前程""与人方便,自己方便"的中华美德。这个遍及中国故事的节外生枝,也是意味深长地倾注了注重伦理道德的中华文化精神。

中国故事通常被中外学人以"问活佛"作为类型名称,于是人们误以为它是一个着重表现佛教信仰的故事。现有写定的书面文本中,确有不少以"问活佛"为篇名。而故事学家以它为概括性类型名称,究其来源则是由于20世纪二三十年代所刊出的早期文本,就以"问活佛"为篇名有关。积累至今的200多篇异文,"问太阳""问活佛"和问道教仙人,乃至向清真寺阿訇、乡间土地神和山野修炼帕拉西等等问事求福的都有,涵盖了民间宗教信仰中的多位神圣与修道者。其中最值得我们注意的并不是活佛,而是太阳神,如浙江的《树洞问天》、云南傣族的《太阳公主》、云南傈僳族的《寻找太阳头发的小孩》、甘肃回族的《太阳的回答》、青海藏族的《株本的来由》等。我们在前面提到傈僳族故事时,已经介绍过采录者对傈僳族民间信仰中崇敬太阳,因而将太阳姑娘形象引进故事的文化语境。这里还想补充一点,中国普遍流行的道教信仰中就盛行太阳崇拜,道教经书中,就有《太阳真经》,经文唱:"天上无我无昼夜,地下无我无收成","不是我生甘露水,万物草木难发生","有人传我太阳经,全家大小免灾星"。赞颂太阳的民俗仪式与口头诗歌和故事盛行于各地长久不衰。"求好运"故事以太阳神作为问事求福对象,正是中华民族固有文化事相的显现。

中国的传统文化支柱，由宋以前的儒释道三教鼎立，后世演变为三教合流。"求好运"故事中，"问活佛"和"问观音"，也可以随意置换为"问天神""问土地"，这表明，民间的佛道信仰之间并无太大隔阂。而文化根基最为深厚的说法则应该是"问太阳"。我甚至认为，这个故事渊源于中国古代的太阳神话，"由追逐太阳，祈求太阳神护佑，演变成问天或问太阳，就有关人类生存的重大问题探求答案，渴望主宰自己的命运；随后又将这种探求同热心助人结合起来"，于是构成现有的叙事形态了①。

本故事的主体情节虽是问神求福，其实佛道信仰不过是一种文化色彩，不论是太阳姑娘、如来佛还是土地菩萨等，他们都不过是智慧老人这个文化原型的具象化罢了。他们并没有以自己的什么神通直接赐予主人公以财宝或魔法来转变命运，只是告知他们一些自然界和人世间的奥秘，实现了主人公助人解难的美好意愿，在"与人方便，自己方便"的互利互惠中获得了好运。

中国"求好运"故事的构造传承，还有一个重要特征是它和通俗文学的交融，以多种体裁转换嫁接，更显根深叶茂。一位农民朋友曾提供一本据这个故事改编的善书本子《方便美报》给我，告诉我它不只是一个口头即兴讲述的故事。据《中国宝卷总目提要》所录，据此改编，题为《时运宝卷》《西天参佛宝卷》《活佛宝卷》的通俗文学文本达25种之多②。

它和明代成书的著名长篇小说《西游记》也有明显的互动互渗关系。《西游记》第49回写唐僧师徒一行往西域取经过通天河，那只白鼋将他们师徒驮过大河之后，曾托问自己何时可脱去本壳修炼成人身，请佛祖给予回答。到第99回唐僧取经回来再过通天河，因忘记此事无法交代，

---

① 刘守华：《一个故事的追踪研究》，《民间文学论坛》1989年第2期。
② 车锡伦：《中国宝卷总目提要》，台北市中研院文哲所图书文献专刊1991年版，第206页。

以致老鼋生气将他们一伙掀下水去，险些毁尽前功。这一情节在另外两种《西游记》刊本，即杨致和编撰的《西游记传》和朱鼎臣编撰的《唐三藏西游释厄传》中也有大致相近的叙说。这是"求好运"故事在中国书面文学中的首次记述。由此可以看出这一故事早在那时就已广为人知，并受到文化人的重视，吸收到通俗小说的创作中来。在改编或再创作中，不但使故事情节更丰满精巧，尤其是将唐僧西天取经的历史壮举与之会通融合，其文化内涵与艺术魅力就大大增强了。这在流行AT461型故事的其他国家都是绝无仅有的事。这样。我们现在评说"求好运"故事，就不能囿于欧美学者的民间文学界说，只把它作为一件表现底层民众心态的单纯口述故事来看待，而应该像卡尔维诺所说的，既将它看作是最通俗的艺术形式，同时又看作是民族心灵的窗口。

在这里，我们不能不提到美国著名汉学家艾伯华所写的《近东和中国民间故事研究》[①]一文，艾伯华曾于1937年出版首部《中国民间故事类型》一书受人称道，可是这篇论文关于中国461型故事完全源于近东（土耳其），传入中国东南沿海地区后并未化成中国民间故事血肉的论断，却是主观臆断无法使人赞同的。

他那时只见到了出自东南沿海广东、浙江地区的几例"问活佛"故事，将它们和土耳其故事相比较之后，因其情节结构相类似，便认为："它的诞生地一定在近东，很可能在伊朗。由于在中国它只在沿海流传，不可能经由土耳其斯坦传入中国，一定是从海上传入的。很可能在15世纪来到了中国。"在中国经过民间文学普查，积累的同型故事已达200余篇，已知其分布遍及东西南北全境，并探求到它同汉译佛经故事存在一定历史关联的情况下，上述艾伯华先生关于中国故事的近东起源说，就无须赘言了。

艾伯华先生关于民间故事的跨国比较，提出除注意它的情节结构是否近似，还应注意故事母题和母题序列是否嵌入了该国"文化的一般框

---

① 周发祥编译：《中外比较文学译文集》，中国文联出版公司1988年版，第34～43页。

架"，这个说法作为理论框架诚然不错，可是他在具体论述中，将中国故事中水中鱼龙托问怎样才能飞升上天，果农托问苹果树为何只开花不结果，员外托问哑巴小姐何时才能开口讲话，这些由中国社会生活与文化土壤上提炼得来的常见母题，认为它们并"没有嵌入中国民间故事的主体"，是并不适合中国"一般文化框架"的纯粹进口货。其对中国历史文化与中国民间故事本相的偏离误解就显而易见了。

综上所说，存活于中国各族民众口头心间的"求好运"故事，作为幻想故事或民间童话故事，在朴野单纯的叙说中，蕴含着富有象征性的丰厚文化意蕴，达到诗意与哲理的巧妙融合。将口述材料记录写定的那些单篇文本，一篇一篇来读所得印象也许平淡无奇，可是把它作为覆盖中国大地由各个兄弟民族众口传诵、有着几百篇异文和多种载体的叙事作品联结成为整体来看，再联系中国大地涌动的民工潮来体味它的深厚中国文化意蕴，它的史诗魅力与价值就更为彰显，值得我们作为中国民间文学难能可贵的精美之作来看待了。

近日再次细读"求好运"故事，从它的中国亚型所突显的"先人后己""与人方便，自己方便"的中华美德，深入探求其文化根脉，不禁联想到古代墨家"兼相爱，交相利"的著名学说。《墨子》主张，为贤之道就是"有力者疾以助人，有财者勉以分人，有道者劝以教人。若此则饥者得食，寒者得衣，乱者得治"，"爱人者人必从而爱之，利人者人必从而利之"①，如此就能达到社会和谐的境地。任继愈先生著《中国哲学史》特地引述了"有力者疾以助人，有财者勉以分人，有道者劝以教人"这三句话以明"兼爱"之说②。"求好运"故事中穷小伙子代人问事是以力助人，受惠者以财宝相酬报，解答难题的智者则是以道教人，这样的叙说程式同墨家的"兼爱"说恰相巧合，其间所含文化根脉之关联，岂不耐人追寻么！

---

① 《百子全书》第5册，《墨子》卷二，浙江人民出版社1984年版。
② 任继愈：《中国哲学史》第一卷，人民出版社1963年版，第101页。

"求好运"（访谈录）
——一个有史诗意味的中国故事[①]

被访人：刘守华　访谈人：董中锋

从1979年起，民间文学学者刘守华便开始了对"求好运"故事的研究，并在国内不同地区各民族中搜集了几百篇同母题的文本（异文）。在其近著《一个蕴含史诗魅力的中国民间故事》（北京大学出版社2016年版）中，学者刘锡成赞其为"30年的追寻史"。年逾八旬的刘守华多次说他是幸运的。就个人经历而言，个人兴趣、工作职业和社会责任这三者能够统一，很多人都没有这样的幸运。这是他几十年能在这个岗位上坚持下来的重要原因。

对农民生活和心理的深切体察，是刘守华民间文学研究的基础，也是他研究的一大特点。他用30余年的时间追踪研究"求好运"故事，不仅认定它是一个表现人类在历史长河中由屈从命运到逐步主宰自己命运的心路历程、含有史诗意蕴的故事，而且还提出从中国古代墨子的"兼爱"学说里可以找到它的中华文化基因。

刘守华1935年出生在江汉平原的乡村，参加过土地改革，做过土改工作队队员。1958年下放到农场，1963年参加"四清"。他担任过十年湖北省民间文艺家协会副主席和主席职务，经常下乡进行田野调查，对农民生活和心理有深切体察。2013年刘守华被湖北省委宣传部、省文联授予首届"十佳民间文化守望者"称号。近日，刘守华对笔者讲述了他

[①] 原载《中华读书报》2016年8月3日。

的学术经历。

"在洪湖搜集整理革命歌谣是我从事民间文艺的开端"

我小时候生活的湖北沔阳（现在的仙桃市），是江汉平原的乡镇。我出生在一个乡村知识分子家庭，正规的初中只读过一个学期，主要是在私塾读书，生活在乡村里边，听了很多故事。那里民间文艺很丰富，比如演皮影戏、花鼓戏，讲民间故事，这样一些群众性的表演活动很多。当时还没有收音机，没有电影电视，但这些传统的民间文艺给了我很深的影响。我小时候很喜欢听故事，这对我后来研究民间故事打下了一个很好的基础。

1950年就读沔阳师范学校（曾经改为洪湖师范学校），那是个老革命根据地，当时搜集发表洪湖革命歌谣成为风气，因为这些老革命根据地的革命歌谣很发达。我被抽调去办改革土地展览会，组里安排我把革命歌谣搜集起来，一方面是为了展览，供大家参观；另外从这个时候起，我也喜欢民间文学，并且实际地进行了民间故事的搜集工作。我现在还保存着1953年的一个红皮笔记本，那里面记了几十首搜集的民歌。后来我把两首民歌寄到《说说唱唱》上发表了。

因为是读私塾出身的，我的数理化基础比较差，语文基础好。在那种气氛下，我开始接触民间文学和民间文学有关理论，当时读到的第一本书就是钟（敬文）老编的《民间文艺新论集》，我现在还保存着这本书，那是我的民间文学启蒙教材。

在洪湖搜集整理革命歌谣是我从事民间文艺的开端。除了在《说说唱唱》发表两篇歌谣以外，我还在1952年10月1日的《湖北日报》庆祝国庆专栏里发表过一篇《洪湖渔民的歌声》。把搜集的歌谣不仅作为歌谣发表，还把它写进散文，也搜集过一些故事在一些散文杂志上发表过。1953年，中师毕业就保送到华中师范学院（现华中师范大学）上大学。当时没有民间文学这门课程，但有个这方面的老师，教我们自学民间文

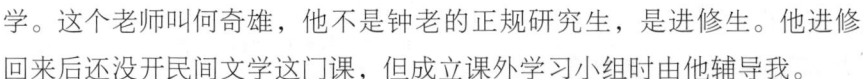

学。这个老师叫何奇雄,他不是钟老的正规研究生,是进修生。他进修回来后还没开民间文学这门课,但成立课外学习小组时由他辅导我。

1956 年,中央号召青年学生向现代科学进军,很多青年脱颖而出,包括李希凡、蓝翎。我在学习钟老关于民间文学的论著中,知道民间文学和作家文学是有区别的,和作家文学表现个人思想感情的风格不一样,必须保持民间文学的原汁原味,贴近它的本来形态。当时,报刊发表的民间文学有的比较忠实于民间文学的面貌,有的改头换面。所以我就发表了《慎重对待民间故事的整理编写工作——从人民教育出版社整理〈牛郎织女〉和李岳南同志的评论谈起》那篇文章,受到大家的关注。当时有两种意见,一种是支持我的,一种是反对我的。跟我思想相同的是刘魁立,他当时在莫斯科大学读书,他比我的观点更激进,主张按照苏联民间文学的要求,对口述记录一字不动。我那时候还不懂得这些,只是依据我搜集洪湖民间歌谣中的体会,觉得要忠实于原著,忠实于原来的风格。当然意见有点粗浅,但基本的方向是对的。20 世纪 80 年代,我到省里去编中学课本,从人民教育出版社得知,我批评讨论的那个作品是叶圣陶先生改写的。后来,我就这个事情也进行了反思,写过一些文章。我主张慎重整理是对的,这个思想后来也为民间文艺研究会所吸收。但我的观点还是有片面性,民间故事也是可以改编或再创作的,我把整理和改编混淆起来,没有把学理说清楚。

"研究民间故事就像开挖一口油井"

大学毕业以后,我很幸运地留校了,并被安排从事民间文学专业研究。1960 年开第三次全国文代会的时候,我作为湖北省的民间文学代表参加,之后正式从事教学工作。我用的第一本教材是 1960 年学校自编的,用的是草纸,由何奇雄老师指导,我跟着他一起编写的。我从事民间文学教学,中间中断过,曾教过当代文学,"文革"后又归队。我这个人的经历有一些特点,就是个人兴趣、工作职业和社会责任三位一体,比较幸运。很多人没有这样的幸运。这是我几十年能在这个岗位上坚持下来的重要因素。尽管中间有些曲折，"文革"中有人找我到省委写作组去，我没有去。我还是喜欢教学、读书、写书。

如果说我能够出些成绩，主要是因为兴趣、执著，执著到接近痴迷的程度。2002年，在去湘西山区考察民间文化时遭遇车祸，处于休克状态，完全丧失记忆，经抢救康复后仍不改初衷。

回顾我的学术生涯，我一共发表了四百多篇大小文章，出版了十几本书。这十几本书里头，有六本影响比较大。第一本《谈革命故事的写作》是20世纪70年代写的，80年代改名为《略谈故事创作》。后来作为学术著作出版的《中国民间童话概说》。这本书最初写在练习本上，是我读大学时候开始写的，反复修改了五六次，直到20世纪80年代初才整理成书。第二本是《比较故事学》（最后改为《比较故事学论考》）。这是我在新时期从事故事学研究最主要的成果，也是社会反响最大的一个成果。第三本是《中国民间故事史》，花了七八年时间一气呵成，可以说是我的代表作，也是大家比较熟悉的一个成果。第四本是《民间故事类型研究》，是我申请的国家教委"九五"规划重点项目，由我主持设计，约请了几位同仁合作。按60个类型来写，实际上是民间故事史的续编，或者是个补充，因为民间故事史主要讲古代故事，按历朝历代顺序讲下来，而故事类型研究讲的是新时期还活着的故事。第五本是《道教与民间文学》。因为民间故事和宗教联系密切，民间故事很多情节、人物形象都和宗教有关，所以我就加入到道教文化的研究领域，丰富了我的民间文学知识和感受。如果探索民间文学对宗教的影响，光道教是不够的，还有佛教。佛教虽然是外来宗教，但它对中国民间文学有深刻的影响，所以我又加进了佛教，在上海古籍出版社出版了《佛经故事与中国民间故事的演变》，这是第六本书。

我归纳出自己的一个特点就是，研究民间故事就像开挖一口油井，不断从不同角度、不同视角进行深挖，希望有新的发现、新的开拓。我开始是研究民间童话，后来研究道教、佛教文化与民间故事；故事史是全面地清理中国故事，按照纵向的历史时期安排；类型研究实际上是故事史的扩展，从历史故事到活态故事；比较研究主要是跨国、跨民族以及跨学科比较。

"追踪研究是我的特点之一,是一种执著,
是对某些个案的不断追踪"

　　从方法上来说,对一些民间文学代表作的追踪研究是我做得比较多的,有些学者也注意到了这一点。民间文学的好多东西不可能一下子弄清楚,我就不断追踪、不断搜求新资料,用一些新的方法、新的理论,围绕个案进行深入钻研,这是我的兴趣,也是特点。比如"求好运"的故事,是我从事比较故事学研究贯彻始终的东西,从1979年发表《一组民间童话的比较研究》到2012年在《光明日报》上发表《一个蕴含史诗魅力的中国民间故事》,前后经历了30多年,发表了七八篇文章,汇集了国内外一些有代表性的资料和学术成果。我研究故事并不是一开始就很深入,而是自己一边学习一边发现新的材料,其他学者有新的发现我也参与讨论,逐步深入。

　　另一个典型个案是评论《黑暗传》。《黑暗传》是一部歌唱古神话的长诗,我于1984年写评论推荐它,后来被评为国家级非物质文化遗产。我也是不断地搜求原始资料,前后经历了很多年,也把它们编成了一本书,在台湾地区出版。追踪研究可以说是我的特点之一,是一种执著,是对某些个案的不断追踪。

　　对于所研究的问题我能够完全沉浸在里头,思绪不断,恒久琢磨,才有所领悟。把解开谜团作为一种乐趣,这是一个原因。另外这里面有个理论和方法的问题,理论上要不断地学习探索,开阔视野,奋力趋前,把学问做活做深。

　　中国民间文艺学的学理与方法呈多元态势,通常在历史唯物主义的主导下,以社会历史批评方法来作研究,也吸取民俗学研究、民族学、人类学等多学科方法。我做故事学研究,曾尝试运用比较文学方法作跨国、跨民族、跨学科研究,吸取芬兰学派的历史地理方法作类型研究、母题剖析,后期也借鉴俄罗斯的历史诗学传统,从诗学的、审美的角度来探寻民间故事的艺术世界，因而被学界同仁认定存有"诗学情结"。不过这些方法都必须和中国实际相结合，不能生搬硬套。如和中国的宗教信仰相结合，和中国的作家文学、通俗文学相结合，和中国的历史文化紧密地相结合，这个很重要。以国外的口头诗学理论方法为例，纯粹口头的东西在中国恐怕不行。我去下面调查，到故事家刘德方家里去的时候，他的床头就放着《隋唐演义》。他讲的是地道的民间故事，但又在看《隋唐演义》。有些故事家本身就是和尚、道士。有些故事家一边讲故事，一边还敲锣打鼓，说说唱唱。像这些必须联系中国实际来吸收国外的学术成果。

"民间文学要贴近底层人民的生活与心理，能不能深入体验是关键"

我觉得，民间文学很重要的一点就是对民间生活、底层人民的生活与心理要比较贴近、接地气。能不能很深入地体验是关键。故事是表现民众生活、心理的，是人们心灵的一种写照，是民众心灵的一个窗口。我在民间文学研究上之所以有些成就，比较贴近农村和农民的实际可能是一个重要原因。我从小就比较熟悉农村，后来土地改革的时候我下乡做过土改工作，住在农民家里。1958 年下放到农场，1963 年参加"四清"，和农民"三同"（同吃、同住、同劳动）。后来我担任湖北省民间文艺家协会主席，当了十年副主席、十年主席，经常下乡进行田野调查，接近乡野民众，对风土人情比较了解，所以能够深切地感受到民间文学作品里头表现的思想感情。如果我没有这些经历，就不可能对民间文学体会那么深。

我研究的"求好运"的故事，讲的就是一个穷八代的农民穷得走投无路了，最后下决心去改变自己的命运。这种改变不是靠撂倒别人，而是靠帮别人、做好事后来又在别人的帮助下改变了自己的命运。我将这个故事联系到这些年的民工潮来思考，千军万马进城打工，克服种种困难，不就是为了改变自己的命运？对这样的故事，设身处地地站在世代

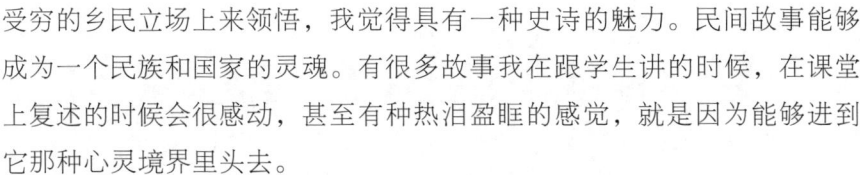

受穷的乡民立场上来领悟,我觉得具有一种史诗的魅力。民间故事能够成为一个民族和国家的灵魂。有很多故事我在跟学生讲的时候,在课堂上复述的时候会很感动,甚至有种热泪盈眶的感觉,就是因为能够进到它那种心灵境界里头去。

对很多故事我能通过故事情节联系到它的语境,领悟到它的奥秘。包括"求好运"的故事,就单篇故事来看好像很简单,但全中国那么多地方、那么多人都在讲这个故事,而且都这样讲,可见它是一种民族心理,这就是故事的奥秘和生命力。

"求好运"的故事表现的是人类在历史长河中由屈从命运到逐步主宰自己命运的心路历程,含有史诗的意蕴,从中国古代墨子的"兼爱"学说里头就可以找到它的中华文化基因。我之所以一而再再而三地写文章探讨"求好运"的故事,就是因为对农民的困苦和农民渴望改变困苦命运有深切体会,再加上故事本身与人类命运共同体有关。兼爱互利、共谋好运,在改变别人命运的过程中改变自己的命运,这不就是人类命运共同体的内容吗?一个老百姓众口传诵的故事与治理国家、治理世界不谋而合,这里头就含有中华民族传统文化的精粹。这是我研究故事的一点体会。

最近,我选编的《中国美丽故事》入选2016年国家新闻出版广电总局向全国青少年推荐的百种优秀图书,这是《中国日本韩国民间故事集》中的一部分。《中国日本韩国民间故事集》是由中、日、韩三国三位教授合作编写的,三种文字平行对照,中国画家绘制彩图。中国故事部分由湖南少年儿童出版社另行出版发行,定名为《中国美丽故事》,受到小读者的欢迎。民间故事是民族文化的根基,它的传承具有重要的历史文化价值,所以我很乐意做一些传承工作。

《一个蕴含史诗魅力的中国民间故事》自序[①]

在"求好运"这个经典民间故事的个案研究文集即将在北京大学出版社问世的时候,作为此书编著者的我,有些话禁不住涌流而出。

中国各族民间故事以丰饶优美著称于世,其中有一个题名为"问活佛"或"求好运"的民间童话或幻想故事:世代受穷的主人公出门寻求好运,在先人后己热心帮助他人的过程中,自己也终于获得幸福。它将自强不息求好运和乐于助人得好报的美好意趣巧妙融合,在中国 20 多个兄弟民族及许多亚欧国家中世代传承。作为零散的故事来读,似乎平淡无奇;可是把它作为千百年来在中国大地上众口传诵,在亿万民众心头闪亮的一部口头叙事作品,并联系现今城乡涌动的民工潮来深入体察其文化意味,其史诗般的艺术魅力与文化价值便沛然而生了。

我被这个故事所深深吸引,从 1979 年在《民间文学》杂志发表《一组民间童话的比较研究》至 2012 年在《光明日报》刊出《一个蕴含史诗魅力的中国民间故事》,其间我还写成多篇文章,从不同视角对这个故事进行了长达 30 年的追踪研究,多方搜寻的口述异文达到 200 余篇。我曾就此故事的比较研究向季羡林、金克木、常任侠、刘魁立、刘锡诚、金荣华等诸位师友求教;美籍华人学者丁乃通先生更是悉心指导和鼓励我用芬兰学派的历史地理方法去探究这个巨大故事圈的生活史,并邮寄欧美学者的研究成果供参考。这项个案研究成为我学习探究故事学和民间

[①] 刘守华编著:《一个蕴含史诗魅力的民间故事》,北京大学出版社 2015 年版。

文艺学的一个焦点，但还远远未能穷尽有关这个故事生生不息的文化之谜。

　　本书上编由笔者和国内外其他学者所撰写的有关这一故事类型的 14 篇论文构成，下编则选辑了中国国内 18 个兄弟民族及亚欧 7 国的 80 余篇形态大同小异的故事文本。我们谨向撰写这些论文和采录故事的各位学人致以深切的谢意。研究民间故事的学术论著在国内外均颇为常见，但以如此集中的篇幅，将学术研讨和相关故事文本编著成书的尚属罕见，相信它会受到读者青睐，并吸引相关学人去继续破解这个民间文化的奥秘。在此不能不向出版此书的北京大学出版社和大力支持笔者编著成书的陈岗龙教授致以诚挚感谢。

　　《意大利童话》的编者、著名作家伊·卡尔维诺给此书的中文版题词中写道："民间故事是最通俗的艺术形式，同时它也是一个国家或民族的灵魂。我热爱中国民间故事，对它们一向百读不厌。"我对"求好运"这个故事的追踪研究长达 30 余年，沉浸在它贯通古今的美妙意趣中，至今兴犹不减。我相信这颗东方故事明珠，将继续在世界人民心头闪亮。

2015 年 4 月 20 日

《一个蕴含史诗魅力的中国民间故事》序①

刘锡诚

摆在我面前的这部厚厚的书稿,是老友刘守华先生对一个题为"求好运"的中国民间故事(类型)30年的追寻史。书稿中收入了他本人和好几位世界知名学者同行就这个故事(类型)所撰写的研究阐释文章以及在中国各地区各民族口头流传的故事记录文本。作为对这一民间故事(类型)的采辑与研究,本书第一次以全文的形式,向世界广大读者,尤其是向对中国民间文学及其研究成果一向比较隔膜或忽视的西方世界展示了20世纪还在中国多个民族亦即在汉语地区口头流传的73篇同一母题的民间故事,标志着中国民间故事走向世界迈出了重要的坚实的一步。

这个来自社会底层民众近现代口头传诵的,被学界称为幻想故事或童话的民间故事,之所以能使作者在如此漫长的人生经历与学术探求中魂牵梦绕、难以忘怀,我想,不外乎有两个方面原因:其一,一个民间故事在我国许多省区和民族中口头流传了两千多年,经历过多次社会动荡和制度转型而迄今传习不息,其生命活力及其蕴含的文化密码,足以激发起那些以研究和弘扬民族传统文化为己任的学者终生不离不弃和孜孜以求的问学情怀。回想20世纪20年代前辈学人顾颉刚先生辑集和研究孟姜女故事,早期就曾积累了25个省区和地方的孟姜女故事的记录文

---

① 此文系刘锡诚为刘守华编著的《一个蕴含史诗魅力的中国民间故事》所作的序文。

本，穷几十年的精力而到老不辍，但最终他还是没有能够实现年轻时就立下的编纂一部完善的孟姜女故事文集的夙愿。而今，守华已经搜集和积累了来自中国不同地区、不同民族（汉、满、藏、回、土、撒拉、维吾尔、朝鲜、苗、壮、傣、黎、彝、白、畲、傈僳、布依、毛南、土家、仡佬等）的"求好运"故事记录文本（异文）210篇，为这个构成了"世界性故事圈"的故事和国际学界兴趣所在的这个研究焦点做出了重要贡献！其二，中国版的"求好运"故事（类型），虽然也带有某些宗教（佛、道）的因素或印迹，但就其内容指向和基本格调而言，却显示着强烈的世俗性和入世性，显示出地位低微的故事主人公穷小子不向强势低头，与消极避世的"生死有命、富贵在天"世界观无缘，践行和张扬了中华民族的"先人后己、助人为乐"的道德观念，"表现了主人公积极进取，奋力向命运抗争的精神"。这种精神就是我们中华民族的民族精神，就是我们民族所以生生不息并不断走向繁荣富强的源泉。

  编著者以全球学术的视野和宽容并存的治学风格选取了在这个故事（类型）研究上不同理念、不同方法的学者的研究成果，给读者提供了了解各位不同背景、不同理念和不同方法的学者是怎样从不同角度和侧面共同推进了这个故事（类型）的研究和破解的。关于这一点，我们从日本青年学人桥本嘉那子的《"问题之旅"相关先行研究和今后的课题——以阿尔奈的〈有钱人和他的女婿〉为中心》这篇述评中多少看到了一些信息。作为中国学者的刘守华的"求好运"故事研究，从1979年起30年来先后发表的七篇论文，在方法上可能各有侧重，但细读起来，则可以看出，每走一步都有新意，而不是同义反复的。从总体上说，他既接受了、延续了和发展了外国先行学者在"类型"研究上的某些理念和方法（譬如把中国的"求好运"故事细分为"问活佛型""找聘礼型"和"幸运儿型"三个亚型），又显示了中国民间文艺学和作者个人的学术独特性——诗学评价和价值判断。他发现了并着重评价了"求好运"故事主人公的"西天问佛"（问三不问四）行为和最终结局（穷小子愿望的实现）的正义性、合理性和社会进步性。"中国近现代流行的'求好运'故事的突出特征是表现了主人公积极进取，奋力向命运抗争的精神。故事的主人公均为处于社会最底层的穷苦小伙子，他们屡代受穷，……不论故事情节是问事还是以寻宝为中心线索，其终极意愿莫不是为了寻求幸福，改变自己贫困不幸的命运。这种强烈意愿，洋溢在故事叙说中。所以我在多年研究中认定，以'求好运'作为它的类型名称最为恰切。""存活于中国各族民众口头心间的'求好运'故事，作为幻想故事或民间童话故事，在朴野单纯的叙说中，蕴含着富有象征性的丰厚文化意蕴，达到诗意与哲理的巧妙融合。将口述材料记录写定的那些单篇文本一篇一篇来读，所得印象也许平淡无奇，可是把它作为覆盖中国大地由各个兄弟民族众口传诵，有着几百篇异文和多种载体的叙事作品联结成为整体来看，再联系中国大地涌动的民工潮来体味它的深厚文化意蕴，它的史诗魅力与价值就更为彰显，值得我们作为中国民间文学难能可贵的精美之作来看待了。"他为这本著作选定了《一个蕴含史诗魅力的中国民间故事》这样一个富有诗意的标题，不是体现了他心中的诗学情结吗？价值判断和诗学评价，在刘守华的民间文学，特别是民间故事研究中，是一个固有的学术个性和持久不变的特点，这一点我曾在为他的自选集《民间故事的艺术世界》写的序言中有所触及，而这一特色在"求好运"故事的论说中尤为突出（如上所引），这恰恰又是西方学者们的"类型"建构和剖析中所缺乏的。

　　围绕着一个知名的民间故事或歌谣的研究与文本汇集而编纂的著作，在"五四时期"我国民间文艺学界曾经有过探索，如董作宾的《看见她》，罗香林的《粤东之风》等，《一个蕴含史诗魅力的中国民间故事》延续了当年北京大学歌谣研究会开创的这个好的传统，但就其规模和深度而言，无疑已经大大超越了我们的先贤们。《一个蕴含史诗魅力的中国民间故事》就要付梓了，应守华兄之命写了这些意见，就作为我的祝贺吧。

　　是为序。

2015年5月7日

故事类型学探奥

神奇母题的历史根源[1]

《中国民间故事集成》已出各卷,选录的各族幻想故事百花竞艳,美不胜收。许多地方的编者都注意到它们的特色与价值,并作了精要的论评。如《中国民间故事集成·四川卷》就在"前言"中写道:

> 四川人民在长期生活斗争中积累了丰富多彩的生活经验,既有阶级和阶级压迫的苦难,也有原始习俗、原始信仰的遗留。苦难的现实生活使人们执著于幸福生活的追求和美好事物的向往,人们认识到现实的苦难是由贪婪和残忍造成的,便对它产生了强烈憎恶的感情。沉淀下来的原始习俗和原始信仰在这里作为幻想的桥梁,把现实和理想联结起来了。于是。在人们的幻想中,陷于苦难中的善良的人,在神灵事物的帮助下,战胜了压迫者,得到了幸福和美好的生活。用民间语言艺术的形式反映人们这种精神活动的便是幻想故事。这类故事有离奇曲折的情节,有对优美的善良的人性的赞扬,有对人性丑恶的鞭笞。它是人民是非观、道德观的形象化,是人民憧憬和期望的心声。[2]

故事中的神奇幻想,是由人们对现实苦难的抗议和对美好生活的追求激发而成的,并非完全是脱离实际的想入非非,这是就它的现实生活基础而言。同时它又和民间传承久远的某些古老习俗、原始信仰有关,这些习俗和信仰,就成为连接幻想世界(理想境界)与现实世界的桥梁。

---

[1] 本文是教育部人文社科"九五"课题"中国民间故事类型与传承研究"阶段性成果之一,原载《西北民族研究》2002年第2期。

[2] 洪钟等:《中国民间故事集成·四川卷·前言》,中国文联出版中心1998年版,第12~13页。

进化论人类学派的学者把故事中那些具有原始文化烙印的幻想情节和形象，均看做是野蛮习俗信仰的遗留，由此得出了贬低民间创作的结论。笔者早就指出："实际上它们只不过是人们借用来进行艺术虚构的一种幻想材料，在古老的躯壳中，已注入新的生命。"① 随着民间文艺学的进展。把故事中的神奇幻想看做"有意识的虚构"，而并非民众心头"根深蒂固的信仰"，已成为诸多学人的共识。

故事母题同原始习俗信仰的关联

按照俄罗斯著名学者普罗普对神奇故事历史根源所作的研究，故事母题同古代原始习俗、信仰之间的关联有如下三种情况：一是直接对应，二是重新解读，三是从相反的意义上转化。② 他不是笼统地肯定或否定神奇故事同古代原始习俗、信仰之间的联系，而是历史地、辩证地区分为几种不同的情况，对我们研究这一问题极有启发性。

就中国民间故事的实际状况而言，"直接对应"的实例最为常见。许多故事中的正面主人公陷入困境，或在建功立业过程中遭遇危难，常有神、佛、仙、道相助，就是受佛教道教长期熏染，与其信仰直接对应所造成的。另外，青蛙少年和蛇郎以神奇美好姿态进入幻想故事王国，同许多民族崇拜蛙蛇的古老信仰背景显然也有着密切关联。但这些幻想形象由民俗信仰领域进入口头叙事艺术领域，不仅姿态更鲜活，其象征意义也有所变化，从而获得了新的艺术生命。今天即使是思想观念再封闭僵化的老奶奶，当她津津乐道地讲述《蛇郎》故事时，也决不会真的要身边的女孩子去嫁给一条蛇，她也会懂得蛇郎只不过是现实生活当中一类男性的象征罢了。因此，在后世故事里，即使是同传统信仰直接对应的那些幻想形象，我们也不能把它们完全看成是"原始文化的遗留物"。

---

① 刘守华：《民间童话的特征和魅力》，《民间文学》1983 年第 6 期，第 64 页。
② 贾放：《普罗普〈神奇故事的历史根源〉与故事的历史比较研究》，《民间文化》2000 年第 7 期，第 47 页。

关于"重新解读",可仍以《蛇郎》为例。由于人类文明演进,在近现代文化背景上,人们对蛇丈夫的形象感到不可思议,于是出现了一些新的异文,说蛇郎原本不是一条蛇,而是某位年轻英俊的男性被邪恶的巫师施魔法变成了蛇,后来获得一位少女的纯真爱情又回复本相。在《狗耕田》故事中,那条创造奇迹的狗本是神犬,这一原型的出现同对狗的动物崇拜也有关;现今的一部分口头讲述文本却参照马戏团中的驯兽情景,说小狗拉犁是聪明的弟弟用食物引诱的结果。

人们对故事母题中所包含的原始文化成分给予新的合理解释,丰富和改变了它的内涵。如在《田螺姑娘》早期文本中,大都有男主人公于无意间违犯禁忌,偷看妻子的异类本相或丢弃她们的护身外壳,迫使她们不得不离开人间的情节。禁忌是禁止人们去触动不可知的神秘事物,以避免危险后果的原始信仰,在民众生活与民间故事中有广泛表现。然而现今口头流传的《田螺姑娘》,其婚姻破裂却是由男主人公于暴富后歧视螺女及其子女的卑贱出身所引起,这就是用现实生活中出身门第高低贵贱之间的冲突纠葛来解读婚姻禁忌,获得了新的意趣。随着人类文明的进步,人们对故事母题中蕴含的原始文化成分,给予新的合理解释,虽然仍保留着它古朴的叙述形态,却丰富和拓宽了它的实际内涵。

故事母题同原始习俗、信仰的另一种关联形式就是"转化"。《李寄斩蛇》中,在原初"土俗"中,对那条山中大蛇,乡民除"祭以牛羊"之外,还送童女献祭,显然是将它作为"蛇神"来崇拜信仰的。后来李寄以超群的勇敢将蛇予以斩除而获得举国嘉许,那蛇就转化成祸害人类的"蛇妖"了。这种情况在中国近现代民间故事中十分普遍。例如民间信仰中的许多神圣偶像,从玉皇大帝到灶王爷,从如来佛到张天师,固然大多以正面形象出现,却又常常在故事中扮演可憎可笑的反面角色,由此表现出乡野小民的叛逆心声。在"斗阎王""撵城隍"这两个类型的故事中,掌管人间"生死簿"的阎王爷,被"谎张三"一类凡夫俗子捉弄得无可奈何;享受一方百姓香火的城隍爷,因不称职被百姓撵走,由一位凡人取而代之,这就鲜明地表现出神权在民众心头的衰落趋势。"仙女救夫型"故事中有几篇异文,讲到李老君的妹妹或张天师的女儿钟情于一个普通小伙子，遭父兄横暴干涉，最后与之斗法决裂，终获团圆。两位道教信仰中的偶像，在口头文学中都被拉下神坛，转化成不光彩的角色，成为现实社会中封建邪恶势力的象征。另一方面，被传统信仰视为祸害人类妖魔的鬼狐形象，却常常被口头文学家作为通情达理、可亲可爱的男女角色来称颂，被叫作"蛇仙""狐仙"。中国神奇幻想故事的角色和母题，同传统信仰相背离或者向相反方向转化的情况如此突出，值得我们特别注意。它不仅是口头叙事艺术追求引人入胜的新奇意趣所致，也表现出作为故事传承主体的各族民众"离经叛道"意识的觉醒。

还有一个有趣现象，就是神奇幻想故事中的"龙王龙女""煮海宝""生死棒"等，在近现代产生的生活故事笑话中，却转化成了机智人物哄骗财主的精致谎言。这些都是神奇幻想角色和母题随时空变换向其反面转化的例子，也是人类文明进步在口头叙事领域催开的艺术花朵。

道教信仰与幻想故事类型

我国众多兄弟民族的原始习俗、信仰对神奇故事母题的渗透，是构成故事多姿多彩艺术风格的主要原因之一。在几种传统宗教信仰中，以具有近两千年历史而根植于中华固有文化根基上的道教，对民间故事的浸染最为广泛、深远。下面再说一说中国特有的道教信仰对幻想故事母题及类型构成的影响。我曾在《道教信仰与中国民间口头叙事文学》一文中写过这样一段话：

> 世界上每个民族，似乎都生活在两个世界里，一个是客观存在的现实世界，一个是心灵创造的幻想世界。中国道教按照自己的学说，构筑了一个颇为生动完整的神秘幻想世界，它既是人们的信仰，又深刻影响着各类民间叙事文学的创造和演变。道教以"道"为最高信仰：道是统摄宇宙万物运动变化的虚无玄妙之物，修炼得道即可长生不死，飞升成仙，并能通达宇宙奥秘，成为无所不能的强者。神仙就是得道者，他们成为神秘幻想世界的中心。就整体而言，这个神秘幻想世界的最高统治者是玉皇大帝及其配偶王母娘娘，其左右有太白星君、天

兵天将、日月北斗诸神、风雨雷电诸神等；掌管其他领域的神。幽冥地府有酆都大帝，水里有龙王，山里有山神，地面有城隍、土地、财神及闲游浪荡的八仙；居留千家万户的有门神、灶神等等，还有众多的鬼怪精灵混杂其间。能够沟通这个神秘世界与凡俗世界的是道士，道士扮演着半人半神的角色。有的著名道士如张天师，甚至直接受命于玉皇大帝，具有支配人间众多神秘力量的巨大神通。

天宫居住着众多的天仙，过着逍遥自在的日子。得道成仙特别是成为天仙，是修道者追求的最高境界。动植物年久即可成为精灵，幻化成人形。这些自然界的精灵如逞凶作恶就会被视为妖魔，受到惩处，道士的主要职责就是对付在人间威胁着普通民众的各种妖魔鬼怪。它们如按道教学说进行修炼，再加上给人们行善造福，也可以在完全化身为人的基础上得道成仙，位列仙班，进入道教设想的最美好境界。"仙道贵生"，在道教神秘幻想中，贯穿着珍爱生命和现世生活，渴望发挥人的潜能以创造奇迹的积极浪漫主义精神。

道教构造的这个神秘幻想世界，既是中国旧时代现实社会结构的投影，也是一些道教哲理的形象体现。中国民间口头传承的许多神奇幻想故事尽管其情节变化多端，却常常受着上述结构模式的支配，从而和他国故事显出巨大差异。[①]

关于民间故事吸收道教信仰的实例，大体上有两种情况：

一种情况是有些故事在口头传承中因吸收道教信仰，它们所包含的母题发生变异。染上一定程度的道教色彩。如由动植物精灵幻化而成的女子，原本属于"精怪"世界，因他们在故事中以修炼得道的正面角色出现，便成为"仙女"。按国际上民间故事的惯例，人间善恶本应由宗教殿堂里的神圣权威来裁定和赏罚，然而在吸收道教信仰的中国故事里，几乎每一位"神仙"都可出面赏善罚恶，而修道者经多年修炼得来的"仙丹"，就是最为神奇的宝物。至于道术中的画符、念咒和"做法事"，

[①] 刘守华：《道教信仰与中国民间口头叙事文学》，原载《中国文化研究》1996年第2期。

借用在故事中即成为威力无比的魔法。这些枝节上的变异情况十分普遍，因它们的基本情节结构未变，仍可作为一般幻想故事类型来看待。

另一种情况是借助道教神秘幻想，创造新的故事类型，或增添新的情节单元，由新旧复合产生出具有相对独立性的新类型。以下10个类型是较为著名的：

1. 水鬼与渔夫型：水鬼与渔夫交友，渔夫一再破坏水鬼"找替身"的计划，最后水鬼因积德行善而受玉帝褒奖，迁升为城隍或土地。

2. 彭祖型：彭祖有道，长生不死，阎王令小鬼前往捉拿，每次均受彭祖捉弄，狼狈而归。也有讲彭祖因受妻子之累而被捉走的。

3. 卖鱼人遇仙型：卖鱼人偶遇仙人，仙人赠宝珠（仙丹）一颗，可使腐烂之鱼变得鲜活，他从此发家致富。恶人夺珠受惩罚。

4. 三句好话型：勤劳善良的主人公偶遇仙人，仙人送给他三句应急话语，他一一照办全部应验，每次均逢凶化吉。

5. 凡人学道求仙型：两个青年人访道求仙，一人意志坚定，乐于助人，能克服种种私欲的诱惑，终于获得成功。另一人因意志薄弱，缺乏仁慈德行而失败。

6. 樵夫观棋遇仙型：一樵夫进山砍柴，观看仙人下棋。他在仙山只停留了半日，下山时人间已过去几百年。他无家可归，再次入山修道。

7. 井水成酒型：一仙人来酒店饮酒，为答谢店主的盛情，使法术将井水化作美酒，店家因而致富。后因女店主贪得无厌受惩罚，井水恢复常态。故事中的仙人题诗一首以警戒世人："天高不为高，人心比天高，井水当酒卖，还嫌没酒糟！"

8. 法师舍身斗龙型：一法师（道士）为民除害，下水和恶龙争斗，因徒弟未及时将法器（令牌、宝剑之类）送交手中而招致失败，或双方同归于尽。

9. 学法造反型：主人公拜师学道，企图掌握某种神秘法术（神弓神箭、竹人竹马等）夺取皇帝江山改朝换代，因某些细节上的疏忽而前功尽弃，饮恨千古。

10. 两法师斗法型：本地法师（道士）与外来法师斗法，不是变形争斗而是以神秘武术、气功、禁咒来伤害对方。本地法师受到致命伤害后使出最后一招，亦置对方于死地。

道教信仰对民间幻想故事的渗透之所以如此巨大深远，其主要原因在于：道教作为中国的本土宗教，不仅为汉族，还为20多个少数民族所信奉，在近两千年的历史发展过程中，它吸纳了中国固有的原始信仰和神秘文化，还同中国历史文化的诸多方面息息相通。"人间有帝王，天上有玉皇。"按封建社会的结构模式来构造以玉皇大帝为首的鬼神谱系并为大众所认可，就是一个明显事例。

近年金荣华先生就四川、浙江、陕西卷本所编撰的《中国民间故事集成类型索引》之一，在丁乃通索引的基础上新增列的45个类型中，有好几个幻想故事类型，如"植物和物品变成的妻子"（433D.1）、"私心造桥人变驴"（751B.1）、"天雷打恶媳"（779D）、"神仙难医箅篼鼓"（1831A），也属于上述吸纳道教信仰而产生的新类型。

民间故事的特质在于它的世俗性。以上诸例，并非纯粹的宗教故事，而是融宗教性、世俗性于一体的地道的中国民间故事。就它们和道教本来信仰的关联而言，以"直接对应"的情况居多。它所包含的母题、母题排列组合的方式及其象征意义都颇为独特，深深扎根于本民族的文化背景之上。它的个别母题可以在更大范围内具有普遍性，就整体而论很难楔入"国际标准类型"。丁乃通的类型索引曾把"学法造反型"中的"早发的神箭"归入AT592"荆棘中舞蹈"这一类型之中，其实中国故事和该类型欧洲故事之间，只有"神箭"与"魔笛"这两样东西的神奇功能相近似，就整个故事而言很难归并到一起。

在道教信仰背景上流行的中国民间故事，不仅提供了一系列新的类型，还由此带来了新的叙事风格和艺术魅力。正如我在《中国民间叙事文学的道教色彩》一文中所初步揭示的："吸收道教影响的中国民间叙事作品，不仅具有超凡脱俗的神奇幻想，还以景象壮阔、意境幽玄、情趣丰富，透出一种雄健幽深之美。"①

---

① 刘守华：《中国民间叙事文学的道教色彩》，《人民日报》（海外版），1990年3月6日，第25版。

中国民间故事结构形态论析[①]

中国民间故事(主要是幻想故事或民间童话)的情节结构有一个显著特征,用编撰《中国民间故事类型索引》的美籍华人学者丁乃通先生的话来说,就是"爱东拉西扯"。他说:"与欧洲民间故事比起来,中国民间故事在形式上较流动,在结构上较复杂。本书读者无疑会发现,一个中国故事能用几个类型,或这些类型中的某一部分组成。……口传故事本来是变幻不定的,中国的民间故事尤其爱东拉西扯,一个类型连一个。"[②] 这种情况给故事的立型归类带来不少麻烦,然而它却是中国民众喜闻乐见的叙事风格的一个侧面。

钟敬文先生于30年代研究中国故事时,便敏锐地发现了这一特点。他在《蛇郎故事试探》[③] 中将这个著名故事的结构形式区分为原型的、变态的和混合的三种。所谓"混合"形态,也就是将其他故事所含的某些母题或情节单元拉扯到"蛇郎"故事中来。他举出四例,即与"老虎外婆式"混合,与"螺女式"混合,与"老虎外婆式及螺女式"混合,与"灰姑娘式及螺女式"混合。由此使"蛇郎"成为形态最为纷繁的中国民间故事之一。

刘魁立先生新近发表的《民间叙事的生命树——浙江当代"狗耕田"

---

  ① 原载《广西民族学院学报》2002年第5期,第47~51页。
  ② [美]丁乃通:《中国民间故事类型索引》,郑建威等译,中国民间文艺出版社1986年版,第17页。
  ③ 原刊《民俗学集刊》第二集,1932年版;又见《钟敬文民间文学论集》,上海文艺出版社1985年版,第192~208页。

故事情节类型的形态结构分析》①，就"狗耕田"这个类型的 28 个文本的变异情况经过综合呈现的树形结构加以分析，借用"生命树"来概括其形态特征；它所依据的也就是上述事实。

对这种结构形态的特异性，有关论述或以为不过是故事讲述人随意东拉西扯所致，或赞叹在其深层含有难以索解的奥秘，但均未在形态描述基础上作更深入明晰的阐释。有鉴于此，本文便尝试以此切入对中国民间故事结构形态及其叙事艺术民族特色进行探寻。

一个幻想故事的复合结构

民间故事的情节结构，有的较为单纯，有的较为繁复，前者称为单纯故事，后者称为复合故事。故事学家以"母题"作为最小叙事单元，母题由鲜明独特的人物行为或事件构成。它可以反复出现在许多作品中，具有跨越广大时空背景的稳定性。它也可以在不同类型故事中自由流动，有其相对独立性。单一母题构成单纯故事，多个母题按一定序列组合成复合故事。复合故事的形态就是一个又一个"母题链"。中国民间故事，特别是其中的幻想故事（民间童话）形态繁复，以复合故事居多，成为一个明显特征。

下面试以秦地女于 1954 年讲述的《张打鹌鹑李钓鱼》即龙女故事为例。它展现了一个天天上山捕鸟的穷小伙子的奇特经历，可称之为"猎人奇遇"。主人公从自己的拜把兄弟李钓鱼手里将刚捕获的一条鲤鱼放生，想不到由此进入龙宫做了贵宾，获得龙王赏赐要来一件龙宫宝物——哈巴狗，带回家竟然变成一个俊俏能干的女子做了他的媳妇；男耕女织，日子过得本来很舒心，却因大风刮走他带在身边的媳妇画像，被员外家的恶小子拾得，要抢夺他的妻子，以致厄运临头；三次打赌，头两次主人公在开始时均处于劣势，但倚仗从龙宫借来的宝物，随后都

---

① 《中日民间叙事文学情节类型专题研讨会文集》，北京师范大学民俗典籍文字研究中心 2001 年 4 月编印。

压倒了对方；最后恶小子无理刁难，要小伙子交出一个"无意思"来，主人公便从龙宫借来一个"红疙瘩"实即火药箱，一声爆炸把员外家化成灰烬，无情地惩罚了恶人，小伙子和龙女从此过上了安定日子。故事中主人公的生活遭遇，经历了六七次波折，一会儿喜从天降，一会儿飞来横祸；一会儿"山重水复疑无路"，接着却是"柳暗花明又一村"。在奇幻曲折的叙说中，融合着民众的优美理想与乐观情怀，同时也体现出"好事多磨"的现实生活逻辑。故事由此生发出引人入胜、扣人心弦的巨大艺术魅力。

从所含母题来解析，本篇故事由如下6个母题构成：（1）救鱼放生；（2）动物报恩，龙宫得宝；（3）凡人与神奇动物（哈巴狗）化身的美女成婚；（4）美人画像被风刮走落入坏人手中招惹灾祸；（5）善恶两方比赛争斗；（6）无名怪物惩罚恶人。这几个母题巧妙地联结在一起，构成一个完整而美妙的艺术境界。

其实这些母题各自均有独立存活、在许多故事类型中自由流动的能力。近现代口头流传的《张打鹌鹑李钓鱼》作为一个复合故事，就是由故事讲述家"东拉西扯"，使之由简到繁，逐步演变而成的。

它的核心母题是男主人公"救龙子龙女获得意外报偿"，由"动物报恩"这一古老母题演进而来。唐末《续仙传》载有孙思邈救小蛇被邀入龙宫，获得海上仙方的故事，就是它单纯形态的一种[①]。后来它同异类婚故事合流，并把其他故事中的一些母题穿插进来，使叙说更为曲折丰富。

主人公从龙宫带回的本是一件宝物——哈巴狗，后化身成少女给他烧火做饭并成为妻子，这本是"田螺姑娘"中最具特色的母题，早在晋人和唐人笔下所载《白水素女》《吴堪》中就已出现。口头文学家把它取来同"救龙获报"相混合，构成本类型的主干情节。

接下来的恶人企图强占美妻，以难题相威胁，双方比赛争斗的叙说，也是从《吴堪》中借来的。尤其值得注意的是那件埋葬恶人的"无名"

[①] 刘守华：《中国民间故事史》，湖北教育出版社1999年版，第689页。

怪物，《吴堪》中称为"祸斗"，可"喷火作殃"。它其实来自印度，最早见于三国时期吴地高僧康僧会所译之《旧杂譬喻经》中，原名"祸母"，是一种"过里烧里，过市烧市"的怪物。恶人索要一种世间根本找不到的宝物以便难倒小伙子，小伙子从龙宫水府（那里自然是要啥就有啥的）借来的这个形体似猪犬的活动火药箱，正好惩罚了恶人。这个妙趣横生的情节单元，成了近现代口头流传的龙女故事中不可缺少的穿插，除流传于内蒙古的这篇《张打鹌鹑李钓鱼》之外，还见于湖北土家族的《张百中》，广西壮族的《孤儿和龙女》，四川傈僳族的《孤儿和龙姑娘》，浙江的《蚌姑娘》等篇之中。

《张打鹌鹑李钓鱼》中，还有一个大风刮走女人画像的有趣情节，它本是"百鸟衣型"故事中的核心母题。正由于国王意外地得到了那张被大风刮来的美人画像，才发生了以下派人到山乡寻找、抢夺女人，以及男主人公穿上奇特的"百鸟衣"进王宫寻找妻子的传奇性故事。并非所有龙女故事都有这样的叙说，秦地女却把它作为一个饱含生活情趣的插曲拉扯进《张打鹌鹑李钓鱼》这个龙女故事中来。

世界各国的民间故事，它所包含的母题都有这样既能组合固定，又可拆开流动的特点。中国口头叙事中母题的流动性更强，情节结构也就更加显得变化多端了。秦地女所讲故事就是一个颇有代表性的例子。

复合形态背后的叙事逻辑

中国民间故事的复合形态，是按照怎样的叙事逻辑构成的？在结构形态的背后，隐匿着怎样的文化内涵？故事讲述家爱"东拉西扯"，这句话如果不含贬义，是切合口头传承实际的。但高明的口头文学家决不会"生拉硬扯"，他们将相关母题混合、串接、拉扯在一起，在自觉与不自觉之间，总遵循着某种逻辑，或暗含着某种文化信息与特殊意趣，值得我们深入探求。

1. 社会生活结构的折射：中国经历过漫长的封建社会，社会结构繁复而且稳定。地主和农民、官府和百姓之间的对抗长期存在且愈演愈烈，这种社会形态特征不能不在民间口头文学中得到直接和间接的反映。"田螺姑娘"作为异类婚故事的一种，早期文本是在男女主人公之间展开叙说：小伙子拾得水中田螺，田螺幻化成美女操持家务；随后男主人公违犯禁忌窥视螺精变形本相，于是她不得不离开人间。陶潜在《搜神后记》中所录《白水素女》即其代表。到唐代《原化记》所载《吴堪》，将县官企图强占下属美妻，出难题要挟，以及喷火怪物"祸斗"火烧县衙这几个母题拉扯进去，不仅增强了故事的趣味性，尤其是它贴近社会现实。在广大民众处于社会底层，普遍遭受奴役歧视的情况下，一个穷小伙子意外获得美妻，还会有安宁日子过吗？正是基于这样的社会背景，唐以后的所有异类婚故事，不论女主人公是田螺姑娘还是龙女，是天鹅仙女还是狐精，都免不了要出现男女主人公向抢夺美妻的员外或者县官、土司等邪恶势力进行抗争的情节，穿插上述几个母题的复合形态便构成一种为大众所喜爱的稳定形态了。

在有些螺女和鱼姑娘故事中，更繁复的情节结构是主人公除了向敌对的邪恶势力进行抗争之外，还有夫妻之间的纠葛。此类故事的原初形态大都有禁忌母题插入，男主人公违禁受惩罚导致夫妻离别，叙说中含有神秘信仰成分：近现代的许多口述文本中，却将违禁母题改造成为男主人公暴富后嫌弃女方出身卑贱而使婚姻破灭，如傈僳族的《鱼姑娘》，苗族的《孤儿和龙女》，畲族的《田娈瑾》，浙江的《田螺姑娘》等篇。故事以"多情女子负心汉"为鲜明主题，赋予传承久远的异类婚故事新的意趣。很显然，它也是受现实社会中婚姻家庭生活复杂化的影响而产生的变异。

2. 民间信仰的渗透：复合形态多见于幻想故事，幻想故事中超脱时空的曲折奇幻情节，往往与民间信仰有关。如"狗耕田"和"蛇郎"中的狗和鸟被杀害后的连续变形复仇，就与原始信仰和道教信仰有关。道教经典中有一部《太上感应篇》，教导人们应慈爱动物，不可"射飞逐走，发蛰惊栖，填穴覆巢，伤胎破卵"。还有人编撰了一部《注讲证案汇编》，列举了有关伤害动物而遭报应的诸多事例，这种报应或是被害动物死后复仇，或是天神施加惩罚，民间故事中的相关情节，与之完全一致，可见有其信仰根基。再如中国的精灵鬼怪故事，不只是叙说这些精灵鬼物个体使人惊骇之荒怪行径，还将它们置于道教构造的庞大鬼神网络中构造故事，玉皇大帝是天上人间的最高统治者，城隍、土地和山神等则于冥冥中在不同空间范围内行使他们的权威。动植物精灵行善修炼即可升入仙界，如祸害人类则成为妖怪，要受各路神仙的管制，或被掌握了神秘法术的道士所降伏。这样，在我们常见的狐精故事中，便可以穿插进多个情节单元，如妖狐作祟媚人被道士降伏或与道士斗法；狐精遭天雷打击时被人解救，随后以多种方式报恩；狐精改邪归正，潜心修炼而成为狐仙，等等。在幻想故事的繁复结构形态中，折射出人间社会的种种恩怨情仇。在那些信仰比较单纯的民族中间，幻想故事的结构自然也就较为简单粗略了。

3. 文学传统与审美情趣的制约：中国的叙事文学传统悠远深厚，除口头故事之外，魏晋时期的志怪小说，唐代变文，宋人的说话及话本，明清时期的短篇及长篇小说，蔚为大观。还有面向大众的说唱和戏曲艺术，至今仍显示出它的强大生命力。特别值得提起的是，伴随佛教进入中国的大量汉译佛经，其中含有大量情节曲折完整的故事，这些故事源于古印度，大多经过许多高僧的加工修饰，以其优美形态为僧俗所共赏。上述几类叙事文学和口耳相传的民间故事，并非井水不犯河水，而是互相渗透，共存共荣，从而使中国民间故事的形态日趋繁复精美。以龙女报恩与凡人缔结婚姻这一故事为例，最早见于印度佛经。仅在由南朝高僧撰辑的《经律异相》中就有两则；玄奘《大唐西域记》也载有一则这样的故事，得至直接采录。唐人传奇小说中有《柳毅传书》《刘贯词》等篇，宋人笔下有《朱蛇记》，宋元戏曲中有《郑生遇龙女》《张生煮海》，清人杂剧中有《求如愿》，明代宝卷中有《善才龙女》。至于在中国各族的口头文学中，则演化成为一个大的类型，仅《中国民间故事集成·四川卷》中所载龙女故事异文就有49篇，全国记录成文的地方异文汇集起来达数百篇之多。不同样式不同来源作品中的母题互相借用交织，情节结构便渐趋繁复了。一些研究者认为，北美印第安人的故事情节结构比较简单，原因之一是他们口头文学中储存的母题数量偏少；而中国由于在本土文化与外来文化、口头文学与书面文学的多重交流融合中，积累了数量众多的母题，口头文学家便可以随意运用。在审美意趣方面，中华艺术的各个领域，均崇尚"一唱三叹""一波三折"的曲折回环之美。口头叙事中也是"好人多福""好事多磨"，在多重起伏中强化叙述效果。中国民间故事以多个母题串接复合的形态取胜，同上述民族文化背景密切相关。

  有趣的是，中国民间故事中母题的流动性还同许多地方的口头文学家对扩充叙事空间的艺术追求有关。辽宁的一位满族著名女故事家李成明将她喜爱的故事概括为"三界六景"。"三界"是：星星、月亮、天神、仙女为上界；人间为中界；鬼灵、阴曹地府为下界。六景是：山中动物精灵为山景；水中龙王、鱼鳖虾蟹为水景；花、草为花草景；还有树木景、禽鸟景、家禽景。① 这"三界六景"可以分别附着于相关母题之中。民间幻想故事多以山野小民为主人公，在叙说他们奇遇的故事中，往往出现天上的仙女下凡，水国的龙女报恩，在深山野岭的山神庙偷听到动物精灵的秘密对话，同地府的阎王斗智，还有穿"百鸟衣"闯进王宫，等等。这些母题的插入，固然是为了表达人们对改变贫困生活处境的渴望，而从审美情趣来看，故事讲述家正是借此好让自己构造的艺术世界向"三界六景"扩展，表达出在狭小空间生活的人们对广大外部世界以及神秘未知领域的好奇与向往，由此给平凡现实世界涂抹上使人惊奇振奋的绚丽光彩。

  总之，混合型或者复合型故事并非口头文字家漫不经心地随意拉扯而成。在隐含的叙事逻辑中融合着民众深沉的文化心理、丰富的艺术智慧和独特的审美情趣。这正是它们具有深厚魅力，在广大民众口头中世代传诵不息的奥秘所在。

---

① 张其卓、董明整理：《满族三老人故事集》，春风文艺出版社1984年版，第588页。

关于"狗耕田"故事类型的"生命树"结构

刘魁立先生于 2001 年 4 月发表了《民间叙事的生命树——浙江当代"狗耕田"故事类型文本的形态结构分析》，这是一篇专论民间故事结构的重要论文。本来该类型的每一个文本，都是一个线状母题链，"但是，当我们运用共时的类型学比较方法，将所有文本的仿佛是线性的结构叠印在一起之后，我们再重新观察这一或那一文本的形态结构，在包括本类型其他文本的总体背景下，这一或那一文本的结构就成为树形的了"①。这就是该文关于"生命树"结构形态的概括说明。笔者参加了这次报告会，并在讨论中肯定作者以精细手段解剖这些故事，努力追寻它内部结构形态的奥秘，对于故事类型学研究的积极意义。作者使用的方法特点是，从结构形态的内部机制着手，"在共时的前提下展开话语，尽量不使历时性的思考加入到目前的专题研讨中来"，"竭力回避关于文化内涵的探讨"②。笔者读过多遍之后，觉得该文对这一结构形态的奥秘似乎并没有完全解开，因此在这篇论文里，试从另一角度，即联系故事的文化内涵、审美意趣等，对它予以解析。

仍以"狗耕田"故事为例。上文已经提到，在故事结构形态中，将几个母题按一定序列连接就成为母题链。一个文本就是一个母题链。单个母题链呈线形，将同属一个类型中的许多母题链叠起来看，因各有枝杈，便成为树形了。这里涉及母题间的连接方式及其聚合力，以及母题的独立性与流动性问题，实际上也就是本文开头提到的中国复合型故事的结构特征问题。

先说母题间的连接方式，它成为我们通常所称结构形态的重要标志。

---

① 《中日民间叙事文学情节类型专题研讨会文集》，北京师范大学民俗典籍文字研究中心 2001 年 4 月编印，第 27 页。
② 《中日民间叙事文学情节类型专题研讨会文集》，北京师范大学民俗典籍文字研究中心 2001 年 4 月编印，第 44 页。

现代叙事学把连接方式分为三种情况，即连贯、插入和交替。交替式是将发生在不同时间空间背景上的事件交替叙述，常见于作家创作的小说特别是长篇小说之中。插入式即大故事里套小故事，见于《一千零一夜》和我国藏族的《尸语故事》之中，它是系列组合的长篇故事结构。我们通常所见的民间故事结构大都属于连贯式①。

连贯式的主要特征是按时间先后顺序，以一人一事为主线，连贯地展开叙述，细致区别又可分为重叠式、连锁式和递进式等。重叠式或三迭式，如"三兄弟寻宝""解三个难题"；连锁式，如"狗耕田""蛇郎"中的变形报复；递进式，如"百鸟衣"中的丈夫进王宫寻妻，"云中落绣鞋"中的樵夫下地洞救公主。中国流行的复合故事所采取的母题连接方式不出以上几种情况。

"狗耕田"故事由"兄弟分家""狗耕田""狗坟上长出有神异能力的植物"这几个母题或母题链构成故事的主干，它如同大树的躯干。它的所有异文都保留着这个主干，属于本类型中稳定不变的部分，这几个母题用递进式相连接。以下连续展开的"变形报复"这个母题链，则采取连锁式（相当于修辞学中的"顶针格"）结构。

楔入"变形报复"这个连锁式中的母题有"摇钱树""卖香屁""隐身帽""偷听话""遇猴得宝"等。"卖香屁"的母题紧密附着于"狗耕田"这个类型之中，狗坟上生长的黄豆，弟弟吃了"卖香屁"致富，哥哥吃了拉稀屎受到惩罚，这一叙说生发出本类型所特有的滑稽趣味，不仅流行于中国，而且扎根在日本、朝鲜的故事之中。至于其他几个富于流动性的母题，则是从别的故事类型中取来以丰富口头文学意趣的。看似随意"东拉西扯"，如对这些母题自身内涵及其组合序列作仔细体察，可发现仍有其艺术规律可循。

1. 这些母题大都有着丰富的文化内涵。如"偷听话"从印度佛经故事移植而来，寄寓着对动物世界和人间奇迹的神秘信仰；"摇钱树"

---

① 刘守华：《故事学纲要》引自托多罗夫：《叙事作为话语》，华中师范大学出版社1988年版，第181页。

这个母题中的植物在南方多为竹子，它不仅代表着南国特有的自然景物，其中还渗透着悠远古朴的"灵竹"崇拜，可由此生发出种种神奇变化功能。山魈的"隐身帽""猴洞"的宝物，也同样蕴含着人们对南方山野神秘世界的憧憬。"狗耕田"本是一个以农耕生活为背景，叙说狭小空间里凡人小事的故事，楔入上述母题之后，其活动空间就向广阔幽深的山野推进。同奥秘无穷的动物世界相联结；而且将人们的心灵世界同古朴悠远的神秘信仰相沟通，使故事所表达的积极乐观精神更为深厚有力。

2. 这些母题的选取和排列组合，从叙事艺术上看，具有连锁、反复、对比、升级这样的多重效果。哥哥杀狗，狗坟上生竹，竹变成摇钱树……可使故事情节环环相扣，便于记忆和讲述。它特别为少年儿童所喜爱，和儿歌中常见的"连锁调"相映成趣。几个母题按"三迭式"程式连续出现，起了反复渲染强化的作用；同时又在作鲜明对比，弟弟总是得到由小狗灵魂变幻而来的那些宝物的好处，而贪心奸诈的哥哥则总是倒霉，这种对比体现出"二元对立"的深层心理。这样的叙说逐步升级，由弱到强，最后导致哥哥受到严惩，葬身兽腹，大快人心。以上叙说情趣丰富，结构精致，饱含民众的艺术智慧。

瑞士著名学者麦克斯·吕蒂在《童话的魅力》一书中，论及世界民间童话叙述方式中的重复、对比，既定型而又富于变化等特点之后说："它们使童话成为人类生存乃至整个具有生命力的存在的一种模式。"[1]这一论断发人深思。

刘魁立先生的论文在对"狗耕田"故事类型的树形结构作精细解剖的基础上，试图寻求这种结构形态的内在机制，如"把一些可以推动故事情节的母题链定名为积极母题链"；反之，则为"消极母题链"。这就是一种新颖独到的见解。他表示："我之选用'生命树'，仅仅是一种借

---

[1] ［瑞士］麦克斯·吕蒂：《童话的魅力》，张田英译，社会科学文献出版社1995年版，第117页。

喻，我把它看做是无穷丰富性、复杂性、内部机制的规律性和隐蔽性的一种象征。同时也借来表示我对民间叙事伟大生命力的一种赞叹，和对它的神秘性的一种感喟。"① 我赞赏他为解开民间故事结构形态的奥秘所作的努力，并从中受到许多启示。学问需要切磋，便写成此文作为对他这项研究的补充或者商榷。

---

① 《中日民间叙事文学情节类型专题研讨会文集》，北京师范大学民俗典籍文字研究中心 2001 年 4 月编印，第 45 页。

《中国民间故事类型研究》的方法论探索[①]

由刘守华策划、主编并有林继富、江帆、顾希佳等多位学人参与，用三年时间撰写的《中国民间故事类型研究》一书，于2002年4月在华中师范大学出版社问世，它作为新近完成的一项教育部人文社科"九五"规划重点项目，颇受海内外学界关注。

本书是创造性地运用芬兰学派的历史地理方法研究中国民间故事的大胆尝试，在方法论的突破上具有特别意义。

一

作为故事类型研究的新成果，本书的主要任务，一是对选取的60个类型，在占有众多异文的基础上，以解析故事中所含母题为中心，进行多侧面的微观评说；二是立足于上述个案解析，由点到面，就中国民间故事艺术世界的总体风貌，作概括性的宏观扫描。

本书对民间故事的研究评说，是以"类型"而不是以单篇文本作为考察对象。每个故事类型由情节结构大同小异的若干异文构成，这是人所熟知的。从类型入手写成的文章我们常常可以见到，还有如《民间故事类型索引》这样的著作可以帮助我们查找有关故事类型的名目及所含异文出处，十分便利。

但我们对故事类型的相关知识的了解又往往是不完全的。下面这段

[①] 原载《思想战线》2003年第5期，第119~123页。

话见于美国学者斯蒂·汤普森的《世界民间故事分类学》一书,为最具权威性的说明。他认为:

> 一个类型(type)是一个独立存在的传统故事,可以把它作为完整的叙事作品来讲述,其意义不依赖于其他任何故事。当然它也可能偶然地与另一个故事合在一起讲。但它能够单独出现这个事实,是它的独立性的证明。组成它的可以仅仅是一个母题,也可以是多个母题(一系列顺序和组合相对固定的母题)。①

这里讲的类型由母题所构成,单一母题构成单纯故事,多个母题按一定顺序构成复合故事,这已成为故事学家的共识。但其中关于故事类型的完整性与独立性的强调却常常为学人所忽视。在我们把一个类型作为"完整的叙事作品",作为"独立存在的传统故事"来看待的情况下,那些存活于不同时空背景之上的单篇异文,是否还具有完整性与独立性呢?笔者认为,这些异文能存活于口头传承之中,它具有相对的完整性与独立性是毋庸置疑的。然而在口头叙事文学的大家族中,存活于局部时空的单篇的或数量有限的异文,它们所构成的那一件口头语言艺术作品又常常是不完整,欠缺独立价值的。

广大民众喜爱的民间故事,总是随着时空的转变不断发生变异,日趋精美,可以说永远没有完全定型的文本。人们所接触和记录传世的单篇异文,有的较为完美,有的较为粗俗,还有缺胳膊断腿的。研究者如随意抓住某些异文给予评说,很难完整而准确地把握这一个故事的思想与艺术特征。正是基于口头叙事文学融汇集体智慧和以口头方式传承的这种特殊性,从解析类型入手,把类型作为砖石来建构故事学大厦的学术潮流便兴起于世了。我们在搜求大量异文的基础上撰写出这部关于中国民间故事类型的专著,也正是受这股学术潮流的激荡启发所致。

这里要指出,我们从相关故事类型索引中所看到的故事,是已经被

---

① [美]斯蒂·汤普森:《世界民间故事分类学》,郑海等译,上海文艺出版社1991年版,第499页。

剥离了细节和语言的情节梗概。这是为了便于人们从民间故事的汪洋大海中查找自己所需要的故事资料，按照国际通行的此类工具书的一般规格而编撰的。这样，它们就如同没有枝叶只有主干的树木，或者只有骨骼没有血肉的人体那样，难以将相关故事有枝有叶、有血有肉的活的姿态展现在读者面前。因而我们这次在作类型研究时，便特别提出，要注重选取那些出自优秀故事讲述人之口的而又在记录成文时保持了口头文学风格的优秀文本。如出自秦地女之口的《张打鹌鹑李钓鱼》，出自金德顺之口的《田螺姑娘》，出自姜淑珍之口的《敬穷神》，出自尹泽之口的《梦先生》，出自谭振山之口的《当良心》等。下面是《田螺姑娘》中的一段叙说：

> 农夫拨转马头假装逃跑。跑啊，跑啊，跑上了一个大山包。眼看国王就到跟前了，农夫不慌不忙地掏出绿瓶子，拧开盖儿朝地上一扔，就听"哗啦啦""哗啦啦"一阵响，顿时发起了绿色大水，翻江倒海一样向国王和士兵们涌去，就听国王的兵马"呜噢"喊叫，一下子就淹死了一多半儿，以后这个地方就成了鸭绿江。

这里叙说的是田螺姑娘的男人向企图抢夺妻子的残暴国王勇敢抗争的情景，它是这一故事类型在近现代社会生活背景上情节演进、内容深化的重要标志。朝鲜族金德顺老人的口述文本爱使用"哗啦啦"等象声词语，使得相关情景显得十分生动活泼；字里行间感情洋溢，透出讲述人强烈的爱憎；又巧妙地点染出这篇朝鲜族故事以鸭绿江畔为背景的地域特征，使听众感到无比亲切。如果只限于复述梗概，没有对故事文本的精细考察，显然无法展现出它作为口头语言艺术的特殊魅力。

中国的民间故事类型研究，从20世纪30年代开始，经中外学人的辛勤耕耘，已积累了不少成果，其中德国学者艾伯华、美籍华人学者丁乃通及中国台湾学者金荣华所著的三部《中国民间故事类型索引》，就是这项研究逐步深入的标志。它给了我们许多宝贵启示。但我们没有为其所局限。这表现为：不仅在对各个类型文本从思想到艺术的完整解析上，和《索引》的内容与体例截然不同，所依据的异文数量远远超出了《索引》；即使在立型归类上也有所改进，如本书中的"龙女"型，在丁乃通的《索引》中就分别归属于555"感恩的龙子和龙女"，592A"乐人和龙王"以及592A1"煮海宝"三个类型之中。关于本书中提到的渗透着中国道教信仰的10个特殊类型，即"水鬼和渔夫""彭祖长寿""卖鱼人遇仙""三句好话""凡人学道求仙""樵夫观棋遇仙""井水成酒""法师舍身斗龙""学法造反""两法师斗法"，则均系研究者依据自己所得故事资料归纳而出，更超出了现有几部类型索引的框架。

作为一部故事类型研究专著，它的不足之处或者说局限性，也是显而易见的。比如对类型的划分就没有确定一个合理而严格的标准，主要是沿用已有成果，过粗、过细或相互牵连的情况都有。究其原因主要在于我们至今还没有对全国已有的故事资料作过统一而科学的立型归类。这是一项大规模的科学研究工作，非少数学人所能完成，只能另待时日来解决了。

二

现代芬兰学派所倡导的民间叙事研究，除着重类型和母题的解析之外，还着力于追溯故事的生活史。这是其研究方法迥异于寻常的一个重要标志。斯蒂·汤普森在《世界民间故事分类学》一书中对这一方法的要点作过如下说明：

> 一个研究者使用这种方法所力求达到的最根本目的，莫过于完全弄清楚某一特定故事的生活史。他希望通过分析不同异文，研究有关历史和地理因素，运用一些众所周知的关于口头传播的事实，找到该故事原型的某些东西，并能较合理地解释该故事在依次产生的所有的不同异文时所发生的变化，这些变化还将指出它的原型产生的时间、地点以及它所发生变化的原因。①

---

① [美]斯蒂·汤普森：《民间故事的生活史》，陈建宪译，《故事研究资料选》，湖北省民间文艺学协会1989年编印，第36页。

在研究工作中，它要求汇集同类型故事的大量异文，然后就这些异文所含的历史地理因素作精细剖析，构拟出它的原型；再将原型同相关异文进行比较，推断这些异文在不同时空背景上的演变情况。这样就可看出一个故事类型的生活史，真正理解这个故事了。欧美学者运用上述方法作研究，已取得了相当成果，但国际学界对它的适用性也有所异议。首先，这一学派认为故事的流传就像是投石落水、激起的波纹逐渐扩散那样来实现的，相关异文如同一道道波纹，所以他们对占有异文的数量要求过于严格；如果在相关的历史地理背景上找不到适当异文，缺失某一环节，便无法构拟出真正的故事原型，造成一系列推论的失误。其次，这一方法以世界上所有情节类同的故事均同出一源为理论前提，而现在学界公认的事实是，人类文化包括民间故事在内，平行发展的情况也是很常见的，同源说有其明显的局限性。正是出于这两种情况，影响了历史地理方法在更大范围内的普及。尽管芬兰学派关于追寻民间故事生活史的方法运用起来相当繁难，以致有的日本学者说操作时"如同修筑万里长城那样艰苦"。然而根据我们对这一学派方法论实质的了解，严格意义上的追寻故事生活史，虽然做起来比较困难，但只要在以下两方面作认真努力，却是可以接近这个目标的，这就是：广泛搜求故事异文并对它们所包含的历史地理因素进行细致分析，以及大胆而审慎地探寻有关故事的原型、祖型及其形态演变线索。这对于提高我国故事学研究的科学水准，将是一项重要突破。本书中较为成功的例子，如林继富对《黑马张三哥》的解析，由英雄主人公诞生于马腹，具有某些兽形特征这一核心母题，追溯它的历史文化内涵及和印度同型故事的关联；江帆对《断手姑娘》的解析，通过对它的多篇异文存活于北方，在全国不均衡分布这一事实出发，断定"在这一故事的传播上，中国、日本、朝鲜三国之间存在着某种渊源关系"；顾希佳对《凶宅捉怪》的解析，由它完整的情节类型早在中国唐代即已在民间扎根并进入文人笔下这一特点，断定它有着伴随唐帝国辉煌文化向外扩散的生活史，等等。本书有关中国民间故事生活史的探求虽为篇幅及体例所限而未能深入展开，却以其对中国民间叙事传统的动态展示令人耳目一新。

三

《中国民间故事类型研究》作为一部关于中国民族民间文化的大型论著，揭示这一宝藏的民族历史文化特色，本属应有的题中之义。芬兰学派的历史地理方法，在一个时期内曾被学界中的某些人目为专注于情节型式的形式主义，这自然有些夸大。不过这个学派重视故事类型的历史地理因素，主要是着眼于由此推断情节型式的流传演变情况，对其历史文化内涵及社会价值等，确有较为忽视的不足之处，这正是我们不足取法而相反地应加以补益之处。撰写书稿时，我们力求选取来自不同地区，不同民族的最具代表性的故事类型与相关的口头异文，并着意揭示其中华文化特质。如江帆对《请穷神》的解析。它所评述的这个在中国北方农村颇为流行的故事，其实并没有实有习俗作依据，而是口头文学家基于年节接财神的传统风俗虚构而成的一则幻想故事。人们年年敬财神还是照样受穷，于是主人公异想天开地"请穷神"反而得到福佑而致富，从而真切地表现了贫苦民众发家致富美梦破灭的凄凉与无奈，同时又在诙谐、幽默中蕴含着对美好生活前景的憧憬与期待，故事的感人魅力至今不衰。又如刘守华对"求好运"或"问活佛"的解析。它本是一则广泛流行于欧亚大陆的著名故事类型，各国记录成文的异文已达到500余篇，其核心母题是主人公对好运的祈求，其原型可以追溯到古老的佛本生故事。由汉译佛经传入中国后，不仅广泛流行于中国南北各地，已经拥有的口头记录异文多达210多篇，而且情节构成别具一格，如主人公绰号"穷八代"或"穷十代"，因穷得不耐烦了便出门去寻求好运；或这位主人公家里连一点过夜的粮食也存留不住，偷米的耗子相告：你是"命中注定八合米，走遍天下不满升"，他偏要改变这注定的穷命，便开始走遍天下。故事叙说中还设计了在神佛面前"问三不问四"的规矩，以突现主人公先人后己，"但行好事，莫问前程"的高尚品德。经过长达千年的演变，中国各族民众以自己的美好情操和艺术智慧不断锤炼这个故事，使它获得了十分鲜明的中国民族文化特色，成为民间叙事的经典之作。

正如中外学人所一致认定的,民间故事不仅是最为通俗生动,最易于普及的文学样式,还是饱含民族智慧和情感,深刻有力地展现民族心灵的窗口。通过我们对 60 个中国民间故事类型的个案解析和对中国民间故事艺术世界的宏观审视,将有助于在人们心目中进一步提升对民间故事的文化与学术价值的认识,这一积极效果正逐步显现出来。

总体来看,《中国民间故事类型研究》的成书,可以说是自觉运用芬兰学派的历史地理方法对中国民间故事所作的虽然并不深入却是较为集中的一次科学考察。

芬兰原附属于他国,1917 年才获得独立。为复兴本民族的文化传统,有关学人采录整理了一部长篇英雄史诗《卡勒瓦拉》,由此兴起采录和研究民间口头文学的热潮,后逐渐转向民间故事研究,并在研究中使自己创立的历史地理方法不断完善。其代表人物是尤里乌斯·科隆(1835—1888)及其子卡尔·科隆(1863—1933)。继起的代表人物有芬兰学者安·阿·阿尔奈(1863—1925),美国学者斯蒂·汤普森(1885—1970)等。后两位以编撰《民间故事类型索引》(简称 AT 分类法)而知名于世。有着悠久历史的国际民间叙事文学研究会(ISFNR)及其会刊(FFC),稳定地发挥着这一学派的影响直至今日。

我国进入改革开放的历史新时期以来,我们开始同这个学派建立联系,任教于美国西伊利诺伊大学,并以编撰《中国民间故事类型索引》而蜚声海内外的丁乃通教授在这方面发挥了积极的中介作用。他于 1985 年应邀来华中师范大学讲学,以汤普森的论著为教材,指导陈建宪、董永林等青年教师将他自己所著论文集《中西叙事文学比较研究》译成中文出版,还指导刘守华以历史地理方法研究"求好运"等故事类型,随后又介绍刘守华等一批中国学人加入国际民间叙事文学研究会并参与他们举办的一系列国际研讨会。芬兰学派研究民间故事的历史地理方法由此被引进,并在中国扎下根来。这一学派的方法在某些国家也引起过争议。我们从对这个学派的广泛接触和实际研究中体会到,对任何一种学术方法的长短得失,都须进行科学分析,而不应盲目地肯定或否定;特别是要在结合中国学术传统，在实际运用中加以改进使之完善。芬兰学派在用历史地理方法做研究时，尽力搜求众多异文，以解析类型、母题为重点，重视相关历史地理因素的考察，以及在追索故事原型的基础上探求其生活演变史诸方面，所表现出来的作风之严谨与操作之精细，理应受人称道。他们最具代表性的那些学术成果之所以能饮誉世界，奥秘也就在此。正如笔者在一篇文章中所讲的：尽管芬兰学派的方法有其不足之处，"但他们严谨精细，为搜寻一个故事的来龙去脉不惜花费巨大精力的治学精神却不能不令人赞叹。已有的结论虽有局限性，却给后继者提供了扎实的基础。那些具体方法虽出于芬兰学派的独创，而他们在实际研究工作中，还是十分注意融汇文化人类学、民俗学、民族学等方面的成果予以综合运用。以这种新颖独特的方式来对民间故事做深入的微观研究，确实令我们眼界大开"①。

关于研究方法问题，丁乃通曾说过，19世纪研究民间文学的方法都是从别的学科借鉴来的，如进化论人类学派的方法，比较语言学的方法等。"一直到19世纪晚期，研究民间文学都没有自己的方法。研究民间文学的自己的一套方法，是芬兰人发明出来的，这就是历史地理学派的方法。"② 另一位美国学者汤普森在一部故事学专著中告诉我们："尽管对民间故事的论文研究是在历史地理方法得到发展之前就有的，这种方法还是标志一种真正的进步。而且看来有把握说，未来的研究将致力于继续改进这种技术，而不是抛弃它或者替换掉它。"③

中国学者吸收借鉴这一方法，除了要避免那些明显不足之处外，更需下功夫使之和中国的学术传统相融合。如不满足于对文学作品外部形态的考察而着力于内在风骨的品味和社会历史价值的审视；将丰富的古

---

① 刘守华：《独辟蹊径的中西叙事文学比较研究》，《外国文学研究》1992年第4期，第89页。
② [美]丁乃通：《历史地理学派及其方法》，《民间文艺学参考资料》第一集，北京师范大学中文系1982年编印，第264页。
③ [美]斯蒂·汤普森：《世界民间故事分类学》，郑海等译，上海文艺出版社1991年版，第531页。

代书面典籍和口头记录材料相互印证以揭示其文化流程；立足于由多民族构成的中华文化多元一体格局来探求其民族文化特质，等等。学贯中西的丁乃通先生投身于中国民间叙事研究所得的一系列成果，已经给我们提供了很好的范例，给了我们编撰《中国民间故事类型研究》以宝贵的启示。

我们在作类型研究时，一直强调既吸取国际同仁的成果及方法，又紧密联系中国历史文化实际和固有学术传统，避免盲从与生搬硬套。限于主客观条件，最终成果在这方面尚有不少未能尽如人意之处，但我们把它作为学术创新的一个重要环节予以认真对待，却是十分明确的。

四

最后有必要讲一讲故事学研究中多种方法的交叉运用问题。

在民间文学和民间故事研究中，将文化人类学、民俗学、民族学、心理学、社会学及文艺美学等多种学科加以融合，构成所谓多学科交叉的格局，本是极平常而又合理的事，这里无须赘述。不过学人倡导的新方法中，有一项是"表演（performance）"理论，据称特别适宜于进行民间故事研究，值得我们格外予以关注。

关于表演说，已有几位海内外学人撰文予以评述推荐。有的中国学者认为，"表演理论开辟了民间口头叙事研究的新视野"，因它可以帮助人们"找到一条对故事研究来说更加合理，更富操作意义的阐释途径"[①]。根据美国学者理查德·鲍曼的理解，其特质可以用下面这段话予以阐明：表演是一种语言使用模式，一种说话的方式。表演作为一种语言艺术的概念，它的含义是这样的：我们不必再从富于艺术的文本开始，认定相对独立的形式上的基础，然后重新把它放到实际运用时的情境中，以便于在交流传通的意义上界定语言艺术。表演已经成为基本的构成要

[①] 周福岩：《表演理论与民间故事研究》，《鞍山师范学院学报》2001年第3期，第10页。

素，它支配着口头传承的语言艺术。①

它着重研究口头文学的传承过程，活态的语言艺术，由此显示出它不同于以考察记录文本为主的通常研究模式的革新意义。有意识尝试这种方法的中国学者的成果已开始在学坛涌现，如江帆在中国大陆和台湾地区发表的关于辽宁故事讲述家谭振山的论文②，其中涉及讲述者的知识构架同故事文本的关系，讲述传统对故事文本的影响，讲述者对叙述程式的把握与运用等。这些都是对学界着重研究书面文本的已有成果的超越。表演理论的活跃虽然是近几年的事，但从特别关注口头传承过程这一点来看，它其实早已进入海内外民间文艺学家的视野之中。20世纪80年代初译成中文的《大英百科全书》民间文学条目中就曾写道："对于民间故事，一个收获比较大的方法是研究讲故事的人和他们的听众。"在80年代中期掀起的编纂《中国民间文学集成》的文化热潮中，随着一系列故事讲述家的涌现，对故事传承人及其传承活动的研究也蔚然成风，如乌丙安的《论民间故事传承人》，刘守华的《中国民间故事的传承特点》，以及许多地方对本地故事讲述家的专门调查研究，等等。只不过对口头传承的这些研究尚未达到像表演理论那样的细密和系统化，也没有激起民间文艺界的广泛关注罢了。中国学人对传承问题的研究，通常和集中研究某些优秀故事讲述家的个人成就与风格联系在一起，而较少涉及作为情节类型之基础的具体文本的传承情况；因而我们在编撰故事类型研究一书时，也较少涉及故事的传承过程，使其内容的丰满程度受到一定影响。

在今后的故事学研究中，除广泛吸纳、尝试多种方法之外，对表演理论和口头诗学等有助于深入揭示口头叙事传承特点与规律的方法，似应更多地进行尝试，开拓出一个新境界。正如一位美国学者所强调的："作为历史地理方法和结构主义研究方法大量的统计、高度系统化的补

---

① ［美］理查德·鲍曼：《对表演的设定》，《民族文学研究》2000年增刊，第66～73页。

② 江帆：《故事讲述与文本重构》，《2001海峡两岸民间文学学术研讨会论文集》，花莲师范学院民间文学研究所2001年编印。

充,我们需要对讲述风格和故事讲述人进行更深入的研究。"① 总之,方法是多种多样,而且可以不断变通的。但我们面对的本体是民间故事,它有传承人与听众互动的传承过程,有已经记录成文和仍处于口头存活状态的文本,这些文本既扎根于民众心灵又和多种社会文化事象有着彼此渗透融合的密切关系。我们无论采用什么方法,无疑都应围绕着这个本体展开,揭示它固有的形态特征、社会价值及其生存演化规律。民间故事是民族乃至全人类心灵的窗口,透彻的故事学研究成果对丰富现代人文学科将作出重要贡献。

---

① [美] J. H. 布鲁范柯:《美国民俗学》,李扬译,汕头大学出版社 1993 年版,第 114 页。

关于民间故事类型学的一些思考[①]

就口头流传过程中拥有大同小异众多异文的民间故事进行比较，划分为若干类型进行研究，是欧洲民间文艺学家于19世纪至20世纪创立的一种新方法。它很快就传入中国，受到中国现代民间文艺学的一批早期学人的青睐。

中国进入改革开放的新时期以来，随着民间文艺学事业的蓬勃发展，民间故事类型学成为一个颇为活跃的领域。1937年问世的德国学者艾伯华所著《中国民间故事类型》，1978年问世的美籍华人学者丁乃通所著《中国民间故事类型索引》，这两部重要著作均译成中文出版；中国台湾学者金荣华依托《中国民间故事集成》这部大书，精心编撰《中国民间故事集成类型索引》，第一、二册已经问世，其中涵盖北京、陕西等7部故事集成。按类型作故事学研究，已蔚成风气。以近两年为例，进入学人视野的故事类型就达二三十个。在这一氛围中，由刘守华主编的《中国民间故事类型研究》，选取60个常见故事类型进行解析，2002年由华中师范大学出版社推出，使故事领域的类型学研究显出更为活跃的态势。数十年持续不断地对故事类型的研究，不仅对故事学的开拓有着强有力的推动作用，还以其研究方法的新颖显示了民间文艺学这一新兴人文学科的魅力。

[①] 原载《民族文学研究》2004年第3期，又载入《中国社会科学年鉴》2004年卷，第24～29页。

一

本文试就中国民间故事类型学的拓展提出若干设想。首先，在《中国民间故事集成》的基础上，编撰一部全新的《中国民间故事类型索引》应成为我们的当务之急。

作为中国现代民间文艺学的一个重要方面，经过近百年积累，民间故事的采录和研究均获得丰硕成果。从"五四"到"文革"前所采录的故事，大体有 10 万余篇。20 世纪 80 年代以后开展全国民间文学普查和编纂民间文学集成，据粗略统计，所得故事资料达 183 万篇。其中书面发表、成书问世的《中国民间故事集成》省卷本即国家卷，已有 21 种，地方选编正式出版或作为内部资料印行的在千种以上。这不仅对中国，而且对整个人类文化宝库，都是一笔十分珍贵的财富，也是中国现代民间文艺学百年历程的骄傲。

在我们面前，已有了三部关于现有中国民间故事的类型索引，这就是艾伯华的《中国民间故事类型》，它依据 300 多种资料，归纳出 306 个类型，涵盖故事约 3000 篇。丁乃通的《中国民间故事类型索引》，它依据 580 种资料，归纳出 843 个类型，涵盖故事 7300 余篇。金荣华的《中国民间故事集成类型索引》第一、二册，它依据已出的 7 部故事集成抽取类型编撰而成，共收取类型 263 个（第二册略少），以后还将随故事集成的陆续出版不断扩充。这三部类型索引各有其特点及价值。

艾伯华所著作为第一部中国民间故事类型，不仅有首创之功，他按中国故事特质建构体系与定型归类的做法，至今仍有不少值得借鉴的地方。

丁乃通著作的显著特征是借用 AT 分类法来处理中国民间故事，便于人们将中国故事纳入国际通用类型编排体系而进行比较。所容纳的故事资料及类型大大增加，对情节类型及其变异的提示也精细得多。

金荣华所撰的第三部索引，除以中国民间故事集成已出各卷作为对象之外，其突出特点是沿用丁乃通的分类体系而加以改进，如重拟类型名称，将"诚言和尤利西式的信"改为"谨守诚言，躲过送死陷阱"，将"二人行"改为"精怪大意泄秘方"等；修订类目名称，如将"宗教故事"改为"宗教神仙故事"，将"笨魔的故事"改为"恶地主与笨魔的故事"等。同时，他还增加了许多新类型。丁著最大的不足是沿用AT分类法所导致的生搬硬套、削足适履。金荣华在修订中不改变原有分类体系而力求更充分地反映出中国民间故事的特点，学人使用起来更为方便。作者独力承担此项繁难任务，同时还撰有《中国民间故事与故事分类》的专著，在这一领域作出了自己的独特贡献。①

我以为，在上述成果基础上编撰一部新的《中国民间故事类型索引》势在必行。

刘魁立早在20世纪80年代初即发表《世界各国民间故事情节类型索引述评》，评述这一领域的学术进展，给予中国同仁以有力的启示与推动。他在论及新编中国故事类型索引时，提出搜罗要全，材料要真，体式可多样化（如按体裁、按地区或民族作专门索引）等一系列中肯建议，这里不予重复。我对此项工程的初步设想如下：

1. 按中国民间故事集成的大框架来建构分类体系。按中国民间文学集成总编委会的构想，就从广义的"民间故事"出发，将神话传说和故事作一体化处理。这样做的理由是：

第一，这三种体裁的关系本来就很密切，国际上统称之为民间叙事。在中国，它们之间的关联更深更紧。中国的各种传说数量大，几乎占到口头叙事的一半甚至更多。中国古典文献所载故事，均赋予传说外形特征，而且在情节结构上，传说与故事往往纠结在一起。如作为四大传说之一的《牛郎织女》很早就同"天鹅处女"型故事合而为一，成为它的一个亚型，并衍生出汉族的《天仙配》，傣族的《孔雀公主》等一系列精彩之作。按通行体裁论将三者完全拆开是一件很麻烦的事；对于学术研

---

① 金荣华著《民间故事类型索引》三卷本，于2007年2月由台湾地区的中国口传文学学会出版。包括《中国民间故事集成》21部省卷本，《中华民族故事大系》16册（上海文艺出版社），及《中国民间故事全书》40册（台北远流出版社）三部大书中的故事，以搜罗宏富和对丁著编码的改进受人称道。

究和利用民间叙事文学材料而言，显然也是合起来更好。

第二，《中国民间故事集成》这部大书就是将神话、传说和故事合并在一起编纂而成的，为此还构建了一套完整的分类编码体系。除正式出版的省卷本即国家卷本外，各地还按此体例出版了大量资料本。以此为依据编撰中国民间故事类型索引，可以说具有得天独厚的优越条件，可收事半功倍之效。

2. 另建中国民间故事类型编码立型体系。丁乃通沿用 AT 分类法，经过金荣华的局部修订，已有了很大改进，在编撰新的类型索引时具有重要借鉴价值。采用 AT 分类的最大好处，是便于和国际通用体系相一致，但我主张还是不沿用 AT 分类，而另外创立自己的故事分类体系。中国各族民间故事以丰富优美著称于世，它同中国自然生态、风土人情、历史文化血肉相连。这些叙事体裁自身的发展也有许多与众不同的特色。AT 分类虽以"国际性"相标榜，实际上只不过是"欧洲、西亚及其民族所散居的地区的民间故事类型索引"。完全套用所带来的种种弊端是不可避免的。民间故事的价值是多方面的，远远不止于民间文艺学方面；也是长远的，远远不止于当前。我们已经在开掘这份宝贵文化资源上迈出一大步，奉献出《中国民间故事集成》这部大书，现在应当是百尺竿头更进一步，到了在全面清理已有资料的基础上，编撰这套书的类型索引的时候了。要与国际通用的体系相通，其实只要将相关类型编码加以对照注明就可解决问题。

二

故事类型在现代民间文艺学中本来是一个常见概念，自从芬兰学者安蒂·阿马图斯·阿尔奈（Arne）于 1910 年在《故事类型索引》一书中首次使用之后就流行开来，为民间文艺学者所习用。但很少见到有关"类型"一词的明确解说。作为一个外来术语，美国学者斯蒂·汤普森在《世界民间故事分类学》中的界定受到公认。他说：

一个类型是一个独立存在的传统故事，可以把它作为完整的叙事作品来讲述，其意义不依赖于其他任何故事。当然它也可能偶然地与另一个故事合在一起讲，但它能够单独出现这个事实，是它的独立性的证明。组成它的可能仅仅是一个母题，也可以是多个母题（一系列顺序和组合相对固定的母题）。①

所谓类型，是就情节大同小异的多篇故事的共同体而言。本来在通常情况下，每一篇口头流传的故事本身就是完整而独立的，为什么汤普森在论及故事类型时又提出完整性与独立性而加以强调呢？我以为在这中间，包含着他对于由多篇文本所构成类型的完整性与独立性及其价值的充分肯定；与之相对应的是，尚未构成故事类型的单篇普通文本，就难以避免地存在某种残缺性或思想艺术的局限性了。对故事类型的完整性与独立性的这一理解，对我们的故事文学研究颇有启迪意义。我们对民间故事的评论研究，因受一般文学评论模式的影响，往往撇开类型，只是就一篇一篇的故事文本孤立地给予评说，因而难以对一个完整故事作出中肯结论。如《毛南族文学史》对幻想故事《找幸福》的评述。故事讲述一个穷小伙子上南天门南极仙翁处去寻求幸福生活的答案，在旅途中热心帮助他人（包括一尾鲤鱼）问事，最后获得他人酬谢，因而自己也终于获得幸福生活的动人情节。这部文学史的作者认为："故事赞扬的这种'先人后己'的崇高思想是毛南人民的也是各族人民的最宝贵的精神财富。"又说："处于封建社会被压迫被剥削的毛南人从完全仰仗神的帮助来改善自己的生活，发展到依靠自己的勇敢追求和神的指点结合起来去获取幸福，这后者可以看做人的觉醒的前奏。"书中也运用比较研究方法，指出这篇故事的某些情节来自汉族的宗教与神话而又具有毛南族历史文化的特征。这些评述应当说都是较为中肯的，然而从国内外故事学研究成果来看，《找幸福》属于AT461"求好运"这个世界类型，毛南族的这篇异文只是遍布中国南北东西几十个民族众口传诵的诸多异文之一。它原是一篇佛教故事，后来才在中国大地上生根开花。它的主

---

① ［美］斯蒂·汤普森：《世界民间故事分类学》，郑海等译，上海文艺出版社1991年版，第499页。

题是表现人和命运的关系，由早期命运之神支配人，发展到后期人去探求和改变自己的困苦命运。它的复合形态由"害不死的孩子"和"异域探询"两个序列构成，《格林童话》中的《有三根金头发的魔鬼》是最具代表性的欧洲异文。它的中国亚型大都设置有"问三不问四"的母题，以提升主人公"先人后己"的思想品格境界，显得别具一格。毛南族幻想故事《找幸福》是脱落起始序列的单纯型，它的人物、背景均具有很鲜明的民族特色，值得称道。但在研究中须联系这一类型历史演进的整体面貌，方能对其独特魅力与价值作出准确恰当的评价。

我自己曾就这个著名故事类型写过好几篇文章，追踪研究长达20年。1979年发表《一组民间童话的比较研究》，当时没有类型学知识，只是把若干篇情节结构大同小异的文本进行比较，发表粗浅议论。后来读到有关学者把它作为一个著名故事类型进行考论的成果之后，写成《一个故事的追踪研究》等，对其结构形态、文化内涵和来龙去脉，才了然于心。联系整体来看局部，对本类型所含一系列中国民族地区相关异文的特征及其价值，自然也就获得了更深切的理解。

学界对故事类型的构成原理作过多种解释，有的认为是一元发生，文化遗传；有的认为是社会发展条件的相似所促成；还有的认为是人类深层心理结构相通的外在表现等，它既能跨越广大时空而存活，又是一件完整而独立的作品，这实在是有待学人破解的一个人类文化之谜。

前面提到的《毛南族文学史》，属于"中国少数民族文学史丛书"中的一种，我拜读过丛书中的二十多部，它们大都以内容新颖充实，富于原创性而引人入胜。就民间叙事而论，不足之处是往往就事论事，未能立足于广阔学术背景之上进行比较综合，作出更富学理的评议。未能用类型学眼光来审视本民族和本地区的民间文学代表作，就是一个例证。

故事类型是由若干异文构成的。

什么是异文？中国民间文学集成总编委会在1991年印发《中国民间故事集成编选工作会议纪要》中的解释是：

> 异文是指主题和基本情节相同的同一个故事，在细节上有不同的说法，或不同讲述者的讲述。在一个故事的若干异文中一般选取

思想艺术水平最高的一篇作为正文排印，其他各篇中如有水平与正文不相上下，也比较重要而且在某些方面较有特色者，可以作为异文排列在正文之后。

这里要严格掌握方法，必须是同一故事的不同讲法才能作为异文处理；作品关联的对象物（地方风物、地方特产等）相同而故事情节要素根本不同，不属于异文范围。

简而言之，同一故事的不同讲述文本就是异文。同一故事即同一类型，也就是它的基础和血肉，异文是它的不同讲述文本。

故事集成在编辑工作中，选取思想艺术水平最优之作作为正文处理，另选若干篇有代表性的作品作为"异文"列出，它作为一种体例，已在分省卷即国家卷本中付诸实施。然而从学理上推敲，同一类型的所有异文，只能说各有其特点与价值，很难把它区分为思想艺术水平最高的"正文"和思想艺术水平稍次的"异文"。从我读过的十几部故事集成省卷本中来看，倒是发现许多篇"异文"比"正文"更精美动人。就故事学研究而论，显然不应受这一编排体例的局限。从叙事文学的一般情况来说，故事异文既然可以在一定时空背景上独立存活，自然也就有了自己的独立性与完整性。只是由于口头文学的特殊性，离开类型孤立存在的异文，对一个故事而言，其完整性与独立性便有一定的局限。只有从包含多种异文的类型中，方能真正把握人们对相关故事的完整叙说。因而我们在做研究时，便须集聚众多异文，注意吸取学界对相关类型的研究成果，将类型整体和多样化变异联系起来，从而更深入、更完整地把握这些故事的思想与艺术特质。

三

故事类型学研究和类型编制工作中亟待解决的另一个问题，是类型划分标准的规范化问题。

就我们所看到的有关中国民间故事类型的论著而言，不同学人所持的立型归类的标准就很不一致，或粗或细、或单纯或繁复的情况都有。

如《中国民间故事类型研究》中的《世代寻宝梦——"石门开"故事解析》，将主人公开山取宝的神奇幻想故事作为一个独立类型，其下再区分为"口诀型""宝钥匙型""复合型"和"识宝型"4个亚型①。而另一位学人在《湖北民族学院学报》上发表的《"芝麻开门"的绵绵回响——论中国"识宝"故事》②一文，则以"识宝"来立型，内含"识宝购宝""取宝成功""取宝失败"和"洋人盗宝"4个亚型。其实它们所论故事大体相同，歧异之处只在于粗细有别。前者偏细，着眼于按打开石门取宝所用之神秘手段和工具来提取情节要素，确定故事类型。后者偏粗，将着眼点扩而大之为"识宝"，将所有以奇巧方式窃夺骗取宝物的故事都搜罗进来立型归类。这样，大体相同的一类故事，便划分为有着交叉重合关系的两个不同类型了。再如中国的穷小伙娶龙女为妻的故事，我们通常就把相关异文归入"龙女"这一个类型之中，而在丁乃通所撰《中国民间故事类型索引》中，却按AT体系，把这些故事分别排列在555型"感恩的龙子和龙女"、592A型"乐人和龙王"以及592A1型"煮海宝"三型之中，这是由于他将小伙子同龙女成婚的缘由更细致地区分为三种情况——报恩、喜爱音乐和以某种宝物胁迫龙王达成婚事③。这样划分成三个类型也未尝不可。中国学人更习惯于把"龙女"和"蛇郎"等型并列，作为一个独立类型看待，然后在其中排列出几个亚型。这种情况也是由于划分类型时的粗细程度不一致所造成的。

  还有一种情况更为普遍，那就是许多复合故事因含有多个情节要素，各个学人着眼于就不同情节要素立型归类，于是同一篇异文，被拉到几个类型中去，弄得夹缠不清了。如《朝汉民间故事比较研究》一书中收

---

  ① 刘守华主编：《中国民间故事类型研究》，华中师范大学出版社2002年版，第299页。
  ② 江帆：《"芝麻开门"的绵绵回响》，《湖北民族学院学报》2001年第3期，第11～15页。
  ③ ［美］丁乃通：《中国民间故事类型索引》，中国民间文艺出版社1986年版，第191、206、209页。

录的《夜来者型故事的源流》①,将中、日、韩三国流传的"夜来者型"故事进行了细致比较,探索其传承演变的脉络。到底"夜来者型"是一个怎样的故事?日本的"夜来者型",即不明身份的小伙上门寻求爱侣遭女家迫害的故事,它同日本过去流行的访妻婚习俗有关。而中国的相关故事则称之为"老獭稚",讲的是水獭精和渔女同居,其所生子葬獭骨于水下龙口,后贵为天子的故事(这位天子一说为赵匡胤、一说为朱元璋)。它其实是一个风水传说或风水故事,钟敬文先生于20世纪30年代赴日留学时,就以发表《老獭稚传说的发生地》一文受到学界的重视。这个称为"老獭稚"的故事类型在中国已获得深入人心的影响。日本学者采录的"夜来者型"异文达到140篇之多,而关于这位夜来者之子因葬父骨得天佑后来成为伟人的异文却只有少数几篇。至于中国故事中的水獭精以"夜来者"身份同渔女幽会,只是故事楔子。总之,我们所面对的其实是两个不同的故事类型,只有部分作品的部分情节要素相类同。这样,在故事研究中就不适宜于把它们作为跨国跨民族的同一类型来看待了。故事的立型归类,是民间文艺学理论方法规范化的基础性工作,应通过研究探讨逐步走向统一。

按照怎样的标准来立型归类呢?中国民间文学集成总编委会于1991年印发过一份《中国民间故事集成编选工作会议纪要》,其中要求各地省卷本应制作本省的"常见民间故事类型分布图",并就此说明道:"类型即指主题和基本情节相同而又定型的故事(包括各种异文),如'老虎外婆''蛇郎'等,都是一种类型。类型确定后,至少选取七八种故事类型,将其流传地区用不同符号标在本省地图上。"② 这里用"主题和基本情节相同"以及"定型"这两点来确定类型是可取的。不过我以为要求"主题"相同似乎值得商榷,因故事的"主题"就包含在情节发展之中,可以不必对主题另行强调;而且主题或主题思想具有抽象性,

---

① 金东勋主编:《朝汉民间故事比较研究》,辽宁民族出版社2001年版,第115~147页。

② 中国民间文学集成总编委会简报"民集办字(910)第5号"。

常与人们对作品的主观感受密切相关,因感受各异对同一作品的主题理解不一而起争议,或作品主题被曲解的情况屡有发生。由此,在划分类型时,也可以将主题撇开。

2000年,日本稻田浩二和中国刘魁立这两位对故事学造诣深厚的学者研讨中日流行的"狗耕田"这个著名故事类型,在理论和方法上均有新的发现,其中也涉及类型建构问题。稻田先生认为:"一个类型是以一个核心母题为中心构成的故事。"至于核心母题,他界定为"故事主角的一个行为"。稻田先生还特地阐明,他对故事类型的这一理解,是受了日本民俗学先驱柳田国男先生启迪所致。柳田剖析民间故事的情节结构时,曾提出如下见解:

> 民间故事的内容有保存部分和自由部分。保存部分是重要的母题,如要将它改变就对故事梗概产生影响,听众也不容易接受其变化的部分。民间故事的古老的因素在此残留着。自由部分也可以称为幻想的游戏场,是对故事梗概没有影响的部分。所以它是交给讲述者的自由以及自由地变化的部分。从这个部分生出多种多样的故事,又逐渐变成笑话了。①

构成类型的"核心母题"(刘魁立先生称为"中心母题")可以用柳田先生所解析的民间故事情节结构中的"保存部分"来把握。这部分要素体现出民间故事的主题与魅力,而且具有将该故事世代相传的功能。

故事是由单一母题构成或多个母题复合而成的,以"核心母题"的相同来确定它们是否属于同一类型,不论从学理上还是操作上来审视,这一意见都是合理而可行的。这里想作一点补充,就包含多个母题的复合故事而言,划分类型只着眼于"一个核心母题"似乎还不够,还应考虑到它所包含的母题数量及其组合情节的一致性,这也就是我们通常所说的"基本情节"。以前面提到的"老獭稚"为例,獭精之子

---

① 《中日民间叙事文学情节类型专题研讨会》文集,北京师范大学民俗典籍文字研究中心2001年4月编印,第46、51页。

葬父骨于龙口是其核心母题，没有这一核心母题就失去了本类型的特质。因而只有"夜来者"和贫女幽会私通的情节要素还不足以构成这一特定类型。

中国的复合性故事多。正如编撰中国故事类型的有关学者所指出的："在中国的民间故事中，每个母题都是正常固定的，同时也具有强大的生命力，然而母题链，即整个民间故事，又是相对地不稳定的。"[①]或者说："口传故事本来是变幻不定的，中国的民间故事尤其爱东拉西扯，一个类型连一个。……有时同一故事会放在四个或五个类型之下。"[②]母题丰富，故事情节变化多端，这是中国各族民间故事格外引人入胜之处，这种情况的确使类型的编制显得较为繁难。据此，更应明确规定立型归类的标准。我主张每篇异文按其核心母题只能划归一个类型之中，使分类体系准确清晰。至于异文中含有同其他多个类型有牵连的核心母题，可作为相关类型的参考篇目列出，以拓宽研究者的视野。

四

芬兰学派运用历史地理方法研究民间故事类型，特别注重对故事生活史的探寻。汤普森曾经对这项研究的要点做过如下说明：

> 一个研究者使用这种方法力求达到的最根本目的，莫过于完全弄清楚某一特定故事的生活史。

他希望通过分析不同异文，研究有关历史地理因素，运用一些众所周知的关于口头传播的事实，找到该故事原型的某些东西，并能较合理地解释该故事在依次产生的所有的不同异文时所发生的变化，这些变化还将指出它的原型产生的时间、地点以及它所发生变

---

① 艾伯华：《中国民间故事类型》，商务印书馆1999年版，第2页。
② 丁乃通：《中国民间故事类型索引》，郑建成等译，中国民间文艺出版社1986年版，第17页。

化的原因。①

这项研究要求搜求大量异文，异文越多越好，然后就这些异文所含历史地理因素进行精细剖析，构拟出它的原型，推断出它产生的时间、地点。再将原型同已有异文相比较对照，看出它在特定时空背景下的演变状况。这样，就可清理出一个故事类型的生活史了。

欧美学者运用上述方法所作的一系列研究，既有引人注目的成就，对其结论的可靠性也有不少非议。由于它是以广大时空范围之内所有故事异文发生的一元论为理论前提的，这就不能不受到人们质疑；加上它对异文数量的要求特别严格，而且认为故事传播就像投石入水激起的水波扩散那样来实现的，如缺少某一道波纹的异文就无法自圆其说，这样，人们就觉得这一方法过于繁难而较少尝试了。

但我们改进这一方法予以合理使用，以追索故事类型生活史还是有积极效用的。笔者在撰写《中国民间故事史》时，就尝试勾勒了十几个贯通古今的故事类型的演变史，如"有虞二妃""白水素女"（田螺姑娘）和"叶限""田章"等。在主持编撰《中国民间故事类型研究》一书时，也把这作为对有关故事类型进行解析的一个侧面。例如"渔夫和水鬼"这个故事，最早是在湖北丹江口市伍家沟村故事中发现了一篇《替鬼报仇》，而这篇口述故事又和《聊斋志异》中的《王六郎》有异曲同工之妙，因而引起人们极大注意。汪玢玲在《蒲松龄与聊斋志异》一书中，曾揭示出《王六郎》这篇鬼友故事，和清人张泓《滇南忆旧录》所载《成公祠》的主题思想基本情节相同，二者同源。由此断言，蒲氏"在原传说的基础上提炼了情节"，"适当加工润色，使作品既保持民间韵味，又典型化了"。我主编《中国民间类型研究》一书，请顾希佳撰写这个类型，他对中国古代故事资料有深厚积累，发现这样的鬼友故事，在宋元明清的笔记小说中共有20余例，其中宋人记录的《黄裳与水鬼》为其雏形，已出现"水鬼找替身"的核心母题。后世又演变出"渔夫劝阻"亚

---

① ［美］斯蒂·汤普森：《世界民间故事分类学》，郑海等译，第517页。此处选用陈建宪译文，见《民间故事资料选》，湖北省民间文艺家协会1989年编印。

型 7 例，"水鬼仁慈"亚型 6 例。它们均同民间的水鬼信仰密切相关，但随着历史的进展，水鬼形象更富有人情味，人鬼之间的友情也更见亲密。由此可见，蒲松龄笔下的《王六郎》，并不一定是他依据《滇南忆旧录》中的水鬼故事提炼加工的结果，而很可能他所依托的正是清代民间信仰和口头文学中的一种流行文本。这里我还想补充说一点，渔夫和水鬼故事不但为蒲松龄小说所吸取，还被清代佚名作家作为长篇通俗小说题材，写成《鬼神传终须报》，后略加改变，又成为另一部长篇《阴阳显报水鬼升城隍全传》，"鬼有三德，后升城隍，巡江查案，受封河道"，涵盖了民间口头叙事基本情节而更加丰富。由此可以断定，伍家沟故事村流行的穷汉和水鬼交友故事，其实是明清以来的一个流行故事，和《聊斋志异》所载并不一定有什么直接关联；只是贯串两篇作品之中关于人鬼交友的奇幻情节被今天的人们偶然发现，引起惊诧就是了。中国学界对"渔夫和水鬼"这一故事类型的研究，没有运用历史地理学派方法去构拟故事原型，再据原型清理其演变轨迹，我想是基于以下两点。其一是它的口头异文数量，顾希佳已知虽达到 80 多例，可是按芬兰学派方法，还远远达不到覆盖中国广大时空领域的要求；更为重要之点在其二，芬兰学派所看重的是纯粹口头叙事文本及口头流传背景，而在中国民间文化生活中，口头传讲故事却是和民间说唱及戏剧演出，还有种种书面通俗文学作品的流传交织在一起的，后者对人们心灵的穿透力更为强劲。渔夫和水鬼故事，除被改编成通俗小说之外，据清人称还载于著名的道教经典《太上感应篇》"旁证"之类的通俗读物之中。伍家沟故事村位于中国道教圣地之一武当山脚下，上述故事连同鬼神信仰在这儿扎根就是很自然的事了。从这类事例可以看出，单纯依据口传故事资料来构拟原型的研究方法在中国往往不适用，须因地制宜加以改造变通，方能真正为我所用。

我考察过 30 多位中国故事讲述家的生平，发现其中三分之一的人都有一定的文化程度，有机会接触书面文化成果。许多故事讲述家和民间歌师，常以自己拥有某种书面秘本而自豪，他们所受这些书面文本的影响较之同类型作品的口头影响更为强固。因此，我在《中国民间故事史》

中，将"口头书面传承的交错并行"作为故事演进的主要特征之一提出。这个问题不仅涉及中国民间文学史，也涉及中国文学史和文化史中一个有待深究的重要方面。

　　清理许多民间故事的来龙去脉是颇为艰难而又极有意义的学术课题。我主张采取更切实有效的方法，不去就一些孤立的文本作臆想推断，而是从把握故事类型的源流入手，打破对纯粹口头叙事材料的依赖，立足于口头与书面相融合纵横交错的中国民间文化活动格局来审事立论。《中国民间故事类型索引》的编撰，以及类型研究从微观到宏观、从浅层向纵深的发展，必将带动整个中国民间文艺学的大步迈进。

重编后记

这部《中国民间故事类型研究》，系教育部人文社科"九五"规划重点项目，原书由华中师范大学出版社于 2002 年 10 月出版，刘守华任主编，为刘守华、林继富、江帆、顾希佳合著。全书由刘守华策划设计，60 个故事类型由 4 人分头执笔撰写，经刘守华统稿成书。曾获得教育部人文社科优秀成果三等奖。此次纳入《刘守华故事学文集》，重新编定，除保留刘守华撰写的《导论》及有关"故事类型解析"外，另将刘守华自选集《民间故事的艺术世界》（华中师范大学出版社 2009 年 12 月出版）中的几篇类型研究文章也收录其中。特此申明，并向十多年前愉快合作，参与撰写《中国民间故事类型研究》初版的几位学人致以诚挚的谢意。

2018 年 4 月